岁月忽已暮

绿亦歌 著

陕西新华出版 三秦出版社

目 录

001 楔子

003 第一章 你好，旧金山

020 第二章 曾经共舞，是我毕生的快乐

043 第三章 江湖河海，日月山川

064 第四章 我是他唯一的朋友，却不是今生的爱人

079 第五章 爱或不爱，只能自行了断

095 第六章 待到百岁之时，同他共赏一片桃花开成的海

113 第七章 最后能够永恒的，只有相爱的一刹那

129 第八章 我们的一生，远远比我们想象中还要长

143 第九章 我是夸父，你是我追逐一生的太阳

157 第十章 我不愿让你一个人

189 第十一章 我们已经活在两个世界，各不相干

204 第十二章 命运的无常之下，谁能始终如一

217 第十三章 再回首已是百年身

238 番外 – 顾辛烈 江河万里，有酒辛烈

250 番外 – 何惜惜 岁月掩于黄昏

264 番外 – 江海 他的余生，都在下雨

276 后记 思君令人老，岁月忽已暮

280 再版后记 十年踪迹十年心

楔子

他结婚的那一年,我从美国千里迢迢赶回中国,跨越一万公里,十五个时区。

飞机在太平洋上空遭遇气流的袭击,风暴来袭,机身颠簸,所有人都开始大声尖叫,安全带紧紧地拉住我,我的身体仍然不停地往下坠。

机舱内一片混乱,我用力抓住扶手,闭上眼睛在心中祷告,一心只求能再见他一面。

我们明明曾有过很多很多的机会,可是为什么,却还是眼睁睁走到了这一步。

飞机最终顺利降落,窗外在下着细细的雨,像是情人的吻,缠绵悱恻。

不知是哪家的喜事,这座我从小生长的城市夜空一片烟花灿烂。他和我隔着清愁的雨,他穿着白色衬衫,我们对面而立,许久许久以后,他才终于露出一个不易觉察的笑容。

"姜河。"这么多年,始终只有他,能将我的名字叫得这样好听。

可是他说出口的,却也是世界上最叫我难过的话。

"很多年前,"他看着我的眼睛,若有若无地笑着,"也是一个冬天,城里下了一点小雪,我父母开车带我去了很远的地方放烟花,我当时心底就暗暗地想,一定也要为你放一次这样美丽的烟花。那真的是很多年前的事了啊,那时候,你还在美国呢。"

他笑起来十分好看,眉毛微微上扬,狭长的眼睛眯起来,很像是很多年前,我们一起在山谷中看过的流星。

他回过头,静静地凝视我。

他凝视着我的目光中有千言,有万语,这些年的跌跌撞撞,这些年的分分合合。

"姜河,"他终于还是别过了头去,语气里是伤感还是抱歉,时隔多年,我已经不如当初般能猜到他的心,他说,"我真的爱了你很多年。"

二十余年,岁月在眼泪中凝结成了琥珀。

第一章 你好，旧金山

爱慕一个人，想要陪在他的身边，想要他的眼里只有你，那就应该让自己变得更好，堂堂正正地成为唯一能够与他比肩齐邻的人。

三月底的时候，操场旁的樱花开花了。我趴在桌子上偷偷睡了一觉，风吹得我鼻子有点痒，我打了个喷嚏，一睁开眼睛，就看到了江海的侧脸，他微微低着头，垂下眼帘，像是世间最英俊的雕像。

我一生都不会忘记这日的蓝天、白云、细风，和落在我身旁的江海的肩膀上的那朵淡粉色的花瓣。

我和江海同时在这天收到美国斯坦福大学电子工程系的全额奖学金入学通知书。

接到母亲电话的时候我正在上物理课，高三的第二次诊断考试已经过去，母亲在电话里头激动得字都吐不清楚，老师在讲台上恶狠狠地瞪住我，然后我呆呆地挂掉电话，突然站起身，转过头对江海说："我被录取了。"

"嗯，"他难得温柔地笑了笑，"我也是。"

全班鸦雀无声，所有人都目瞪口呆地转过头盯着我们，物理老师原本已经精确瞄准我的粉笔头突然顿住。

我这才回过头，笑着冲老师说："场强竖直向上，B球的动能等于A球的重力势能。所以这道题最后的答案是，"我顿了三秒钟，飞快地在脑海中进行计算，"$\sqrt{(mg+qE)L/3}$ 米/秒。"

啪嗒一声，老师手上的粉笔落在了讲台上。

这一天，距离我和江海的十六岁生日，还差整整两个月。

美国习惯三月开始下"OFFER（录取通知书）雨"，我和江海被淋了个湿透。随后，我们分别收到了耶鲁、哈佛、麻省理工、康奈尔、伯克利和纽约大学的电子录取通知书。我将它们打印下来，贴在桌子上，问江海："集齐七个OFFER，可不可以召唤爱因斯坦？"

江海没理我，他正在做一道电磁学物理题，通常情况下，我和江海相处的模式都是我一个人喋喋不休，然后过一会儿，他才后知后觉地抬起头问我："你刚才说什么？"

我回应他的，是一个大大的笑脸。

我无所事事地荡悠着双腿，上个月体育课测出来我的身高才155cm，当之无愧地成为整个高中部最矮的女孩，但是我一点也不在乎，因为我的智商比全校最高的女生的身高还要高。

我耐心地等江海做完一道题，然后他转过头，还没开口我就抢先问他："你去哪个学校？"

"Stanford（斯坦福），"他淡淡地回答我，"我想要去看看金门大桥。"

"为什么？因为它被誉为死亡圣门？"

"不，因为它是一个奇迹。"

"你知道吗，"我冲他笑了笑，一边笑一边将其他学校的OFFER折成纸飞机，"马克·吐温说，最寒冷的冬天是旧金山的夏天。"

我和江海，就这样再一次名声大噪。媒体记者们扛着家伙蹲在学校门口排队要采访我们，天才少年少女，十三岁升入高中，十四岁获得国际数学奥林匹克金牌，十五岁以SAT（美国高中毕业生学术能力水平考试）和TOEFL（学术英语语言测试）满分的成绩被世界级名校全奖录取。

听起来都跟神话一样。

甚至网上最火的八卦论坛里也有人发帖，"没人扒一扒最近红遍全国的那对天才吗？"

下面有人留帖说，"同年同月同日生，同时跳级升入初中成为同桌，两年后一起跳级升入高中，一起参加的大小竞赛一共十八个，其中国际竞赛四个。不过最值得'八'的还是那个男孩，钢琴十级，国家二级运动员，偏偏还长了一张秒杀入江直树的脸，不说了，说来都是泪，直接上照。"

然后楼下统一回复：妈妈请再生我一次！

我咧着嘴一边笑一边将鼠标往下拉，终于见到有人插楼。

"这等缘分，这等造化，比言情小说还狗血啊！"

"找了找他们的合照，女孩子也挺小巧玲珑的，这种天才的世界我等阿姨只能仰望。"

"江山代有才人出，祝福两个孩子越走越好。"

"祝福+10086"

"百年修得同船渡，千年修得共枕眠，他们这得修多少年啊？"

我乐不可支，笑得肚子疼，计算机老师疑惑地问我："姜河，肚子不舒服？"

我赶紧关掉网页，一脸无辜地摇摇头。等到老师、大家挪开注意力，又重新打开，披上一个叫"江河湖海"的马甲留言说："大概是修了一部《上下五千年》！"

下了计算机课，我心情大好，去小卖部买了支棒棒冰。回到座位上，我将手上的棒棒冰分成两半，扯了扯江海的衣袖，递给他长的那半。

"不用了，你吃吧。"

"我吃不下，会肚子疼的。"我笑嘻嘻地回答。

他接过去，我们一人咬一口棒冰，草稿纸上是钢笔沙沙的声音，我觉得无比的心满意足。

媒体采访之后，有书商来找我和江海约书稿，书名就叫《璀璨》，江海还没听完，就站起身冲对方鞠了一躬："抱歉，我还有事先走了。"

戴着十几万元一只手表的中年人尴尬地愣住，将期待的目光投向我，我便津津有味地听他说完，半图半文似的传记，讲述我同江海的天才人生。

"我们会将你们打造得比那些少年成名的明星更加闪耀，让所有的学生和家长疯狂地崇拜你们。"

我支着下巴笑着问："那我们呢？我们可以得到什么？"

"荣耀和金钱，这些还不够吗？"

我哈哈笑了两声，学着江海的样子向他鞠躬，然后背上书包，跑跑跳跳地追上了已经走到林荫道上的江海。阳光落在我的鼻尖，我侧过头去，看到身边少年眉头紧锁，我猜是因为昨天的那道傅里叶变换。

所有人都只看到我和江海风光无限的一面，但是他们都忽略了，江海对科学如痴如醉地痴迷，他曾经被自己调制的化学试剂炸伤，至今额头还留有一道伤疤。

而我？刻苦程度甚至远远不如江海的我，每天也要背下五十个单词，连睡觉都塞着耳机在听《60-Second Science》（《科学美国人60秒》）。

办理签证那天，签证官隔着玻璃窗户问我，"你为什么要选择斯坦福？"

我笑得胸有成竹，眉飞色舞："Because I deserve it.（因为我值得）"

他冲我露出赞扬的微笑。

学校的公告栏橱窗，挂上了我和江海的巨幅海报。那是去年的照片，我和江海获得全国物理竞赛一等奖，报社来采访，江海毫无兴趣地低着头看书，我正在上课开小差，看到有镜头贴在玻璃上偷拍我们。我灵机一动，拍了拍江海的肩膀，他回过头来，我迅速地将手搭在他的肩膀上，咧嘴比了一个"V"的动作。窗外的梧桐树上还停着一只麻雀，叽叽喳喳地叫个不停。

我很喜欢那张海报，谋划已久后鬼鬼祟祟地从书包里摸出螺丝刀，拿书挡着我的脸，趁着四下无人之际试图拧松橱窗的玻璃挡板。

就在我成功拧开第一颗螺丝钉的时候，我身后传来一道硬邦邦的声音："姜河！"

我转过头，看到一脸不爽的顾辛烈大少爷。

他穿着淡蓝色的T恤，皮肤被晒成健康的小麦色，黑色的鸭舌帽压得极低，白色的耳机线一路落进他的裤包。他一副居高临下的样子，面色铁青地瞪着我，散发出一身的低气压。

我有些惋惜地收回手中的螺丝刀，跟他打了个招呼："嗨。"

他看着我手上的工具，和背后那幅双人海报，冷冷地说："出息。"

哪儿没出息了？照片的主角之一好歹也是我本人啊。虽然觉得浑身不对劲，不过我还是心虚地点点头，然后东张西望一番，用商量的口吻对他说："要不，你帮我？"

顾辛烈狠狠瞪我一眼，火冒三丈地反问："你让我帮你？"

我有些不好意思地指了指橱窗："最上面那两颗螺丝有点高，我踮脚都够不着，你来得正好，我们好歹同学一场……"

我话还没说完，他就冷冷打断了我："做梦！"

"你没事吧？"我有些疑惑地问，他今天可真是反常，"脾气这么差，谁惹你了？"

顾辛烈不说话，只是瞪着我。

"别看我啊，连你顾大少都搞不定的人，我怎么可能有办法。"

"姜河，"他一副快要被我气死的样子，"美国有什么好？"

我想了想："我也不知道，可能是因为很远吧，梦想不是都在远方吗？"

顾辛烈不说话了，直直地盯着我。我正准备说点什么，他忽然转过身，大步流星地走了。

我摸不着头脑，耸了耸肩，拽什么拽啊。我只得自己去草坪里搬石头，石头又重又脏，弄得我灰头土脸，我一边搬石头一边感叹道，男人心，海底针哪。

等等，我忽然反应过来，刚刚顾辛烈骂我没出息？

不是，你顾辛烈顾大少从小哪次不是抄我作业和试卷，脑袋里装的全是豆渣渣，你居然也有资格骂我姜河没出息？

可是那两颗螺丝实在是太高了，我就算是踩上了石头，也只能勉强够着。正在我垂头丧气之际，忽然身后伸过一只手，轻而易举地扯出了螺丝。

我转过头，看到顾大少一张帅脸上写满了不开心。

"看什么看！"他吼我，"没看过帅哥啊？"

我努力憋住笑："你怎么又回来了？"

他没搭理我，问我："你拿这幅海报干吗？"

"啊，"我摸了摸脑袋，不能说实话，只好含糊地说，"留作纪念吧。"

"有什么好纪念的，"他冷哼了一声，"笑得嘴都要咧开了。"

名声大噪之后，烦恼和麻烦也马上随之而来。为了学校的重点大学升学率，我和江海依然留在学校参加这年的高考。因为江海年纪的原因，高中部的女生对他大多还是当弟弟看待，可是初中部的女生早已把他当作了男神，还十分无聊地成立了一大堆后援会。

这使得我每天都偷偷对着江海那一抽屉的情书和巧克力恨得牙痒痒，于是清理这些东西成了江海每日必做的一项功课。

江海这个人，虽然沉默寡言，但是家教非常好，做不出将它们哗啦一声全扔垃圾桶里的事，于是他去问老师要来一个很大的纸箱，整整齐齐地将女生们送给他的东西放进去。等装满一箱，便郑重地交还给后援会会长，那是个扎着双马尾的可爱的女孩子，然后再由她转交回别的女孩子。

我自告奋勇："交给我来处理吧！"

"你喜欢吃巧克力？"江海惊讶地问我。

"不是。"我胸有成竹地笑了笑，内心深处有个小人在慢慢磨刀，阴冷一笑。

第二天清晨，我起了个大早，学校寂静得鸟鸣声异常清晰。我一边吃着油条一边喝着豆浆，潜伏在教室门口，正好堵住了那群偷偷来送情书的小女孩，噢，不对，或许我同她们一般大小。

十五岁的我，挺了挺小荷才露尖尖角的胸部，用一种学姐的眼神将她们从上到下地打量了一阵，然后我问她们："你们能记得圆周率后几位小数？"

她们面面相觑，不明所以地看着我。

"你们知道常规的实验室里怎么测量普朗克常量吗？"

她们继续一头雾水。

我继续嘲讽地看着她们："你们写一封情书的时间是多久？三个小时，一天，一个星期？你们花在背历史上的时间又是多久？你们记得第一次世界大战哪年到哪年？你们知道抗日战争胜利是哪一天吗？"

她们终于扯着衣摆低下了头。

清晨的阳光落在我的脸上，我一字一顿慢慢地说："我不知道你们喜欢江海哪一点，但是如果爱慕一个人，想要陪在他的身边，那就应该让自己变得更好，堂堂正正地、成为能够与他比肩齐声的人。"

一群女生被我说得鸦雀无声，我自己都忍不住在心中为自己拍手喝彩,姜河,你真是帅呆了。然后我喜上眉梢地打了个哈欠,回过头去,我刚刚张大的嘴一下子僵住,张也不是,合也不是,他什么时候跑出来的。

我居然在短短三天之内,再一次见到了顾大少,这个频率也太高了。自从进入青春期,他的身高势如破竹,抽条拔节,比江海还要高上一点。他站在那里,有些反常地冲我吹了声口哨,我第一次发现他笑起来没有以前那么蠢了。

他迎面向我走来,将一瓶温热的牛奶递到我的手上。

我愣了愣,下意识地问:"干吗?"

他没回答我,敲了敲我的脑袋,一点也不诚恳地、拽死人地说:"拜托你啦,小矮子。"

顾辛烈走后,我才回过神来,见他恢复正常,不再是几天前吃了火药的样子。撕开奶瓶的盖子,习惯性地舔了舔上面的牛奶,然后咕噜咕噜几口就将牛奶喝了个底朝天。

到了高考前冲刺阶段,老师们开始理直气壮地霸占体育课。所以当好不容易有一节体育课幸存时,全班就像是动物园被关了一个月的猩猩放假,一窝蜂地冲了出去。

我和江海依然和他们显得格格不入。通常体育课上女孩子都是两三结伴一起打羽毛球,但是从初中开始我和江海就习惯性地不被同班的人所接纳,最开始的时候我果断选择了翘课。而江海解决这一困扰的办法显然就比我高明得多,他一个人在体育馆里打壁球。

作为江海的忠实跟屁虫,我当仁不让地扛起球拍,自信满满地要同他大战三百回合。

"如果我赢了的话,"我想了想,"你就请我吃烧烤好了。"

"好。"他点点头。

可是事实证明,我的小脑构造和顾辛烈那厮的大脑构造一样,是完全不能够使用的。

十分钟下来,我输得惨不忍睹,江海却居然一直用的是右手,没错,江海是个左撇子。

从那天以后,我就知道不要再用自己的运动细胞在江海面前自取其辱。好在我的人生从来不知道放弃为何物，下一次上体育课，我便背了一个画夹子，坐在体育馆的地板上画速写。江海线条流畅的小腿，江海挂着汗水的下巴，我一边画一边感叹，江海真是上帝造人的极致。

这最后一节体育课，我也同往常一样，支起画架，把头发扎起来准备开工。

"姜河。"江海难得地主动喊我，他走到我身边，将球拍递到我面前，"我们来打一局吧。"

受宠若惊！我赶忙站起来，用手梳了梳我杂乱无章的头发，可是我这一激动，膝盖撞到了我的画架，它砰一声摔在地上，里面夹着的画全部掉了出来。

跳跃的江海，挥拍的江海，抿嘴的江海，喝水的江海，擦汗的江海……江海江海，江海散了一地。

我目瞪口呆，偷偷用余光瞟了一眼地上的画，再瞟了一眼江海。他倒是面色不改，十分镇定地蹲下身将画一张张捡起来，叠好，重新放回我的画夹里。

"你要打吗？"他又重新问了我一遍。

"打，当然打！"我点头如捣蒜，"赢了请我吃烧烤噢。"

发球权归我，我有些心不在焉，屡屡出界，反手击球的时候更是直接把球拍挥了出去。江海很快拿到九分，他一边抛着球一边走到我面前："去美国以后，再一起打球吧。"

对啊，我和江海，还有很长很长的时间呢。

我笑着同他握手，然后背着画板走出体育馆，准备好好再观赏一遍我的母校。

经过篮球场的时候，我无意转过头去，看到一群少年在球场拼得火热。正好篮球滚到我的脚边，我弯下腰捡起来，有个男孩跑到我面前，抱歉地说："不好意思。"

我抬起头，和顾辛烈面面相觑。

他穿着白色运动背心，看起来倒是人模狗样，原来我们的体育课是在同一节，三年来我竟然从未发现。我心情颇好，也不同他找茬，将球递给他。

"你等等。"他接过球，转过身将球抛给还在球场的队友，然后又重新看着我，不知道想说什么。

"你干吗？"我不耐烦地皱起眉头。

"哦，是这样的，"他有些胡言乱语，大概自己都不知道自己在说什么，"你今年NBA（美国职业篮球联赛）的时候可别忘了去洛杉矶，火箭有比赛。"

我无语地看着他："我对篮球又没有兴趣。"

"可是你以前不是很喜欢看《灌篮高手》吗？"

"笨蛋，我只是为了看流川枫啦。"

顾辛烈不说话了，讷讷地看我，他的队友在不远处大声催着他。我扑哧一声笑出来，踮起脚尖拍了拍他的肩膀："好啦，你要想看NBA的话，就来美国我们一起去看啊。"

"真的？"他惊讶地睁大了眼睛，"你说的。"

"我说的。"我点点头。

他这才往回走，一边走还不忘辩解："喂，我又不是非看不可。"

我站在台阶上看了一会儿他们的比赛。顾辛烈三步上篮，手腕轻轻一扣，篮球在空中划出一道漂亮的弧线，稳稳当当地落入球筐。我忽然想起六七年前和他一起躲在课桌下偷偷看《灌篮高手》的日子，樱木花道不分昼夜地练习投篮，两万个球，最后他站在球场上，跌破了所有人的眼镜。

他叉着腰哈哈大笑："我是天才！"

穿着初中部校服的女孩子们将球场围了个水泄不通，大声地为顾辛烈加油。他笑着举起手臂，同队友们一一击掌。

那一瞬间，我忽然有些恍惚，如果我没有遇见江海，如果我愿意选择一条平凡的道路，那么现在我也应该是他们之中的一员，肆意地享受着青春，没有那么多的光环，也不必体会揠苗助长的痛。

我站在五月的微风中，同平行世界的自己说了一句再见。

然后我背着画板，蹦蹦跳跳地回到属于我的世界。已经是放学时间，教室里空空荡荡，我惊讶地发现江海还在座位上："你怎么没走？"

"嗯，"他平淡地说，然后合上手中的书，"请你吃烧烤。"

"你在等我？"

"嗯。"

我这才想起下午打球前我那句开玩笑的"赢了要请我吃烧烤噢",可是我明明输了呀。

我笑了笑,放下画板:"好啊。"

我所选择的那条道路,看起来又独孤又曲折,没有那么多阳光和雨露,没有那么多欢声和笑语,可是,我侧过头看着与我并肩而行的江海,他的刘海跌入眼睛,像是跌碎的月亮。

我,还是比较喜欢现在的自己。

我奔赴美国的前一天,是个炎热的夏日。两个三十寸的行李箱已经满满当当收拾整齐,靠在墙壁边,又大又寂寞的样子。

我心中有种忐忑的期待,又有一种难以言状的伤感,我用透明的皮筋将刘海扎起来,看起来像是哆啦A梦的竹蜻蜓。夏天的衣服都已经打包好,我翻箱倒柜才找到一件蓝白条纹的吊带衣,和系松紧的居家短裤。我坐在地板上,毫无形象地啃着西瓜,老爸在一边又劈开一个递给我,心疼地说:"多吃点,去了美国可就没得吃了。"

我一边机关枪一样地吐着西瓜籽一边回答我爸:"得了吧,美国要没西瓜,那怎么来的watermelon(西瓜)?"

我爸瞪我一眼:"少贫嘴,美国的西瓜哪有我们的好吃?"

"爸,那里可是加州,四季如夏,阳光充足,水果是出了名的好吃,加州甜橙您听说过没?车厘子您没吃过吧,又名美国大樱桃,2.99刀(美元)一大袋呢!"

听到这,正在对照着行李清单的我妈猛然抬头:"坏了,那加州有冬天吗?我给你塞了好几件羽绒服呢!"

"有,还是没有呢。"我眼珠子转了转,然后放下手中的西瓜,顺手在衣服上擦了擦,"等等,我问问。"

老妈又开始骂我:"让你不准在身上擦手,女孩子家家的,像什么话!"

我吐了吐舌头,拿起电话拨了江海家的电话号码。这八个数字,对我而言烂熟于心都不足以形容,我可以完全不假思考地用它们做几百种数字排列,在电话嘟了三声后,我又猛地挂了电话。

我要是问他"加州有没有冬天"一定会被他认为笨死了。

于是我咬着指甲,自作主张地告诉我妈妈:"不用了,北加州没有冬天。"

我妈妈半信半疑地打开行李箱,从里面拿出两件羽绒服,又不放心地塞回去:"还是带着吧,以防万一。"

我看着那胀鼓鼓的两个行李箱,叹了口气:"妈,不用带这么多的。你看看你都塞了些什么,擀面杖、衣架子……还不如两瓶老干妈来得实在。"

"都带着吧,万一呢,那边东西多贵啊……"

"哪有什么万一,什么买不到啊,飞机是有限重的,一件行李23公斤,超了要罚钱的。"

我妈这才不情不愿地把什么毛裤、热水袋拿出来,我爸还在一旁怂恿我:"来,再吃一牙。"

这天和以往我家的每一天,好像并没有什么区别。

直到我妈忽然惊乍乍地站起来,跑到楼下去装了一袋子泥土回来,小心翼翼地封好:"丫头,我给你说,等你到了美国把这泥拿一点出来冲水喝,就不会水土不服了。"

"妈,你知道这里面有多少细菌吗?喝了我才会水土不服呢。"

"还贫。"我妈伸手过来打我的头。

"妈,你别打我头,打笨了怎么……"

我赶忙拿双手捂住头,最后一个"办"字卡在嘴边,说不出来了。

因为我看见我妈的眼泪猝不及防地落下来。一滴一滴,倾诉的全是她不曾说出口的爱与不舍。

这就是家,由两个人的宣誓而开始,却随着孩子的离去而进入空巢期。

我爸闷声不响地抓了一包烟去了阳台。

我一看我妈哭,眼圈也一下子红了,我仰着头,沙哑着声音说:"妈你哭什么,再哭都不美了。"

我妈捂着嘴哭:"美国啊,美国实在是太远了,坐飞机都要十几个小时,你一个人在那边,万一出点事,我和你爸该怎么办啊……"

我木讷地抱着我妈,也不知道该说什么。我妈哭了一会儿,也渐渐缓和下来。我能去美国念书,我妈其实是最高兴的人了,她一辈子连省城都没出过,美国都从来只在《新闻联播》里听过。可是直到今天我才明白,她一定独自一人哭过好多好多次。

我就是在这样伤感而沉重的气氛下,听到了顾辛烈的声音。

顾辛烈这个人,从来都是只长身高不长脑袋的,他竟然还和小学我们坐同桌那会儿一样,拿一个扩音喇叭在我家楼下大声喊:"姜河,姜河!"

……要不怎么说你是暴发户呢。

我没好气地踩着拖鞋冲到楼下,在我爸笑眯眯的目光中,一手夺过他手中的喇叭,一手捂住他的嘴,我恶狠狠地瞪他:"你发什么疯!"

他笑嘻嘻地冲站在阳台的我爸和我妈挥挥手。我这才发现,他身后停了一辆价格不菲的山地车,后轮的挡泥板被卸下来,改装上了后座,我嘴角抽了抽:"你的?"

他回过头看着我,不说话,我被他的眼神看得毛骨悚然,我缩了缩脖子:"干吗?"

"你怎么穿成这样?"他哭笑不得。

我不在意地扯了扯衣摆,然后问他:"你找我什么事?"

"带你去个地方。"

我挑挑眉毛,坐上他身后的车,脑海里想着的还是当年从私家车上下来的小少爷。此时他坐在我前面,我才发现他高出我许多,完全挡住了我的视线。

我抓住顾辛烈腰间的衣服,他身材精瘦,皮肤被晒成健康的小麦色,这样近的距离,我甚至能看清他耳垂上有一颗痣,我隐约中想起,好像好几年前我就知道他这颗痣,可是时间太久,我早已忘记。

路上人烟稀少,忽然经过一个长长的下坡路,他竟然加快速度冲下去,道路两旁的树木极速后退,我不得不使劲抱住他的腰。我和他贴得很近,我甚至能感觉到他身体散发出来的热气。

我在他耳边大声叫:"停下来!停下来!顾辛烈!顾——辛——烈——"

他恍若未闻。熟悉的街景在我眼前飞速后退,一帧一帧,像是一台高速运转的机器,我干脆闭上眼睛,在脑海里翻出一道相遇问题,A地的火车以45km/h的时速,B地的火车以30km/h的时速,一只鸟以10km/h的速度……

在我已经在心底算完三道应用题后,顾辛烈终于在郊外的湖边停下来。

他转过头来看我,已是夕阳近黄昏,天边的火烧云翻滚,一层一层,灿烂得像是在燃烧。我翻了翻嘴皮,正准备骂他,他却先开口了:"姜河,你觉得刚刚的速度快吗?"

"你说呢,小鸟还没来得及掉头就撞火车头上了……"我语无伦次地回答。

"可是,对我来说,和你相比,这样的速度什么也算不上。"

我不明白地抬眼看他。

他看着我的眼睛,自顾自地说下去:"姜河,为什么你总是这样?你离开从来不说一句再见,你要去的地方,我永远都无法追上。"

我脑子嗡的一声,我愣愣地看着他,难得地发现自己反应太慢,慢到我只能看清楚,原来顾辛烈的瞳孔是深棕色,和江海漆黑得犹如黑夜不同,他的眼眸清澈得像是一汪湖水。

晚霞照下来,站在我对面的少年像是被镀上了一层柔光,可是他难过的表情将使我毕生难忘,他说:"姜河,为什么你从来不肯等一等我?"

明明知道追不上,为什么小鸟还是拼了命地往前飞。

夏天的蝉鸣啊,不肯停歇地叫了一整晚,而孤独的月光远远挂在天边,和所有年少的心事一般不肯睡去。

第二天,我爸比平常早起一个小时,连早饭都没吃就去上班,我妈嚷嚷着要打扫卫生走不开,于是江海来接我的时候,我一个人站在我家楼下,左右一边一个大行李箱,特别的凄凉。

江海诧异地看了我一眼,帮我把箱子搬上车,没说话。

见我拘束地坐在后座,江海的母亲从包里掏出一盒巧克力递给我,笑着说:"吃一点吧,舒缓心情的。"

江海的母亲像一位美丽的贵妇人,将黑色的头发盘起来,看起来又温柔又优雅。我曾在家长会上见到过她几次，每次看到她，我仿佛也能想象出江海穿着裁剪得体的黑西服风度翩翩的样子。

众人皆道我同江海是天造地设，世间最登对，可是其实他们都错了，我是夸父，他是我追逐一生的烈日。

"我以前去英国留学，我父母也从来不送我，那时候我在心里埋怨他们，后来我自己也为人父母了，才知道，他们的不送，正是因为对我的不舍。"江海的母亲宽慰我道。

大概是为了照顾我的情绪，江海的母亲到了机场，就稍微叮嘱了他几句，说了句"照顾好你同学"后便走了。

站在人来人往的机场大厅，灯光强烈得仿佛永远是白昼，我正有些低落地想着我妈现在肯定在家把枕头都哭湿了，忽然有人从背后拍了拍我的肩膀。

我转过头去，看到气喘吁吁的顾辛烈。

"你……"

"这是我的手机号码，今天早上才去营业厅办的。这是我家的地址，这是我的电子邮箱，雅虎的，应该能收到国外的邮件，但是我听说国外都用Gmail（一款电子邮件），我今天再去申请一个。这是我妈的号码，这是我爸的，这是我爸公司地址……"我还没来得及反应，顾辛烈就递给我一个皮套本子，一页一页地给我介绍里面写着的信息。

江海就站在我们身边，他大概不认识顾辛烈，可是我心中却莫名地想起一首歌，《爱我的人和我爱的人》，然后我就开始自顾自地脸红起来了，根本就没注意顾辛烈在唠唠叨叨些什么。

"姜！河！"顾辛烈咬牙切齿地叫我，将我的思绪拉了回来。

我发现很多时候，顾辛烈面对我都只有咬牙切齿这一个表情。

"算了，"他一副败给你了的表情，然后将手插入裤包，他穿一件宝蓝色的运动背心和沙滩裤，看起来十分吊儿郎当，他低着头，看着机场光洁的地板，"你要是有什么事，就给我打电话，我大概会在，十三，十五……嗯，反正会在二十四小时内赶到。"

"……你没美国签证，会被当作非法入侵。"我善意地提醒他。

"可恶，姜河你很烦耶。"他瞪着眼睛，冲我挥了挥拳头。

我吐了吐舌头，认真地将记事本放入登机的书包里，诚恳地对他说："谢谢你。"

顾辛烈被我这样郑重的表情吓了一跳，憋红了脸，大概忘了要说什么。然后他烦躁地揉了揉自己的刺头，看了我一眼，"那我走啦，拜拜咯，一路平安。"

然后我还没回过神，他人已经走出了机场。正午太阳明晃晃地刺眼。

我抬头看了江海一眼，他依然没有什么表情。周围送别的人换了一批又一批，人人都是再三说着珍重，我在一旁隐约地听着，我想，大概是因为江海在我的身边，所以我觉得什么都不怕。

飞机准点起飞，上升的加速度让我开始耳鸣，我身旁的江海帮我向空姐要来一杯水。我没想到他竟然还记得我晕机这件事。

当时我们一起去北京参加物理奥林匹克决赛，那是我第一次坐飞机，我晕机很严重，一直低着头，想吐又吐不出来，吵到了坐我身边的江海。

他沉思着看了我一眼，然后开口问："姜河，你知道通古斯大爆炸吗？"

我不明就里，但还是点点头。

然后他一边看着我一边缓缓开口："我看过一则报道，有人猜想这是因为特斯拉的无线电能传输实验引起的。"

我哈哈大笑："怎么可能，特斯拉的粒子武器根本没有实现，而且沃登克里弗塔的电能根本没有办法传达到通古斯，太远了。"

江海赞同地点点头："但是这个想法很有趣。还有，有一次，爱因斯坦在排练弦乐四重奏的时候被大提琴手训斥，说阿尔伯特，你什么都好，就是不会数数。"

"你知道吗，我一点也不喜欢爱因斯坦，虽然他的相对论改变了整个物理界，你知道为什么吗？"

江海想了想："因为他辜负了他的第一任妻子，米列娃·玛丽克？"

我义愤填膺："我不喜欢他。"

"那你应该很喜欢阿基米德。"

"因为他将他的一生都献给了数学？"我反问。

江海点点头，我和他便这样聊起天来，我喜欢我和江海之间的默契，那是一种无法同旁人言说的愉悦。江海的语速很慢,语气也很平淡,偶尔还会顿一顿,大概是在回忆一些细节,我却被他那样面无表情的样子逗乐了。

"谢谢你。"我被他感动。

他又点点头,看了看我,确认我已经被分散了注意力没有再晕机后,便重新戴上眼罩继续睡过去。

没有想到,我们第二次一起乘飞机的机会来得这样快。我们在上海转机,从上海到旧金山,需要整整十二个小时的飞行时间。我们将跨越太平洋,然后在那座充满传奇色彩的城市降落。

我提前吃过晕机药,上飞机后换上拖鞋,搭上毛毯,拿出MP3开始放柔和的轻音乐,准备一睡到底。

我煞有介事地咳嗽了一声,问一旁的江海:"我可以靠在你的肩膀上吗?"

江海睁开眼睛,看了我一眼,没有说话,却像是作为回答一般调整了身体的高度,将肩膀落下来,正好是我能枕到的位置。

"谢谢。"我在心底说。

然后我扯下右耳的耳机,闭上眼睛,安心地靠上了身边少年的肩膀。

断断续续的睡眠之后,我们终于抵达了目的地。

广播里传来空姐的声音:"Welcome to beautiful beautiful San Francisco. (欢迎来到美丽的旧金山)"

随着这道温柔的声音,我猛然转头望向窗外,透过机窗第一眼看到的是,旧金山那蔚蓝色的绵延海岸,海天相接,好似无限远。整座城市安静地沉睡在海岸线之中,我听到自己怦怦的心跳声。它是如此的夺目璀璨、金光闪闪,美丽得让人无法呼吸。

而后的岁月,无论我多少次离开旧金山,又多少次回到这座城市,每一次俯瞰它,都会有一种如初恋般无法自拔的情愫。

我回过头看向身边的江海,他也正好抬起头看向我,金色阳光落在他的脸颊上,好看得像是一幅画,那一瞬间,我凝视他漆黑的眼眸,差点落下泪来。

我仰起头,努力微笑起来,伸出手,和江海在空中默契而漂亮地击掌。

你好，旧金山。

那时的我不知道，这座城市，将会埋葬我此生所有的爱恨情仇。

第二章　曾经共舞，是我毕生的快乐

无论是旧金山还是爱情，它们都只是我们心中的一个梦。

旧金山同中国相距近万公里，八月还在实行夏令时，时差十五个小时。

我同江海提前一个星期抵达学校，我花了三天时间来倒时差。每天一觉睡到下午四五点，穿着HELLO KITTY（凯蒂猫）的粉红睡裙含着牙刷在镜子前"左三圈右三圈，脖子扭扭屁股扭扭"。然后晃着腿趴在地毯上看漫画，电脑音箱开到最大，"If you come to San Francisco.（如果你来旧金山）"。

漫画里男女主角趴在课桌上，一人戴一只耳机，侧着头看向对方，眼角眉梢都是笑，身旁窗台上开了一簇不认识的花。

我昼夜颠倒，夜越深越有精神，肚子饿了就轻手轻脚溜到客厅，拉开冰箱门，翻出昨天剩下的比萨，连加热都懒得，就配着冷牛奶一起吃。我蹲在地上吃得正香，忽然听到一阵开门声。

我抬起头，正好看到推门而入的赵一玫。

我赶忙吞下嘴里的比萨，举着手里一加仑的大罐牛奶瓶子，冲她挥挥手："……嗨。"

为了学生的安全以及尽快适应大学生活，美国大部分学校都要求新生在第一年必须住学校的公寓，我在选择住宿条件时要求室友均为中国女生，所以最后我被分入了这间3B2B（three bedrooms two bathrooms，三室两卫）的寝室。

赵一玫是我的室友之一。她的房间就在我对面，是这间屋最大的房间，卧室自带卫生间，租金高出我一百二十刀。她是个非常漂亮的北京女孩，身材高挑，深酒红的长发，她主修西班牙语。她比我早来几天，当我第一次看到戴着名牌墨镜背着土黄色名牌双肩包的她时，觉得整个人双眼都被闪瞎了。

她到美国的第一件事是买了一辆全新的雷克萨斯双排小跑车，她简直是个购物狂，每天都在外面游荡，三天来我和她只说过几句话，至今只知道她的名字。

"嗨，"她走到我面前，看到我面前那盒寒酸的比萨，挑挑眉毛，"没吃晚饭？"

"我生物钟乱了，也不知道这算不算晚饭。"我不好意思地说。

"别喝这个牛奶，"赵一玫瞟了我手中的牛奶一眼，拉开冰箱，从里面拿出她那盒有机牛奶，"美国食物激素太多了，别的不说，牛奶和鸡蛋一定要选有机的，不然不仅要发胖，还要长体毛。"

我吐吐舌头，接过她的牛奶："谢谢。怪不得，我昨天喝了牛奶，今天脸上就爆痘。"

"不过，"她手撑着脸，似笑非笑地打量我，"你才十六吧？吃点激素也好，说不定你的A杯还能有救。"

我震惊地张大了嘴巴，鼓着眼睛看着她："胸不平何以平天下。"

她哈哈大笑起来，眉眼斜飞上挑，在夜里有一种放肆张扬的美。

那一刻，我有一种感觉，我们一定会成为很好的朋友。

我想她大概也有这样的感觉，因为她问我："我明天去宜家买东西，你要不要一起去？"

我想了想我那间空荡荡的卧室，点点头："好啊。"

第二天出门前我给江海打了个电话，我们一起合办了一个Family plan（家庭计划套餐），这是留学生之间最常用的手机套餐，相互之间通话免费。一般四五人比较划算，但是我和江海都没有提过要加别的人。

江海的电话打不通，我有些沮丧，赵一玫丢了一支防晒霜给我。她的皮肤是小麦色，是美国人最喜欢的肤色，在阳光下看起来十分迷人。

美国的东西大多比国内大一号，就连宜家也不例外。中规中矩的家具和顾辛烈一样，同国内相比一点情调也没有，尽管如此，我还是忍不住地买了各式各样的餐具和日用品，所有的东西都是两套。

然后我站在一对情侣杯前犹豫不决，上面印着梵·高的《星空》。我想要买来我和江海一人一只，但是又怕被他发现这是情侣杯。

赵一玫瞟了我一眼，打趣道："哟，还未成年就情窦初开了？"

"没有，我就是觉得这个杯子好看。"

"那你干吗不买？喏，还是on sale（打折）的。"

"买、买、买就买！"

于是，在赵一玫戏谑的目光下，我硬着头皮拿下那对情侣水杯。沉甸甸的握在手中，我的手指摸索过光滑的杯面，想象着每天清晨江海用它喝咖啡的样子，他会不会知道，我在用这样的方式同他说早安？

赵一玫买了一个巨大的衣柜和化妆桌，她一边用铅笔抄写货号一边对我说："我曾经有一个愿望，就是能和我喜欢的男孩一起逛宜家。"

"为什么？"

"之子于归，宜室宜家。我一直觉得，IKEA（宜家）的中文译名实在是太贴切了，让人一瞬间想到了家。"

其实我想问她的是，为什么是曾经。但是看着赵一玫的样子，我没有再问下去。

下午回去的时候，我又给江海打了一通电话。

他接起电话，说抱歉早上没有听到我的电话，他的声音听起来却十分虚弱，我担心地问："你怎么了？"

"有点不舒服。"

然后在我的追问下，才得知他昨晚去超市买了一杯草莓味的哈根达斯，吃完以后他才想起来自己似乎对草莓过敏。他一边想着只是草莓口味而已，一边发现自己开始发烧了。

于是他就这样在床上躺了一天。

听完之后，我举着手机呆若木鸡。开玩笑吧，我想，我肯定是在做梦吧，正在说话的那个人可是江海呢，江海可是我的男神啊，自我十岁开始认识他，我连他皱眉的表情都没有看过，我一直认为，世界上没有任何事可以难倒江海。

他可以只看一遍就背下整张化学元素周期表，可以在体育比赛开始前建模计算出比赛结果，可以准确无误地给我指出玫瑰星云的位置。

最后却被一勺草莓冰激凌放倒了。

这个事实让我十分开心，这种百年难得一遇的机会居然被我撞上了，我对着镜子换了三套衣服，最后把白天在宜家买的东西装满了一个大纸箱子，然后颤颤巍巍地抱着它出了门。

刚出门，有个美国男孩主动来帮我搬箱子，笑着问我："你是去找男朋友吗？"

我不好意思地摇摇头，他耸耸肩说："我总是辨认不出你们东方女孩的年纪，你看起来像是只有十四岁。"

我哈哈笑着，告诉他我十六岁，他惊讶地吹了一声口哨，说："你一定非常非常聪明。"

江海在他的宿舍楼下等我，他穿着皱巴巴的棉T恤，因为发烧脸颊泛着不自然的红，看起来像个小孩子，我笑嘻嘻地蹦到他面前："草莓男孩！"

江海无可奈何地看了我一眼，我跟在他的身后走到他的屋内，江海喜静，住的是一间1B1B（一室一卫）的单人房。我将买来的台灯、毛巾、碗筷、衣架……一件件拿出来给他，他弯着腰坐在床上，低着头，感觉像是睡着了。

我坐在地毯上，背靠在床沿边，抬起头看着身边婴儿一般呼吸均匀的江海，他的刘海碎碎地跌下来，遮住了他的眉毛，那一刻，我心中涌起一种无法形容的心动和感动。

这种感觉，好似相爱已久的爱人，朝夕相对，早已熟悉彼此的存在。我手中还拿着宜家买来的星空瓷杯，我轻轻地咳嗽了一声，蹑手蹑脚地站起来，将它放在江海的书桌上。

等我收拾好东西后，江海躺在床上，我在他的额头敷上冷毛巾降温。窗边静静立着他的美人蕉留声机，明明美国也有卖，可是江海还是不远万里，从国内通过海运将它寄了过来。黑色的古典留声机，站在阳光照射不到的位置，有一种谦卑的力量。

这就是江海,他学习的明明是世界上最先进的科技,却固执地迷恋带着岁月味道的旧物。他不喜欢社交网站和软件,如非必要,连手机也不会碰。

他是个内心非常强大和宁静的人,他身上的一切都让我如此着迷。

我站起身打开留声机,放了一首江海很喜欢的巴赫。

我站在床边,叫江海的名字:"江海,江海。"

他没有回答,我俯下身,能清楚地看到他又长又黑的睫毛,覆盖了那双深潭似的双眼。鬼使神差般,我在他薄薄的双唇上,轻轻地、轻轻地吻了一下。

八月的旧金山,窗外是星云般盛大的火烧云,那是我见过最美的夕阳,我亲了亲我深爱的男孩。

在江海醒来前,我做贼似的飞奔着逃离了他的宿舍。我大气都不敢喘,脚踩风火轮,回到寝室楼下,才发现自己忘记带门卡,只得一边傻笑一边坐在台阶上等有人开门。

我就是在这个时候撞见了赵一玫,她穿着吊带衫和人字拖,大概是匆忙出来的,她拿着手机好像在和对面的人吵架,我听到她狠毒地大声说:"沈放,你怎么不去死?"

说完她挂掉电话,发疯一样将手机往地上丢。然后她转过身,和我照了个对面。我尴尬地冲她挥挥手,然后弯下腰将她的手机捡起来递给她,不知道该说什么。

赵一玫盯着手机屏幕,上面没有新的来电,她十分失望地低下头。

于是我自认为十分贴心地安慰她:"应该是手机摔坏了,电话打不进来。"

赵一玫耸耸肩,我发现她已经又换成了那种若无其事的表情,好像对什么都不在乎,她问我:"你怎么在外面,送杯子去了?"

我忽然又想起那个偷来的吻,和江海柔软的嘴唇,像是暖暖的棉花糖。我倏地一下脸红起来,不好意思地回答:"嗯。"

"你知道吗?"赵一玫笑着对我说,"送杯子的意思就是,把我的一辈子都给你。"

我侧过头看她,她身后是旧金山的夜空,满天繁星,好似触手可及。

晚上睡觉前,我犹豫着给江海发了条短信,问他身体有没有好一点。他几乎不用手机,更别提短信,可是这次,在我放下手机的那一刹那,手机响起来。

江海的声音还是嗡嗡的,低沉得很是温柔,他说:"姜河,谢谢你。"

我握着电话,心跳如雷,往日的伶牙俐齿在江海面前扑腾一下全都没了,我结结巴巴地回答:"没,没事就好,我先睡了,晚,晚,晚安。"

我终于在期待中迎来了开学。第一学期我选了十五个学分的课程,江海修了电子和物理双学位,选了二十三个学分,于是我们的时间表错开得很远,只有线性代数和C++(计算机编程语言)语言是同一门。

我为这件事沮丧了两天,在第三天我发现我仍然可以在图书馆每天找到江海,而且刚开学课程很轻松,我还能跟着他去旁听物理学院的课。

"周五晚上有新生晚会,"我期待地问他,"你要去吗?"

他停下手中的笔,摇摇头。虽然早知道是这个结果,我还是忍不住沮丧了一下,我刚刚买的白色小晚礼服,不知道什么时候才有机会穿给江海看。

他似乎发现了我情绪低落,抬起头问我:"你很想去?"

"对啊,"我又精神抖擞起来,瞎编道,"第一次参加晚会啊,感觉很有模有样,可以认识不少人呢,哦对了,还有很多好吃的!"

"很多好吃的?"江海疑惑地皱起眉头,一本正经地问,"你是指大号的比萨还是双层汉堡?"

我十分哀怨地看了他一眼,却听到他慢条斯理地说:"那么,周五见。"

我盼星星盼月亮一样盼到周五,下午一下课就飞奔回寝室,以洗两个星期碗为代价让赵一玫快点开车回来给我化妆打扮。

刚刚挂掉和赵一玫的电话,我忽然听到一阵急促的开门声,把我吓得差点尖叫起来。我吞了吞口水,随手抄起一旁的吹风机,深呼吸三次压压惊,轻手轻脚地向门边挪过去。

在大门被推开的那一刹那,我闭上眼睛咬牙将吹风机往前狠狠一砸。

哐当一声，我手砸歪了，新买的吹风机磕在门框上，听声音应该是裂开了。我心疼地慢慢睁开眼，看到我面前站着一个女孩子，正用一种"为什么放弃治疗"的表情看着我。

我第一次见到何惜惜，差点把她砸个头破血流。

何惜惜就是我的第二位室友，她倒霉地遇上广州刮台风，晚了一个星期才抵达旧金山。她同赵一玫一样是十九岁，穿着普普通通的白色T恤，头发扎成马尾，戴了一副厚厚的眼镜。她学的专业是生物工程，我脑海中一下子浮现出她穿着白大褂擦眼镜的样子。

何惜惜似乎不太爱说话，不像我和赵一玫一样人来疯，不过无论如何，我对她第一印象不错，因为她冷静且善意地提醒我："你可以试着再塞点海绵，不然衣服会掉下去。"

……为什么你们都要和一个十六岁的少女的平胸过不去？

赵一玫回来后，从鞋柜里找出一双银白色的高跟鞋让我穿上，我差点摔了个狗吃屎。然后重重的假睫毛害得我眨眼都觉得困难，脸上不知道被她涂了多少底妆，粉嘟嘟的唇彩让我想要一口咬下去。

"你看，美丽总要付出点代价。"她说。

我睁开眼睛，看着镜子里的自己，我想，女孩子的天下，和男孩子的天下，是大不相同的。

等我们终于收拾打扮好自己，走出卧室，看到何惜惜已经放好行李坐在沙发上看书了。我冲她摆摆手："走啦，一起去party（聚会）。"

何惜惜似乎对此没有兴趣，但是我和赵一玫两个人太亢奋，硬是把她塞进了车里。在我们两人的盛装面前，她的T恤和牛仔裤显得异常突兀。

我在拥挤的大厅里找到江海，他穿着白色衬衫，风度翩翩。

我红着脸告诉他："我不会跳舞。"

江海微微一笑，冲我鞠了一躬，向我伸出手来："华尔兹是我认为的，最能体现数学的美感的一种舞蹈，实际上，我更喜欢它的另一个名字，圆舞。"

我冲他眨眨眼，将手扶上他的肩。江海曾经对我说过，他认为圆是最美的几何形状。

"右，左，并。左，右，并。"

江海低沉的嗓音在我耳边响起，在我听来犹如天籁。我一手放在他的手心，一手搭在他的肩膀，任由他带着我旋转，灯光落下来，他的眼睛看着我，明亮得犹如天边启明星。

圆舞，我同江海跳的第一支舞，我觉得这是一个好兆头，似乎预示着我和江海之间，无论走多远，无论遇见过多少人，但是总有一天，我们会回到原地，回到对方身边。

午夜晚会结束，我没有找到赵一玫和何惜惜，只得让江海送我回家。又圆又亮的月亮高高挂在天边，我没有喝酒，却已微醺，我和江海并肩而行，我不时转过头看他一眼，再看一眼，生怕他就此消失。

我胡乱地找些话来说："Joseph（约瑟夫）让买的那本《C++ primer》（《C++入门》）你买了吗？"

"嗯。"

我耷拉着头抱怨："好贵啊，两百多刀，根本买不起。"

"嗯，"江海想了想，"我帮你去跳蚤市场和二手书网站找找吧。"

"好啊，麻烦你了，对了，周末你有空吗，说好的来美国后一起打壁球……"

我生怕他拒绝，大气不喘地噼里啪啦地说了一大堆话，江海静静地听我说完，然后才开口说："姜河，你不要着急，慢慢说。第一，我周末有空。第二，我可以和你一起去吃那家日本菜。第三，我下周有一个project（项目），所以你在图书馆都能找到我。第四，姜河，把背挺直，你今晚很漂亮。"

他说得很慢，我低着头听，听到最后一句，我一下子愣住，抬起头看他，他也认真地看着我，我立刻满脸绯红，不好意思地笑起来，拉了拉礼服的裙摆。

江海将我送到寝室楼下，泳池旁有喝醉了酒的美国女孩同身边的男孩大声调笑，还有人在吃烧烤，热情地问我们要不要来一串烤棉花糖。

江海停下来，对我说："很高兴今夜能与你共舞。"

他彬彬有礼的样子让我想起《泰坦尼克号》里的那三名乐师，撞上冰山的巨船和绝望四散的游客之外，只有他们静静地矗立，献上生命的最后一曲。

我用钥匙打开寝室的门，赵一玫蜷缩在沙发上，呆呆地看着手机。何惜惜在玻璃桌前，扭开台灯，戴着耳机听歌。

我脚痛得快要断掉，踢掉高跟鞋一屁股坐在地毯上，打了一个哈欠，遗憾地说："要是有酒就好了。"

"未满二十一岁禁止喝酒。"赵一玫冲我翻了一个白眼，然后下定决心般丢掉手机，也走到我面前坐在地上。

"我只是说说而已，"我笑着靠在她的肩膀上，拉了拉何惜惜的衣摆，示意她也加入我们东倒西歪的队伍，"毕竟这是值得纪念的一个夜晚，庆祝我们在旧金山的生活正式开始。"

何惜惜转过头来看着我，静静地说："你知道旧金山在哪里吗？它不在当下，也不在别处，"她指了指她心脏的位置，"它在这里。"

八年后，在我离开旧金山的那一天，我才终于真正明白何惜惜这句话，无论是旧金山还是爱情，它们都只是我们心中的一个梦。

而等到那时，我再回想起一切开始的这一晚，想到我同江海跳的那支圆舞，想到赵一玫错过的那通越洋电话，想到何惜惜本不会去参加晚会，原来命运早在最初的时候，就已经在一旁冷冷地看着我们。

只可惜世上从来没有如果，已经发生的，即将要发生的，都像是命中注定。

美国大学的计分方式和国内大学有些不同，最终成绩由平时作业和两三次Midterm（中期）和期末考试共同组成。

第一次Midterm考试持续了三个小时，老师发的士力架被我吃得干干净净，在我筋疲力尽地回到寝室躺在床上时，赵一玫冲进来，十分妩媚地冲我抛了个媚眼，然后告诉我："我谈恋爱了。"

我花了十秒钟来消化这句话，然后目瞪口呆地看向她，她走上来捏了捏我床头的大海豚，"来，笑一个，晚上请你吃大餐。"

"有什么好吃的，"我恹恹地说，"我现在已经堕落到去Subway（赛百味）点footlong（足寸三明治）了。"

赵一玫冲我摇摇头："唯美食与爱情不可辜负。"

赵一玫的男朋友叫南风，是个中美混血儿，大我们两级，长着一张娃娃脸，笑起来的时候脸颊有酒窝。他叫赵一玫"阿May"，我很喜欢他叫赵一玫时候的样子，像是一个刚刚睁眼看到这个世界的婴儿。

他们两人的相识十分戏剧，赵一玫深夜抽风，开车去星巴克买卡布奇诺，在停车的时候神志不清，把油门当作刹车，一脚撞上前方的越野车。

怎么说呢，这种事发生在赵一玫身上，我真的一点都不感觉意外。

南风就是那位倒霉的车主，等他走出星巴克看到站在两辆车旁垂头丧气的赵一玫，他忍不住笑起来，走到她面前，将热乎乎的咖啡递给她，认真地说："给你。"

恰好是一杯卡布奇诺。

"真浪漫。"我羡慕地说，"所以你们是一见钟情？"

"你相信一见钟情？"赵一玫反问我。

我点点头，在那时候，我固执地认为，一见钟情才是真正的爱情。

"他出现在你最狼狈的时候，在凌晨一点的旧金山，递给你一杯热咖啡，难道这还不足够打动你？"我冲赵一玫翻了个白眼。

"Come on baby（别这样宝贝），女生可不能轻易被感动。"

我不服气，反问她："那你为什么要和他在一起？"

赵一玫顿了顿，隔了许久，我都快睡着了，她忽然开口："因为他的眼睛。他有一双很好看的眼睛。"

剑眉斜飞，写尽风流。

买单的时候，赵一玫让服务员打包了一份三文鱼，让我带回去给何惜惜。

"感觉很久没有见到她了。"她说。

"你们俩时间表错开了，她的课都选在了上午。她最近找到一份兼职，晚餐的时候你可以在自助餐厅找到她。"

"我才不去自助餐厅，"赵一玫吐吐舌头，"每次都克制不住，会胖死的。"

周末的时候，我一个人去超市买下星期的囤货，有机牛奶被放在冰柜的高处，我踮起脚尖也够不着。有一只手从我身后伸过来，轻而易举地拿下那盒牛奶放进我的购物车里。

我回过头，看到站在我身后的江海。

"嗨。"我开心地向他打招呼。

"你怎么一个人？你的室友呢？"江海皱眉问我。

"谈恋爱去啦。"

"那这么多东西你怎么提回去？"

我愣住，不好意思地挠挠头，"一下子忘记没车了。"然后又抬起头偷偷瞟了瞟他。

他发现了我的目光，点点头，是在说会负责送我回去。

我在心中欢呼雀跃，试探着问他："你平时都是这个点来超市吗？我以后可以和你一起来吗？我实在提不动这么多东西。"

"不一定，"江海想了想，回答我，"不过你要来超市可以给我打电话。"

YES！我在心中窃喜，顺便决定晚上回去请赵一玫吃一桶冰激凌。

结账的时候排队的人太多，我和江海选择自助check out（结账）。我将购物车里的东西一件件放上去，然后当我看到购物车里最后一样东西时，一下子僵硬住了。

"怎么了？"

江海问我，然后他上前一步，顺着我的目光，和我一起看到了静静躺着的一大包一百零八片的卫生巾。

我的脸刷地一下子涨得通红，然后十分慌乱地将它拿出来扫描条码。

如果说此时我害羞得手足无措，那么下一秒，我就是恨不得挖个地洞钻进去了。

因为我发现我竟然忘记带钱包了。因为赵一玫有出门背包的习惯，所以每次和她一起逛超市我都会自然地将钱包放进她的包里。

我憋红着脸转过头，欲哭无泪地看了江海一眼，他似乎猜到了，走上前掏出他的银行卡："用我的吧。"

这真是让我刻骨铭心的一幕。

等出了超市，江海一手提一个塑料袋，我可以透过它们看到里面那一大包讨厌的卫生巾，我还没回过神来，江海就停了下来："下雨了。"

这是我第一次看到旧金山的雨。连绵悱恻，像是落在情人心头的吻。

无奈之下，我和江海只得又折回超市，买了一把很大的雨伞。

这次我们走的是人工柜台，收银员找给我们一大堆硬币，还冲我们眨眨眼睛："Enjoy the rainy day（享受雨天）。"

"根本没办法enjoy（享受）好吗！"我抱怨道，转过头看到江海一副若有所思的样子，"怎么了？"

"这个quarter（25分硬币），"他拿起刚刚收银员找给我们的硬币，"上面的州标是密歇根。"

我听得一头雾水："所以？"

"我在收集State Quarter（州纪念币），"见我迷茫的表情，江海便耐着性子给我解释，"你知道每一个两毛五分的quarter的背后都有美国一个州的州徽吧？有一张美国地图，你把硬币放在对应的州所在的位置上，一共五十个州，相当于集邮。很有趣，加上这枚密歇根，我一共收集了二十三枚了。"

我想了想："原来如此，我总是收到一只老鹰的图案，那是哪个州？"

江海忍俊不禁，笑得两眼弯弯："那是最普通的一种。"

我觉得今天真是丢脸死了，"那你有加州的硬币吗？上面画了一只熊？"

"嗯，你想要吗？我下次带给你。"

"你有多余的吗？给我的话，你会不会就没有了？"

"没关系，收集慢一点会比较有趣。"

后来，我得到了那枚象征着加州的硬币。再后来，我发现亚马逊上十五刀可以买到一整套State Quarter，我的心情一下子变得低落起来。

为什么有那么多的人，每天都努力地让这个世界变得无趣。

我和江海撑着伞并肩往回走，雨下得稀里哗啦，我故意走得很慢，恨不得这条路再长一点。

快到寝室楼下的时候，我意外地看到了何惜惜。

我看到她从一辆白色的跑车上走下来，她没有撑伞，隔着玻璃窗原本打算同车里的人挥手，但是她的手举在半途，又垂了下来。然后那辆车缓缓地开出了我的视线，我努力想看清车里人的面孔，最后一晃而过，只知道是一个年轻的男生。

那天傍晚，我看到何惜惜一动不动地在雨里站了很久很久。不远处的窗边，暖黄色的灯光映出赵一玫和南风在厨房里一起做饭的身影。

大千世界，每个人有每个人的劫，埋在心底，葬在风中，都成了故事。

这学期的期末，我过得全无感觉。跟着大家在图书馆熬了三天三夜，赵一玫一边敷着面膜一边奋笔疾书："还记得科比那句名言吗？我见过凌晨三点的洛杉矶，以后我也可以拍拍胸脯自豪地告诉别人，我见过凌晨三点的旧金山。"

"拜托，"我笑着泼她冷水，"科比的重点是每一天，everyday。"

在我们之中，过得最轻松的应当要数江海了。我在图书馆看到他的时候，他正在悠闲地看英文版的《时间的女儿》，那恰好也是我最喜欢的约瑟芬·铁伊的一本书。

于是我笑嘻嘻地在他对面坐下来，问他："你不需要复习吗？"

他想了想，反问我："你需要吗？"

于是我们就这样明目张胆地在赵一玫面前看起了推理小说，就在她快要抓狂的时候，我模仿她的语气轻快地说："宝贝儿，淡定一点，不然没有人帮我带外卖，你只能自己去吃PAPA JOHNS（比萨店名，棒！约翰）。"

然后我抬起头，发现对面的江海似乎在笑。

期末结束后，人人都开始期待起圣诞节，街上和学校里都挂满了亮晶晶的饰品。商场外面运来一棵巨大的圣诞树，有人写好心愿条挂在上面，小孩子围着它转个不停。受氛围的影响，我甚至有一种"世界上说不定真的有驯鹿车和圣诞老人"的奇怪想法。

赵一玫问我平安夜的时候要不要出来玩。

"算了，我才不要当电灯泡。"

我笑着这样拒绝了她。这是我在美国度过的第一个圣诞节，人人都沉醉在喜悦的海洋之中，江海似乎对西方的节日不感兴趣，我也不太愿意同别的人一起度过。

于是在万人空巷的这一天，我一个人宅在屋子里，睡了一觉，发现所有的饭店和快餐店都关门，只好翻出冰箱里的冰激凌和冷掉的比萨。我坐在空荡荡的客厅里，摸出手机，想要给江海打一通电话，却又不知道该说什么。

等窗外的彩灯一盏盏亮起来，蜿蜒着伸向远方时，我回到自己的房间里。无所事事地打开电脑，意外地收到一封来自中国的邮件。我点开来，是一张电子贺卡，白色的雪纷纷扬扬铺满整条繁华的街道，像风车一样在五光十色的夜幕里静静地旋转。

贺卡下的留言是：小矮子，圣诞节快乐。

我用手撑着下巴，目不转睛地看着屏幕中最大的那片雪花，然后我翻箱倒柜地找出出国前顾辛烈给我的记事本，我这才惊讶地发现，这上面他的字迹十分工整。

顾辛烈这个人，和绝大部分男生一样，字丑得惨不忍睹，又懒得要死，连阿拉伯数字写起来都嫌麻烦。小学时候天天被老师留下来罚写字，可是他从来不知道改进，下一次答试卷答得还是跟画简笔画一样。

这绝对是我见他写过的最认真的字，这么多字呢，我想，他肯定在心底埋怨死了。

我有些冲动地拨打了他的手机号码，此时国内还是清晨四点，别说接电话了，那时国内的中学生很少有人用手机，说不定他都已经将号停了。

可是电话嘟了三声以后，我听到一阵紧张的男声："姜河？"

我一下子说不出话来，握着手机，窗外忽然一簇烟花腾空，砰的一声炸开来。

"姜河？你怎么了？"

"没事，"我回过神来，涩涩地笑，"你还没睡呢？"

"睡了，没关手机。"他笑着回答我。

又是一簇烟花升空，我贴着手机："我没事，就是刚刚看到你的贺卡了，谢谢你。"

他得意扬扬地笑了笑："漂亮吧？我自己做的。"

"好好好，漂亮得很，"我一边翻白眼一边又按下电子贺卡的播放键，"圣诞快乐！嗯，顺便提前说一句，新年快乐！"

"新年快乐！"他在电话里开心地笑。

想起来，我能遇见江海，还要归功于顾辛烈。

那年我才十岁，祖国大江南北都掀起了一股奥林匹克的热潮，小学生们个个整天都扳着手指数鸡兔同笼，简直苦不堪言。放寒假的第五天，我正躺在我的小床上呼呼大睡，楼下忽然传来一阵震耳欲聋的喊声："姜河！姜河！太阳晒到屁股了！"

我不耐烦地翻了个身，用被子捂住耳朵。谁知道来人锲而不舍，直接拿出来随身携带的复读机，放在扩音喇叭上，堂而皇之地放起了英文磁带，"an apple（一个苹果）"，震得一整栋楼都抖了三抖。

我忍无可忍，掀开被子顶着寒冬的冷气冲到窗户边上，一把推开窗户，大声冲楼下吼道："顾辛烈你是猪啊！"

楼下男孩戴着一顶挂着两个毛线球球的帽子，仰起头看着我，从容不迫、不疾不徐地回答："猪才刚刚起床呢。"

我被气得鼻孔冒烟，恨不得端起阳台上的花盆冲他砸下去。

"好啦，"他笑着冲我挥挥手，"快走吧，要迟到了。"

"去哪儿？"我疑惑地眨眨眼。

他震惊地看着我，然后有点自己都没把握地说："不，不是去参加全省数学联赛的冬令营吗？"

哦，我隐隐约约想起来是有这么一回事，是为数学联赛的获奖者举办的活动，我们学校因为入围的同学只有两人，所以干脆让我们自生自灭，爱去不去。

至于为什么顾辛烈这个永远上课睡觉下课抄我作业的笨蛋能够获奖，连他自己也不知道。

"是不是谁把名字写错了？"他疑惑地抓了抓脑袋。

"我管你，反正我不去。"

"为什么？"顾辛烈两眼泪汪汪地望着我。

我嫌弃地皱了皱眉："因为你太蠢了。"

然后接过他递过来的热包子，一大口咬下去，滚烫的汤汁流出来，烫得我舌头都要断了。

一时间我和顾辛烈两双泪眼相对，他可怜兮兮地说："去吧，下学期的值日我帮你做了。"

我斜睨他一眼，他十分机灵地继续道："外加每天一支娃娃头。"

我就这样在顾辛烈的连哄带诳下，跟他来到了委员会负责接送的大巴车。里面已经坐了三十多名和我们年纪相仿的学生，三三两两地凑在一块儿，这么熟，一看就是在上同一个补习班。

我不屑地瘪瘪嘴，拉着书包肩带走到全车最后一排的空位上坐下，我身旁的男生正低着头看书，我偷偷地哼了一声，说："书呆子。"

我从小就天赋异禀，智力超群，连班主任给我的评语都是"姜河同学真是十分聪明"，然后有点意犹未尽，还要再加上两个"十分十分"。这导致了我性格傲慢自大，觉得周围的人都是一群笨蛋。

身边的男生无视了我的鄙视，将书翻到下一页，我自讨没趣地闭上嘴巴。等到达目的地后老师开始顺着名单分配房间，没有和我分到一个房间让顾辛烈很失望，他举着小手期艾艾地指了指不远处的我："老师，我可以和她分一起吗？"

老师合上文件夹，用一种怜悯的眼神看着他说："同学，男生和女生是要分开住的。"

我别过头，挪了挪自己的身体，努力让自己看起来和他不熟。

我在大巴上颠簸了一路，肚子早就饿得乱叫，拿到房间钥匙后立刻冲到双人间里将外套和书包往地上一扔，坐在床上拆开一包薯片就往嘴里塞。过了一会儿，我的室友推门而入，我一边张大嘴巴咔嚓咔嚓咬着薯片，一边回过头，穿着白色防寒服的男孩站在电视机旁边，抬眼和我对视了片刻，然后低下头拉开凳子坐了下来。

……不是，老师，您刚刚还一脸慈祥地教育我们男女授受不亲呢。

我将我的学生证从书包里翻出来，上面大大的"姜河"两个字详尽地解释了为什么我会和男生分到一个房间，要怪就怪我那对认为"名字大气一些才好养"的父母。

我咚的一声从床上跳下来，穿上鞋子准备去找老师，经过男孩身边的时候发现他在做一道立体几何的题目，我顿时就惊呆了。

要知道，我当时的聪明仅限于上课看小说、漫画不做作业也可以拿到满分,可是享受的待遇已经是隔老远校长都会笑着给我打招呼,我从来没有想过,在一个寒风猎猎的冬日,会有一个和我同龄的男孩在我面前神色平常地做一道棱柱体分割题。

我感觉胸口中了一枪,觉得这只是一个巧合,于是停下脚步问他:"你在干吗?"

他灵活地转着手中的笔指给我看:"计算它的体积。"

我"死不瞑目",还是不肯相信:"这是奥赛题吗?你在上补习班?"

"没有,"他摇摇头,"你不觉得很有趣吗?你看。"语毕,他握着笔在棱柱体上找到几个点,很快画出了辅助线,切割成了两个四棱锥。

我顿时觉得这个世界充满了恶意,因为那一刻我竟然没明白他在干什么,这比我做过的任何一个噩梦都要恐怖,我痛苦地问出了最后一个问题:"你叫什么名字?"

他抬起头看了我一眼,我这才发现他有一双漂亮的眼睛,深邃得可以装下一整个夜空。他的声音虽然很冷淡,但是听起来很舒服,不过这些都不是重点,因为他说:"我叫江海。"

这无疑是我这辈子听过最绝望的一个回答。

江海,姜河,你听听,听听,就连名字都胜我一筹!

江海是我人生中一场名副其实的滑铁卢。我不得不说,小孩子的好胜心是个很可怕的东西。这次冬令营之后,我洗心革面,将桌子搬到教室的最后一排,开始潜心学习数学知识。这期间,我彻底被神话,全校的学生轮流趴在窗户边对我进行顶礼膜拜,除了顾辛烈那个蠢货。

顾辛烈是典型的含着金钥匙出生的富二代,每天保姆都要用玻璃杯给他热一瓶牛奶,可是顾辛烈大少爷死活不愿意喝,于是每天偷偷摸摸带到学校里让我喝。虽然我们不再是同桌了,可是我的抽屉里依然每天有一杯热牛奶,一些进口的水果糖和巧克力。

我不太理解他的做法,但是鉴于他考试三门总分还比不上我一门课,我将这归结于大脑构造不同。

你看,上帝给你开了一扇窗,就必定要体贴地关上一道门。

在我表现出对学习的热爱后,我父母整天热泪盈眶,觉得光宗耀祖有望了。

"河河,"吃饭的时候我妈妈试探着问我,"要不咱们不念六年级了?"

我当时正在一边啃鸡腿一边研究立体几何,我吞了一口肉:"啊?"

在当时跳级是一件很洋气的事情,我父母特别想要赶一把时髦,"你不是想要《哈利·波特》全集吗?"

可恶,一把抓住我的七寸,我撕掉最后一片鸡腿肉:"不,我要改名字!"

可是对我来说,新的问题来了,比海还大的是什么呢?

我转过头问正在看漫画的顾辛烈:"姜宇宙这个名字怎么样?"

顾辛烈噗的一声一口可乐喷出来。我使劲地瞪了他一眼,他擦了擦嘴角问我:"姜河你要改名字吗?姜河很好听啊。"

"可是河没有海大。"

顾辛烈不太明白,懵懵懂懂地接下去:"但是,每一条河都会流向海啊。"

我顿了顿,钢笔一下子划破了草稿纸。一个月后,家里为我办好了初中的入学手续,我没有要求改名。

六月天朗气清,我沿着小学的校园走了一遍,一排排的梧桐树,池塘里映日荷花别样红,天空和池水也不知道哪一个比较蓝。一阵微风拂过,吹得我头发、衣服一起飞。

少年不识愁滋味,为赋新词强说愁。

我在操场意外地碰到了正在打篮球的顾辛烈,他隔着老远就叫我:"姜河!姜河!你要不要打篮球,我可以教你!"

我嫌弃地看了看脏兮兮的篮球,"不要。"

他得意扬扬地竖起一只手指转篮球:"姜河你要多运动啦,不然会一辈子长不高的。"

我没有理他,歪着头打量他,十分忧心地说:"顾辛烈,你这么蠢,以后可怎么办啊。"

顾辛烈被打击得手中篮球哐当一声落地。

我带着顾辛烈来到小卖部，买了一瓶一块五的汽水、一块钱的面包、一块钱的泡泡糖、两块钱的冰激凌，这是我一周的零花钱，我将它们全部丢在顾辛烈套头衫的帽子里，然后在他愣住不明所以的时候拔腿跑了。

我光明正大地翘课了，不知道要去哪里的我鬼使神差般走到了实验小学的门口，我知道江海是实验小学的，他们学校向来重视奥赛。身无分文的我背着书包蹲在实验小学的门口，数了一会儿蚂蚁和树叶后，终于听到了下课铃声。我目不转睛地盯着如鱼贯出的学生们，我在心底默默地打着草稿，等会儿见到江海，无论他是否记得我，我一定要告诉他——

实验小学的校服实在是太丑了！

可是那天我没有等到江海。回家的路上我根据实验小学的人数、每名学生行走的速度和我视力每秒钟能扫过的人数做了一个计算，得出我漏掉江海的概率为2.4%，小得不能再小的概率，可是偏偏就是错过了。

我觉得有些难受，但是我不知道为什么。

我就这样开始了我的中学生涯。可是我在市一中的新生活过得并不算太顺利。因为离家太远，我父母干脆给我报了住校，寝室里的另外三个女孩只把我当小孩子看，平时以嘲笑我的身高和年龄为乐。

"咦，你不知道根号二多高？喏，看看姜河。"

"哎呀，你们不要在人家小孩子面前提bra（胸衣）啦，万一她去老师那里告我们带坏小朋友。"

与此同时，我也非常难以理解她们为什么每天都要花费大量的时间和金钱在模仿别人的发型和指甲颜色上面。

但是上学还是成了我每天最开心的一件事。这得归功于我的同桌，他除了有一张好看清秀的脸和应该比我还高的智商外，还有一个你我都很熟悉的名字，江海。

对，所谓人生何处不相逢，指的大概就是他和我同时跳级，出现在同一个门口的那一刻。我难得喜形于色，大声叫他："江海！"

他疑惑地看了我一眼，应该是把我这个手下败将彻底忘了，但是他却走到我身边的座位上拉开凳子坐下了。

这日蓝天白云，风和日丽。

我和江海的同桌生涯十分简单。他不喜欢听讲，总是埋着头看自己的书，我和他恰恰相反，我喜欢一边装作很认真地听课一边走神，比如回忆一下昨晚看的动画片，或者猜猜江海用的什么牌子的沐浴露。

刚开始的时候，还会有人来问江海习题。一道20分的大题他顶多用三步解决，对方僵硬地扯了扯嘴角："这个，左边怎么会等于右边呢？"

江海愣了愣，似乎对他这个问题感觉很费解。

我在旁边放下漫画书，凉飕飕地说："你不要简化过程和心算，他是看不懂的。"

"原来如此。"江海恍然大悟。

对方以为我和江海串通了要羞辱他，愤然拿着试卷离开，从此以后我和江海一起成为了被全班隔离的对象。

沉默寡言的江海似乎完全没有意识到这一点，他的世界只有数字和模型，而我更是乐得清闲，特别是每次听到他们用尖酸讽刺的语气说"我们班那对天才儿童"的时候，我开心得嘴都合不拢。

不过和学生不一样，老师们都十分喜欢我和江海。怀着关心祖国未来的心情，老师们特别喜欢上课抽我和江海去黑板上做题。我们一人占一边黑板，江海总是飞快地写完计算，他的字大气潇洒，一点也不像个十一岁的小孩子。我喜欢每次等江海答完后才开始思考，这样我可以想出一种新的解法，他回到座位上时就能够看到。

现在回想起来，为了江海，我真是煞费苦心。不过我知道，总有一天江海会发现的，能站在他身边的人只有我姜河。

和江海在一起的这几年，好像不曾发生过什么让我刻骨铭心的大事。可是每一件小事，每一件和他有关的小事，对我来说都是最重要的事。

统考成绩发放那天正好轮到我和江海一起做值日，江海和我理所当然地占据了第一和第二。

就连历史、政治这种只靠记忆力的学科我们都遥遥领先，一些被嫉妒心指挥了大脑的差生们为了整我们，把没喝完的奶茶和零食全部倒在垃圾桶边上，弄得一片狼藉。

我大为恼怒，一脚踹上墙壁，倒是江海反应平淡，他走过去，弯下腰扶正垃圾桶。

"嫉妒和憎恨只会给放纵它们的人带来痛苦。你根本不必理会他们，因为，"他顿了顿，回过头认真地说，"你和他们不一样。"

然后他根本不让我帮忙，自己一个人把垃圾处理完。他倒完垃圾回来的时候一身干干净净，手上拿了一片漂亮的银杏树叶，他递给我，我疑惑地接过来，他依然面无表情地说："可以做书签。"

然后我们一人踩在一个凳子上擦黑板，白色的粉尘簌簌往下掉，我一直记得，从那个角度可以看到窗外，放学结伴一起回家的女孩、勾肩搭背拍着篮球的少年……再近一点，是江海又长又浓密的睫毛，他的嘴角微微上扬，像是想到了什么有趣的事。

"姜河。"

他忽然转过头叫我，我的偷窥被抓了个正着，不由得满脸通红。

他倒是毫不在意，指了指一旁的公式，从凳子上跳下来，拿起一支粉笔，"你看，如果在这个等式两旁再加上这几项，就成了一个N阶泰勒展开式了。"

我站在他的身边，能够闻到风的味道。对我来说，江海就是我想要去达的远方。

再次见到顾辛烈这个笨蛋，已经是第三年的秋天。我同江海再次跳级，一起升入高中部。开学的那天我叼着包子不疾不徐地走在路上，忽然前方学校门口一片哗然，我十分好奇地挤进去，看到一辆全身闪亮的劳斯莱斯，司机毕恭毕敬打开车门，小少爷的身影露出来。

昂首挺胸，脚上的限量款运动鞋闪闪发光。

我一口将包子吞下去，准备混在人群中不动声色地消失。

可惜还是晚了一步："姜河！"

顾辛烈顾大少爷咬牙切齿地一声大喊。

我只得笑嘻嘻地回过头："哎呀，恭喜你顺利毕业，我还一直担心我走之后没人给你抄作业，生怕你留级呢。"

"哼，"顾辛烈瞪了我一眼，然后疑惑地问，"为什么你的校服是蓝色的？"

"这个嘛，"我极力安抚他的情绪，"虽然很开心我们再次成了校友,不过我上高一,你上初一,记得下次见面要叫我一声学姐。"

然后下一秒,我看到顾辛烈的脸色变得铁青,恶毒的眼神一刀刀差点凌迟了我。

因为不在一栋教学楼,所以我同顾辛烈也没有什么交集。也就是每周一的升旗仪式偶尔能碰到他,因为高中部的人大多人高马大,我不敢和他们挤,每次散场后就一个人慢悠悠地走在最后面。

每次碰到顾辛烈,他就"小矮子小矮子"地叫我,他们初中部的人都不喜欢穿校服,也就只有升旗仪式的时候走个过场穿一下。他穿着绿色的运动校服,看起来瘦高瘦高,上午十点钟的太阳,落在他身上,有点像我陪妈妈看过的言情偶像剧的镜头。

我通常会回敬他一句:"顾二蠢。"

然后他瞪我,我不说话。两个人就这样一起走上一截路,我们学校是全市最好的中学,无论是硬件设施还是软件。所以从操场到教学楼,我们不得不穿越一条很长的仿古长廊、一个水池、一条种满了紫荆树的道路和一块贴着公告栏的空地。

"那是什么花?"他指着远处树上开的花问我。

我无语良久:"……桃花。"

"哦哦哦,"他十分懵懂地点点头,"挺好看的。"

"……没您好看。"我翻了翻白眼。

他认真地点了点头:"说的也是。"

我一个趔趄,差点摔花坛里。再走一段路,便先到了初中部的教学楼,我笑眯眯地跟他挥了挥手:"拜拜。"

他不说话,继续往前走。

我满脸疑惑地转过头看他。他想了想,给我解释:"我去小卖部买点东西。"

"神经啊,你们初中部不也有小卖部吗,这都要上课了。"

果然,一连串丁零的上课铃声非常应景地响了起来。

他狠狠瞪我一眼:"要你管!我乐意!"

我看了他一眼,缓缓地点了点头。

"……你这是什么眼神。"

我赶紧摇头:"没什么,好好走路。"
"……不,你的眼睛明明在说我很蠢。"
虽然确实如此,但是我还是很诚恳地摇了摇头。没几步就到了高中部的教学楼,我停下来,再一次冲他挥挥手:"拜拜啦。"
他没说话,应付地点点头。我走了几步,不知为何,忽然回过头,见他还站在那里。
我便笑着说:"你不是要去买零食吗?"
"要你管。"他暴躁地回答。
现在回想起来,自始至终,我留给他的,都只有一个背影。

第三章　江湖河海，日月山川

世界上最痛苦的，莫过于眼睁睁看着你爱的人，爱上别人。

　　大二开学的时候，我们三人终于顺利搬出了学校的寝室。搬家的前一天我收拾好行李，去赵一玫的房间溜达了一圈。

　　开门映入我眼帘的，是一地的丝袜和内裤，我绝望地捂住额头，目光一转，又看到她一床的名牌内衣。

　　赵一玫正坐在电脑前津津有味地看着内衣秀，转过头来向我抛了个飞吻："你说我去做模特如何？"

　　我想了想，然后十分真诚地告诉她："你太老了。"

　　要不是何惜惜及时出现，我大概已经被赵一玫揍傻了。

　　第二天，南风开着一辆大卡车来接我们。

　　我冲坐在驾驶座上的南风吹了声口哨："帅死了，害得我也想学开车了。"

　　南风羞涩地冲我笑了笑，然后指了指方向盘："你要来试试吗？"

　　他认真的样子吓得一旁的赵一玫和何惜惜如临大敌地架住我，十分坚决地摇头："不行！"

　　不过我就此将学车的事提上日程。江海在三月的时候拿到了驾照，买了一辆复古款的雪佛兰黑斑羚，四四方方，看起来就像是老爷车。

　　"你确定你的梦中情人不是从一百年前的伦敦穿越过来的？"赵一玫曾向我吐槽过，"他身上散发着一股子旧时光的味道。"

　　"宝贝，请不要这样说他，"我笑着反驳她，"和他比起来，你脑子里装的只能称作豆渣。"

我也曾经问过江海学车的秘诀,他十分迷茫地看着我:"看一遍说明书就够了。"

我登时神色忧伤地看了他一眼,毕竟《生活大爆炸》里谢耳朵好歹也声势浩大地在家模拟了一把。

我们的新家房租只有学校的一半,为了庆祝搬家,南风亲自下厨给我们做了一大桌子美食,还去超市买来一大箱清酒,留给赵一玫喝。

为了向南风表达我对他的红酒鸭胸的热爱,我连喝了三杯可乐,肚子胀得像是小气球。

南风学的是建筑学,何惜惜似乎对此很有兴趣,一反常态说了很多话,问他哪些课是必修,教授是否有趣。

"干吗,"赵一玫笑着问她,"难道你想要转学建筑?"

何惜惜愣了愣,然后目光黯淡地垂下头。只可惜当时我正沉溺在好酒与肉之中,完全没有发现她的反常,也或者是因为那时候不懂珍惜,没有想过这漫长的一生,所谓挚友,也只得那么一两人。

彼此熟悉之后,我才发现南风是个很有趣的人。他是加拿大国籍,自己开车一个月来到美国,开废掉了一辆捷豹。他手肘上有一道伤疤,是小时候学骑马时摔伤的,他腼腆地笑着,转过头邀请赵一玫:"你要不要试试?"

"不要,"赵一玫满不在乎地回答,"我宁愿做一点别的挑战,比如蹦极,比如跳伞。"

南风凝视着赵一玫笑起来,两个酒窝露出来,像一个天真的小孩子。

我想了想,说:"You really love her(你真的很爱她)。"

他回过头,"I do(是的)。"

赵一玫不自然地别过头,何惜惜望着窗外夜色沉沉,她们都没有说话。

到冬天的时候,我在Facebook(社交网站,脸书)上看到许多征集美国数学建模竞赛队友的消息。这场国际性的赛事,是建模大赛的最高成就,受到许多工程系和数学系学生的追捧。一个队伍由三人组成,我找到江海,他同意报名,不过,"我们俩就够了吧",他这样说。

我简直是求之不得。

比赛的前一天，我将笔记本电脑和一大堆图书馆借来的书搬到江海的屋子里。除此之外，我们还去超市买了一大堆的速冻比萨、冰激凌和巧克力，塞满了一整个冰箱。

我得意扬扬地站在冰箱前看着自己的杰作，身后的江海看着它们已经一脸苍白，"其实，"他试图同我商量，"我柜子里有六种口味的泡面。"

我侧过头看他，"好吧，"他沮丧地说，"其实也没多大差别。"

晚上八点全球同时公布题目，这年的比赛题目是建模计算一棵随机的树木的树叶重量，我和江海早安排好，我负责收集采集数据，他负责编程。

等我把数据传输给他的时候，两个人才傻了眼。

我用的是MATLAB（一种软件），他用的是C++，原来忙了半天，连战线都没有统一。

"C++做出的图形更美，你看。"他将电脑转到我的方向，像山谷一样的立体图像展现在我的面前。

"但是MATLAB更适合处理数据。"我垂死挣扎。

江海不说话，只把他的图像放在我的面前，那一座座线条绘制出的山峰仿佛在向我微笑。我们默默地看了对方一眼，然后转身回到自己的位置上，两个小时以后，我身后响起江海的声音："……姜河。"

我回过头去，看到他一副欲言又止的神情。

然后顺着他的目光，我看到了他手中的笔记本上运行的MATLAB，和我电脑上的C++。

那一刻，我和江海都忍不住笑起来。

于是我和江海干脆搬到客厅里，面对面地交流。旧金山的冬天不算冷，可是他还是在我的要求下生了火炉。我穿着宽松的白色毛衣，赤脚踩在毛茸茸的地毯上，凌晨一点，我实在支撑不住，打了个哈欠睡了过去。

四个小时后，我迷迷糊糊醒过来。窗外天还没亮，灰暗中带有一点点破晓的紫。然后我发现，不知何时，我的身上多了一床薄薄的凉被。我转过头向江海的方向看过去，他正全神贯注地看着屏幕，在键盘上打字的手指灵动得如同精灵，显示屏的光打在他的侧脸上，那是我认为的一个男孩子，最帅气的模样。

我内心一动，忽然开口叫他："江海。"

"嗯。"他的声音有一股浓浓的鼻音。

"没什么。"我笑了笑。

整整三天，我和江海没有离开屋门半步。饿了就用微波炉热比萨来吃，在这个过程中，我们勇于创造，竟然尝试用牛奶、咖啡、冰激凌、甜酒、可乐、美年达等不同的底料泡出的方便面。

"要是再有一根火腿肠就好了。"我抱着碗，贪婪地说。

累了的时候，我和他一起躺在地毯上，用唱片放古典乐。我们头对头，一南一北地对峙。

琴声舒缓，好似流经这漫漫一生。

我和江海建立好模型，写完论文已经是第三天的晚上，电脑跑出结果的那一刻，我大声地尖叫，侧过头去看江海，他正好也向我望过来。他的眼睛如此明亮，他的笑容让我沉醉。

提交了邮件以后，我和江海第一个念头就是查找还未关门的中国餐厅。

江海瞠目结舌地看我解决掉一大盆炒饭，我一边满足地摸摸小肚子，一边问他："可不可以载我去兜兜风？"

黑色的雪佛兰缓缓驶离中国城，路上行人少得可怜，就连市政大楼都已经关门大吉。

深夜的旧金山，是如此的沉默，所有的爱与恨都被寂静笼罩。我们一次又一次地开过金门大桥，太平洋的海水平静，可是我和江海都知道，在大洋的深处，必定有着暗流涌动。

汽车绕过山坡的时候，一条银河骤然出现在我们眼前，我忍不住惊呼，银河一水夜悠悠。

这里是旧金山，美国梦的开始。

教我如何不爱它？

竞赛结果出来那天，我正在实验室里做实验。糟糕的是我的电路板坏掉了，忙活了一下午的程序根本没有办法跑。我正垂头丧气地问一旁的印度小哥要了一条能量棒，忽然手机提示有新的邮件，我点开邮箱，里面弹出来江海转给我的邮件。

Outstanding Winner（特等奖），全世界只有三个队伍享有的荣誉。我一口吞下嘴里那块能量棒，然后我抬头问一旁的印度小哥："你去过波士顿吗？"

他不明所以地摇摇头。

我忽然想起那个著名的笑话，一个印度人抱怨，因为他们的印度理工拒绝了他，所以他不得不去在波士顿的麻省理工。

我冲他做了一个飞吻，背着我的大书包走了。

我和江海受到委员会的邀请，飞往波士顿参加学术报告会议，对我们此次竞赛的成果和论文发言。

在出发前我和江海商量，"我怯场！我口语烂！我不要上场！"

江海不说话，一脸无辜地看着我。

"看我也没有用！"我抱着柱子，宁死不屈，"不要！"

江海继续看我，我鼓起勇气与他对视三秒之后，他败下阵来，"好吧。"

春天的波士顿还有些冷，路边有松鼠两只爪子放在跟前，歪着头好奇地打量我们。

这是我第一次看到江海穿正装，有一股清冷的俊朗，他微微低下头，整个世界的闪光灯都随之黯淡。

十七岁的我们混迹在一群秃顶的教授之间，有位头发花白的教授甚至从包里摸出一袋奶糖，笑眯眯地问我是哪家的小孩。

我忍俊不禁，开心地告诉他我是受邀来参加会议的学生。

他惊讶地睁大了他那双蓝色的眼睛，像个少年人一样手舞足蹈起来，问我学的是什么专业。

"Electrical Engineering（电气工程）。"我礼貌地回答他。

听完，他从包里掏出一张他的名片递给我，竖起拇指告诉我："如果你对我的研究方向感兴趣，又愿意来麻省理工读博，随时可以给我发邮件。"

我笑着接过他的名片,这才发现他是业内的大牛,我曾拜读过两部他的学术著作。随后我的目光投向远处的江海,礼堂的灯光落在他身上,谦谦公子,温润如玉。

"恐怕不会了。"我遗憾地摇摇头。

过了一会儿,轮到江海走上主席台。他声音平静地开始叙述我和他当初建模时候的思路和模型的构造,他用鼠标轻轻点出屏幕,图像被放大挂在厅中,我不得不承认,其实江海是对的,C++编写出来的图像,确实更加的美丽。

灯光下少年的面容英俊年轻,淡淡的阴影下,这一切都显得江海他离我好遥远。他有时会适当地停顿一下,像是在思考,又像是陷入了自己的世界。偶尔,他也会将目光向我的方向看过来,我不知道他能否隔着长长的距离看到我,但是我一直在向他微笑。

"最后,"我听到他的声音在慢慢地说,"我要感谢我的队友姜河。她是我唯一的朋友。谢谢她这些年来的陪伴。"

全场掌声如雷响起,那一刻,我竟然哭了。

多少青春不在,多少情怀已更改。

转眼间,我们相识七年,这七年来,我们朝夕相伴,我们风雨同路。他是江海,他一直住在我的灵魂里。

会议结束后,我和江海一起去参观麻省理工和哈佛大学。

我们静静地站在查尔斯河畔的阳光下,不远处可以看到麻省理工著名的Simmons Hall(西蒙斯宿舍),时有飞鸟飞过,我想起会议上遇见的那位教授,忍不住问江海:"你后悔吗?当年没有选择这里。"

江海认真地想了想,然后摇摇头:"这里太冷了。"

我将手插在风衣兜里,笑着看向他,"其实,要说谢谢的那个人是我。"

我曾很多次想过,如果我没有遇到江海,那么我会成为一个怎样的人。我或许会按部就班,考上一所不错的大学,再轻松混到一个保研的资格,又或许依然只会靠着小聪明应付老师和考试,浑浑噩噩地度过我的整个青春。

他说谢谢她这些年来陪伴我的岁月。

其实我才是。

他为我打开了一扇门,门的那头五彩缤纷、这个世界是如此的让人着迷。谢谢他将我带入数学和科学的世界,无论是过去、现在还是未来,我将一生追寻他的步伐,就像河流追寻着大海。

"此生何幸,能够遇见你。"

春假的时候我和赵一玫决定一起出去旅游,来美国快两年了,除了北加州的一些度假小镇,我似乎哪里都没有去过。从波士顿回来,我突然萌生了要走遍美国的想法。

可是我们的计划卡在了目的地上,我们争论不休,我想要去西雅图,她想去夏威夷。

"西雅图哪里好,在夏威夷我们租一辆跑车沿着大海奔跑才最美!"

"想穿比基尼是吧?出门左转,Ocean Beach(海滩)在向你挥手。"我有气无力地瞪她一眼。

"好吧,"赵一玫举双手投降,"西雅图就西雅图。"

然后在一个周末,我和何惜惜正在修理坏掉的吸尘器,窗外淅沥沥地下着太阳雨,赵一玫忽然沉默着回到家里。

她戴着一顶棒球帽,全身淋得湿透。

"怎么了?"我问她。

"我和南风分手了。"她抬起头,露出一个难过的表情。

我和何惜惜同时停下手中的事物,转过头看她。赵一玫的样子有些狼狈,水顺着长发和衣服流了一地,她看起来很忧伤,像是住在水中的河妖。

"为什么?"我不可思议地问。

赵一玫没有回答,过了一会儿,她忽然大哭起来,她一边哭一边说着想要回国。

每个留学生都想要回国。当我们看到太平洋的时候,当我们看到他乡的明月的时候,当我们半夜被饿醒想要吃一根香肠的时候,当我们在电话里听到父母的声音的时候。

我手足无措地看着赵一玫,将一大包纸巾递给她,她手旁手机一直在闪烁，上面的来电显示是南风。

"要是可以重来一次就好了，"赵一玫一边流泪一边说，她漂亮的妆容被冲化，露出一张年轻好看的素颜，"重新来一次就好了……"

我不知道她想要重新回到哪一天，因为在那个时候，我从来没有尝过后悔的滋味。

没有过多久，门外响起一阵急促的敲门声。我透过猫眼看过去，是南风。我犹豫地站在门边，冲赵一玫做了一个是否要开门的手势。

赵一玫没有回答我，一直抱着枕头痛哭。

门外南风也浑身被淋得湿透，他没有带伞，生活在加州，很少有人会准备雨伞。最后还是何惜惜看不下去，猛然站起身走到门边，哗啦一下打开了门。

风和雨一起灌进来，南风站在门边，静静地看着哭泣的赵一玫，他什么也没有说。

那个下着雨的夜晚，赵一玫哭了多久，南风就在门口站了多久。很多年后我一直记得这一幕，那时候我已经听闻过许多模样的爱情，可是这一幕我始终难以忘怀。

爱与不爱的极致，大约都写在了其中。

故事的最后，赵一玫对南风说："抱歉。"

他难过地笑了笑，轻声说："阿May，don't cry（别哭）。"

他的声音温柔得如同儿时的摇篮曲，然后他冲我眨了眨眼睛，转身走了。

等南风走后，我彻底糊涂了，问赵一玫："你们为什么要分手？他明明还爱你。"

"因为她从来都没有爱过他。"忽然，一旁的何惜惜冷冷地说。

"我……"

"够了，"何惜惜打断了赵一玫的话，将手中的书啪的一下狠狠摔在地上，"赵一玫，你哭起来真的很烦人。"

厚厚的英文书摔在地上，散了一地。

"我爸是出租车司机，我妈在学校当清洁工。他们拼了命地想要让我过得好，改变命运。从小省吃俭用送我去学英语，我比不上姜河，拿不到奖学金，我爸妈卖了房子，砸锅卖铁，贷款借钱供我读书。赵一玫，你恐怕连斯坦福一年学费多少都不知道吧？你也从来不会关注美元的汇率吧？你一双鞋子比我家一个月收入还多。

我打三份工，每天下课去餐厅洗碗，可是我连那里的薯条什么味道都不知道。放学后给别人送外卖，经常开了好远的车对方连一块钱的小费都不给我。我还帮人代写作业，我一个学生物的，帮别人代写金融论文。我每天睡四个小时，有一天晚上我开车回来，坐在车上睡着了，我都不知道开去了哪里，当时我望着大海，真的想一死了之。可是我不能死，我爸妈还在中国，他们还等着我出人头地，我家里还有一大堆债等着我还。这种屈辱和绝望，你懂吗？

我当初为什么迟到一周入学？航班受台风影响，所有人都改签，可是我不行，我要等，等到最便宜的一班飞机，两次中转，十三个小时的飞行距离，我坐了三十七个小时。我来美国两年，没有吃过一次汉堡，没有喝过一杯星巴克。

我每天都觉得自己撑不下去了，可是我还感谢命运，感谢它让我此时此刻能够站在这里。可是大小姐你呢，你拥有我连做梦都不敢奢望的一切。对你来说，你后悔来到美国，因为它只是你任性的一个决定，可是它对我来说，是全部的信仰。"

在刺眼的灯光下，我看到何惜惜捂住脸，缓缓蹲下身，她向来要强，从不肯以眼泪示人。她瘦小的身子蜷缩起来，背后的蝴蝶骨轻轻颤动。

这是我唯一一次看到何惜惜流泪。从此以后，我再也没有说过坚强这个词。

因为我知道了什么是真正的坚强，她是生长在贫瘠沙漠的仙人掌，没有雨露和土壤，却永远向着阳光。

那天晚上，我们三个人一起躺在床上，点着玫瑰味的蜡烛，对着天花板的吊灯谈天。我想到曾经看过一句话，说那些陪你笑过的人会失散在岁月里，而在你生命里留下来的，都是那些陪你哭过的人。

于是我哭丧着脸问她们，我是不是也要哭一场才行。

"你认识江海多久了？"赵一玫问我。

"到今年冬天就八年了。"

"八年啊,"赵一玫在黑暗中喃喃自语,"我到现在还记得,八年前沈放的模样。"

这是我第二次听到沈放的名字,这个和赵一玫纠缠了一生的人。

老套得不能再老套的故事,赵一玫的母亲与沈放的父亲是彼此的初恋,年少时因为误会分手。多年后两人重逢,赵一玫的母亲已经和她的生父分居多年,沈放的父亲为了她与沈放的母亲离异。而沈放的母亲,原来就患有神经衰弱,因为受到强烈刺激,精神出了问题,被送入了医院。

赵一玫第一次见到沈放,穿着黑衣黑裤的少年站在台阶上,他冷冷地看着她和她的母亲,他对赵一玫的母亲,一字一顿地说:"你和我爸打着爱的旗号,做的却是抢夺和伤害他人之事,我真为你们的爱情感到悲哀。"

赵一玫大步跨上前,握紧她母亲不停颤抖的手,她瞪着他:"你不许这样说我妈!"

少年沈放双手插在裤兜里,扬起一抹嘲讽的笑容,看也没看赵一玫一眼,转身走了。

他发誓绝不原谅赵一玫的母亲,而那时候的赵一玫心高气傲,从小被宠得无法无天,两个人彼此仇恨,以最大的恶意诅咒对方不得安宁。

"然后有一个春天,我看到他和一个女孩子坐在天台上聊天。我站在很远的地方,看了很久很久,因为我发现,原来我所有的针锋相对,只是因为我想要让他的眼睛看到我。从最开始到最后,我所奢求的,只是他能够看到我而已。我无法克制自己,只能绝望地渴望。当时我就开始不愿意出国了,我妈找我谈过一次话,我那点小心思,我妈早就知道了。我妈斩钉截铁地告诉我,我和他不可能。"

"那他,沈放,他知道吗?"我小心翼翼地问。

"知道。我出国前,他已经从家里搬了出去,有一天晚上我耍酒疯,冲到他租的房子里,我抱着他拼命地哭,我就告诉了他我爱他。你知道他的反应是什么吗?他用一种,非常非常奇怪的眼神看我,然后,"赵一玫顿了顿,"然后,从他身后走出来一个女孩。"

我甚至不能想象那种伤心欲绝。相识两年,其实我对赵一玫的看法同何惜惜相同,她又漂亮又聪明,肆意地挥霍青春和金钱,无法无天得可爱又真诚,可是我们都不曾想到,她的心底藏着这样一段坎坷的情事。

我们永远都无法猜到,每一个嬉笑怒骂的人,心中有着怎样的心酸。

"你知道吗,我前几天夜里做了一个梦,我梦到有一天我回国,下了飞机被告知他早就结婚了,我看到他抱着一个和他一样面无表情的小孩子。然后所有人都指着我对那个小孩子说,宝贝,叫阿姨。"

赵一玫一边说一边笑,可是我和何惜惜都知道,她其实并不想笑。

"世界上最痛苦的事,莫过于眼睁睁看着你爱的人爱上了别人。因为你知道,你的余生再也没有他。他娶妻生子、他微笑流泪,都与你无关。"

不知道为何,电光石火之间,我忽然想到一件事,"新生晚会上,你错过的那通电话是他打给你的?"

赵一玫摇摇头:"是从国内的电话亭打来的,我根本不知道是谁。但是我总觉得是他,也许只是因为我这样期待吧。"

"你应该去问问他,他当时一定有什么重要的话想要对你说,"忽然,一直沉默的何惜惜开口,她说,"女人的直觉大多准得可怕,特别是关于自己喜欢的人。"

赵一玫扯出一个牵强的笑容:"已经不重要了。"

南风和赵一玫分手后,我反而和他成了朋友。有一次我在冰激凌店遇到他,他说暑假的时候想要去一趟中国。

"为什么?你们要学中国古代建筑吗?"

"不是,"他顿了顿,有些不好意思地低下头,"我想要去看看阿May长大的地方,她总是思念着那座城市。"

他依然习惯性地叫赵一玫"阿May",分别的时候,他点了一份彩虹冰激凌,托我带给赵一玫,那是她最喜欢的口味。

看着那份漂亮的甜点,我知道南风依然爱着赵一玫,我忍不住问他:"加拿大人失恋会做什么?"

"中国人失恋会做什么?"他反问我。

"大哭,喝酒,睡觉,暴饮暴食。"我掰着指头数。

"太好了，"他松了一口气，笑着说，"原来全世界的人的伤心都是相同的。"

在我离开美国后，总是在不经意间想起南风的这句话，这大概也是我在美国最真切的感受。在这个蓝色的星球上，无论人种、肤色、语言、国度，身而为人，我们所拥有的感情，贪、嗔、痴、恨、爱、恶、欲是一样的，我们的心是共通的。

在美国读大学这几年，我回过两次国。第二次是在冬天，一时间差点不习惯南方城市的阴冷潮湿。十二月底，爸妈还在上班，我便自告奋勇地揽下了家里的家务事。

周末的时候，我骑着家里的自行车出门去超市买东西，我的头发被风吹得一片凌乱。经过附近的一所高中，篮球场里传来咚咚咚的篮球声，和男孩子们的大声喧嚣。

鬼使神差地，我停了下来，透过围起来的护栏网看过去。大约是因为在美国看不到这样爽朗的场景，球场上全是人高马大的白人和黑人，看起来根本不像十七八岁的大男孩，肌肉和身体爆发力太强，反而让人看不下去。

护栏网上有凋零的树叶，我把它们扯下来，有男生三步上篮，全场一片喝彩声。

我用余光瞟了一眼，心想，大冬天穿这么少，真是冷得慌。

下一秒，他扯着球服领子转过来，看清楚他的脸后，我差点一头撞在网栏上。

"顾辛烈！"我大声喊他。

他狐疑地往球场周围看了一圈，没看到我的人，他表情迷茫，大概是在想自己是不是幻听了。

"顾辛烈！"

没办法，我只好手脚并用，跳起来冲他挥舞双臂。

他这下子看到我了，眼珠子都要掉下来了："姜、姜河？"

他直接将手上的球往队友手上一砸，飞快向我跑来："你回国了？"

"嗯，"我点点头，"有一个星期了，下周都该回去了。"

他脸上立即呈现出失望的神色,抿着嘴不说话。

看到他一脸的受伤,我不禁也有些讪讪了。正好一阵寒风吹过来,我缩着脖子打了个哆嗦。

顾辛烈抬头看了我一眼,转过身跟他队友们说了一声,拿起自己放在凳子上的外套向我走来。

他看到我一旁停着的自行车,和龙头上挂满的超市的塑料袋,问我:"你要回去吗?"

"嗯。"我想了想,"也不急,你饿吗,我请你吃烧烤吧。"

他又瞟了我一眼,两手并用,一只脚踩在铁网栏杆上,身手十分利落,立刻爬到了围栏的最高处,他坐在上面,将手里的外套甩给我:"接着。"

他一系列动作太过突然,我被吓了一跳,呆头呆脑地伸出手接过他的外套。

然后他啪的一下跳了下来。

瞟了我一眼:"愣着干吗,穿上啊。"

"哦。"我觉得两年不见,顾辛烈气场强大不少,我一边穿衣服一边不满地问,"好好的有门不走,翻什么栏杆。"

他一脸鄙视地看我:"废话,耍帅啊。"

我被哽住,此人脸皮之厚,倒是没有什么变化。

走了几步,顾辛烈才闷头闷脑地解释:"正门太远了,等我绕那么一圈出来,你人都不在了。"

我哭笑不得:"我是那种人吗?"

语毕我想了想,觉得自己还真有可能这么干。

我小声地说:"抱歉。"

我不知道他有没有听到。一路走着,天空竟然放晴,难得地出了太阳,阳光将我们的影子拉长,影影绰绰的,他的衣袖穿在我身上很长,我甩啊甩的,两个人的影子便不时碰到了一起。

"对了,你怎么在这里打篮球?"我想起来问他。

"我在这里上高中啊。"他自然而然地接过话。

"这里?"我愣了愣,脚步都慢了不少,"干吗不在以前的学校读？"

顾辛烈看了我一眼，垂下头去，轻轻说："如果我说，我就是为了等到今天，你信吗？"

我这下彻底愣住。他说的话，我字字都懂。这里离我家近，如果日日都在这里读书，说不定便能够偶遇我。

看我一脸震惊，顾辛烈哈哈大笑起来，敲了敲我的头："回神啦，小矮子，骗你的。"

我还是不知道该怎么回应："抱歉，我以后回国会告诉你的。"

"没所谓，"他扬了扬眉毛，"骗你玩的，这所学校我爸有股份，觉得我过来这边资源好一点。"

我想了想，确实如此，这所学校是私立高中，不考虑升学率，这里的学生一般都是输送去了国外或者一些私立大学。

等走到了烧烤摊前，顾辛烈说："别吃这个了，你好不容易回来一趟，你爸妈还在家等你吃饭呢。"

"没关系，就一顿。"我笑了笑。

他没理我，拨了拨自行车的铃铛，挑了挑眉："上来，我载你。"

"你会骑自行车？"我惊讶地张大了嘴巴。

"废话。"顾辛烈一副被我气吐血的样子，"上来。"

我便大咧咧一屁股跳上去，险些翻车。

"你不是说会骑吗！"我戳他。

"大小姐，这是您体重问题，关我车技什么事。"

我不理他，用腿蹬他。

他肩膀微微耸动，大概是在笑，然后前面是一个下坡路，他轻声说："姜河，抓紧了。"

然后我们沿着一排一排的梧桐树冲下去。耳边一片哗啦呼啦，我已经分不清那是风声还是树影摇曳，而身前的男生，肩线流畅，黑色的头发在风中微微扬起来。

长长的下坡路的尽头，就是我家的小区。老式的小区门口，传来面馆的阵阵香气。我从自行车上跳下来，将外套还给顾辛烈："那，下次再见。"

其实我们都不知道，下一次见面，又是几年后。

"姜河。"他叫住我。

我回过头："嗯？"

他想了想，最终只是摇摇头："没什么。"

我点点头，冲他挥了挥手："拜拜。"

夕阳余晖落在他年轻的脸上，他将双手插在衣服兜里，冲我扬了扬下巴，示意我快点回家。

果然，那次寒假以后，我没有再回国。要升入大四那年的暑假，我和江海进入实验室和教授一起做项目，而何惜惜找到一份实习，我们三人都没有回国。赵一玫下飞机后给我发来邮件，告诉我她见到了沈放和他的女朋友。

好像每个人的生活都在向前。

六月的旧金山开始让人捉摸不透，上一秒太阳还夺目得睁不开眼，下一秒乌云飘过来，让人冷得忍不住哆嗦。

我在六月中的一天迎来我的十八岁生日，我爸妈守着凌晨十二点给我打了一个电话，翻来覆去还是那几句，生活费够不够用，吃得饱不饱，睡得好不好。我迷迷糊糊地答应着，第二天早上起来给自己下了一碗长寿面。

我拿着鸡蛋在自己的脸上滚了一圈，然后剥着剥着鸡蛋，在空荡荡的客厅里想起爸妈的声音，忽然一阵没由来的伤感。

江海来找我的时候，我正红着眼眶，莫名其妙地抽着鼻子。

"你怎么了？"他诧异地问我。

"剥洋葱剥得。"我用手擦了擦眼睛。

江海点点头，并没有揭穿我。他说要带我去一个地方，我坐上他的车，副驾驶的座位上放着一件外套，那是我有一次忘在了他车上，之后便一直留着，可以搭在手臂上遮遮太阳。

汽车驶离市区，开往一条我从来没有走过的路。江海从来不用GPS导航，我曾经怀疑他可以背下谷歌地图上面的全部美国区域。我们穿过一排排的棕榈树，窗外的景色终于开始改变，没过多久，我们在一座像是农场的地方停了下来。

我跟着江海走进去，才发现这里是一座马场。江海好像很熟的样子，他同穿着制服的工作人员说了什么，对方便带着我们来到马厩。

我们转过马厩，视野一下子开阔起来，一匹黑色的骏马不耐烦地站在那里，挥动着马尾，扬起空气里的尘埃，金色的阳光照得它黝黑的毛皮闪闪发光。

这是我见过最英俊的一匹马，我转过头疑惑地看向江海。

他也看着我，静静地说："姜河，十八岁生日快乐。"

我简直不敢相信自己的眼睛和耳朵。

我扭过头看向那匹马，这一刻它也转过头好奇地打量我。它身形魁梧，高大到几乎遮天蔽日。陆游写马，夜阑卧听风吹雨，铁马冰河入梦来。

这一刻，我好似真的听到千军万马。

"我想要给它取个名字，可以吗？"我侧过头问江海。

"当然。"江海点点头。

"你知道吗，"我开心得手舞足蹈，"我最喜欢的动画片是《千与千寻》，在电影的最后，千寻骑上白龙的时候，插曲叫《那一天的河川》，我可以叫它河川吗？"

"夜阑卧听风吹雨，铁马冰河入梦来，"江海走上前，轻轻顺了顺它的毛，"河川，真是一个好名字。"

我吃惊地回头看他，他竟然懂得我的所思所想。

可是他不会知道，江湖河海，日月山川。

检查过马鞍后，江海将我扶上马背。他坐在我的身后，一阵微风刮过，我甚至能闻到他身上好闻的薄荷香气。

嗒嗒的马蹄声，我们沿着马场的栅栏，远处是一望无际的树林，绿树茂盛，苍翠欲滴。加州灿烂的阳光倾泻而下，仿佛通往天国的阶梯。

我回过头去，江海背脊挺直，眼睛看着前方，察觉到我的目光，他动了动眉毛，拉住马绳。

马声长啸，直入云端。

江海侧身从马上翻下，牵住马嘴的铁环，"来，你试试。"

我从他手中接过绳子，学着他的样子，两腿一夹，然后，我的爱马河川一动不动。

"为什么！"我愤怒地指责，"我才是它的主人！见色忘义吗！"

江海认真地看着我："……它是一匹公马。"

我绝望地看了他一眼，身下的马不耐烦地甩了甩头，又重新昂首阔步地走起来。

河川的背很温暖，我不时地用手抚摸它的毛皮，它动了动耳朵，害得我急忙收回了手。

江海笑了笑，说："我觉得它很喜欢你。"

"为什么？"

"不知道，"他想了想，"它的眼睛这样说。"

"我可以试着跑起来吗？"

江海回过头来看我，笑着问："要试试吗？"

然后他松开手，我紧张地挥动鞭子，轻轻地抽了一下河川，却被它当作了蚊子咬，然后它回过头，看了我一眼。

动物的眼睛远比人类的清澈，灵性十足，像是为了确认我已经坐好，然后扬起前足开始奔跑。我被吓得哇哇大叫，等克服了最初的恐惧后，我的心跳速度慢慢恢复平常，马背颠簸，眼前的一切都随着我一起奔跑，别有一番滋味。

天地如此辽阔，怪不得所有的大侠都要拥有一匹好马。

"江海——"

我在风中大声呼唤他的名字，我的声音被扑面而来的风吹散在尘埃中。蓝天白云，美丽得如同仙境。

我在十八岁这天，拥有了一匹英俊的阿拉伯马，它脾气不太好，对我瞪着眼睛出大气，它来自我心爱的男孩。

我觉得我是全天下最帅气的人。

可是我没有想到，这竟然是我和江海的最后一个夏天。

何惜惜去实习后，开始享受资本主义的工作餐，没人同我搭伙做饭，我的一日三餐顿时成了问题。因为太懒，我每天早上就吃吐司面包配冰激凌，中午用冷饭、鸡蛋、午餐肉炒一大盆饭，配一瓶汽水，晚上就着老干妈接着吃。本来以为我的生活已经凄惨到了极致,直到有一天晚上,我的电脑显示屏莫名其妙死掉,我拿着硬盘去找江海跑程序。

他的冰箱干净得像是刚刚买回来的,桌子上有几条能量棒和一个咖啡机,无一不在向我哭诉着江海糟糕的饮食情况。江海其实是一个对生活品质要求很高的人,我有幸吃过他做的饭,至今有半个胃都为他而留着。可是他实在是太忙,晨昏颠倒,根本没有时间下厨,但和我不同的是,他宁愿随便吃点能量棒补充体力,也不愿意像我一样皱着一张苦瓜脸吞下一个汉堡。

忍无可忍,我只好打开点评网站,一家一家餐厅的评论翻过去,最后找到一家口碑不错的中餐馆,离学校不太远。我撕下便条纸,在江海的桌子上、冰箱上、洗衣机上,到处贴上这家餐厅的外卖电话。

然后我把最后一张粉红色的小纸条贴在江海的额头上,笑嘻嘻地说:"这下子就不怕肚子饿了吧。"

江海哭笑不得地看着我:"好啦,你过来看看你程序的结果。"

所以,阴差阳错,江海认识田夏天,竟然统统要归功于我。

隔了好几周后的一天周末,我躺在客厅的地毯上敷面膜,何惜惜开门回家,径直走到我面前,毫不手软地揭开我的面膜,用一种古怪的眼神看我,她说:"姜河你还好吧?"

"你为什么撕我面膜!"我愤怒地说,"那是我妈专门从国内给我寄过来的百雀羚!"

"没事就好,"她松了一口气,"还以为你想不开。"

狗嘴里吐不出象牙!我恶狠狠地瞪她,反驳道:"我为什么要想不开!我又没有失恋!"

语毕,我发现何惜惜对着我欲言又止。

我们彼此沉默,我先回过神:"发生了什么事?"

"没什么,"何惜惜摇摇头,"我今天看到江海和一个女生在一起走,不过也没什么。"

"哦,"我用水洗掉脸上的面膜精华,面无表情地回答,"确实没什么。"

第二天晚上,我同往常一样打电话约江海出来逛超市。晚上八点过,超市的人很少,我们推着空荡荡的推车,我没有说话,然后我发现,我们两人之间,原来我只要停下说话,就只剩下沉默。

我终于忍不住开口,装作不经意地问他:"惜惜说有天看到你和一个女孩子在一起噢。"

"哪天?"江海想了想,"哦,是夏天。"

"什么乱七八糟?"我莫名其妙。

"不是,"他一边走一边回答,"她说的那个女孩子叫夏天,田夏天,荷田的田。"

我猛然一怔,一脚踢上了手推车的轮子,疼得我龇牙咧嘴,眼泪在眼眶打转。

"你没事吧?"

我没有回答他。除了我的名字,我几乎没有从江海嘴里听到过别的女生的名字,他叫她夏天,他耐心地给我解释,那是荷田的田。

我觉得我真是太玻璃心,这样不好,于是我继续装作无所谓地点点头。

这时,江海在冰柜前停下来,他回过头来问我:"要冰激凌吗?什么口味?"

"要!"我一下子被转移了注意力,炫耀一般地说,"咖啡!"

然后我看到他打开冰柜的门,拿了一桶咖啡口味和一桶草莓口味的冰激凌,他把前者递给我,把后者放进了他的推车。

我疑惑地问:"草莓?你不是对草莓过敏吗?"

"是啊,"他无奈地笑笑,"正好想起来,我还欠她一桶冰激凌。"

我站在沃尔玛明亮的灯光下,浑身发凉,听到自己最后不死心地挣扎:"谁?田夏天?"

"嗯。"

十八岁的田夏天,同大部分的留学生一样,家庭不错,算不上大富大贵,但是足以让她在高考落榜后,可以花钱到旧金山一所完全没有名气的社区大学读书。学校里绝大部分是中国学生,课堂十分轻松,很多人念了五六年还没有凑够学分毕业。于是空闲的时候,田夏天便去给中国餐厅打工送外卖。

没错，就是我大费周章找到，在江海的屋子里贴满了电话号码的那一家。

可是江海，你从来不知道吧，草莓味的冰激凌，也曾经是我的最爱。

曾经。

后来，我打过一次那家餐厅的外卖电话，对方接起来，我连说"Hello（你好）"的时间都不给她，就语速飞快地点了一大堆菜。我盯着手表，二十分钟后，一个女孩子两手各提着一个大口袋，费力地敲开我家的门。

我深吸一口气，站起身给她开门。

可是门外的田夏天却十分出乎我的意料。普普通通的女孩子，她穿了一件简单的套头运动衫，帆布的平底鞋，只比我高一点点，笑起来有一对虎牙，把头发扎成马尾，在阳光下可以看到两鬓有几丝不够长没有扎住的短发。

我愣了愣，才反应过来："可以刷卡吗？"

她为难地摇了摇头。

我只好回到屋子里，翻箱倒柜，连浴室都彻底扫荡了一遍，东拼西凑了一大堆零钱，还是不够饭钱。

我窘迫地站在屋子里，田夏天笑着说："没关系，下次补上就可以了。"

她离开以后，我一个人坐在饭桌前，一桌子的川菜，还腾腾地冒着热气，这里的厨师喜欢加很多油和味精，香味铺满整个饭厅。我呆呆地看着它们，一动不动地坐着，竟然连伸手拿筷子的力气都没有。

因为这些，全都是江海喜欢吃的东西。

这个周末，我没有叫上江海，一个人去了超市。我发泄般地买了整整一车草莓味的冰激凌，结账出来，一个人走在回家的路上。两只手里的塑料袋沉甸甸的，勒得我手心疼。

我的手机铃声忽然响起，是我最喜欢的一首歌，"有没有那么一种永远，永远不改变，拥抱过的美丽都再也不破碎……"

我手忙脚乱地摸出手机，冰激凌从口袋里落出来，一桶接着一桶，到处散开来。手机屏幕上显示是一个来自波士顿的号码,我没好气地接起来:"Hello?"

"Hello,"电话里传来一阵愉快的男声,"小矮子。"

我愣住,停下脚步,不可思议地问:"……顾二蠢?"

对方倒吸了一口气,大概是努力忍住了想要揍我的冲动,他同四年前一般对我咬牙切齿,可又无可奈何,他说:"我一点也不蠢!"

我自动无视了他的反驳,我诧异地问他:"怎么是你?"

"怎么是我?"他轻笑着反问,然后说,"姜河,一直都是我。"

"你来美国了?"

我在心底算了算,我大四,顾辛烈正好大一。

"嗯,上一次见到你就想告诉你,那时也不知道能不能成功。"

我握紧电话,一时之间不知该说什么,我们同时沉默,仿佛能听到彼此的呼吸声。

隔了许久,他再次开口:"姜河。"

"我想过了,"顾辛烈好似轻松地笑了笑,他的嗓音如同风般寂静低沉,"如果你不肯等一等,那我只好更加努力地奔跑,直到能够与你并肩的那一日。"

那一刻,我抬起头,看到天边挂着的那轮又大又寂寞的月亮。

露从今夜白,月是故乡明。

第四章　我是他唯一的朋友，却不是今生的爱人

如果你不肯等一等，那我只好更加努力地奔跑，直到能够与你并肩的那一日。

开学的时候，我的导师主动找到我，告诉我他的一个Ph.D.（博士）学生将在明年夏天毕业，问我是否有意向进入他的实验室，他可以每个月给我提供三千美元的生活费。我当然求之不得，我之所以暑假留在他的实验室，就是为了能够得到他的青睐。

与此同时，赵一玫和何惜惜还没有决定未来的出路。何惜惜实习的公司对她的表现很满意，但是最后并未向她提供OFFER，他们终究更倾向于拥有公民身份的本国人。继续读博也是一个不错的选择，毕竟美国人大多不愿意读生物这样的理科专业，所以很容易拿到奖学金。

赵一玫所学的专业在美国更是无法找到工作，随便在大街上找一个墨西哥人说的西班牙语都比她流利。反正她也从未想过以此谋生，可是她又不愿意回国，自从这次暑假回国后，我觉得她和沈放陷入了一种奇怪的局面中。

"要不我和你们一起申博好了，"赵一玫坐在沙发上抱着抱枕头疼地说，"学拉丁语文化研究，怎么样。"

"也挺好，估计没什么人学这个，学院也要有亚裔指标，现在和教授套瓷还来得及。"

赵一玫欲哭无泪："我曾经的梦想是当一个被金屋藏娇的陈阿娇，哪里知道现实要把我逼成一个女博士。"

大四时我的课少，大部分时间都留在实验室里。我的导师和江海关系也不错，他曾经一边吃糖果一边问我："你们什么时候结婚？"

我被吓了一跳，告诉他："在我们的祖国，我们还未到法定的结婚年龄。"

他很惊讶："噢？但是在美国，像你们这样的情况，说不定孩子都有两个了。"

我笑嘻嘻地问他："那以后我们的孩子也来给你当博士生好不好？"

年过五十的教授转动着一双蓝灰色的眼珠，笑着拍了拍我的肩膀。

就在这学期，江海搬到了我住的小区，我同他商量，每天搭他的便车上学，我至今仍然没有拿到驾照。

以前赵一玫每次说我，我就懒洋洋地回答："有什么关系，读书的时候有江海，毕业以后，他去哪里，我就跟去哪里。"

可是现在，我不太确定了。

我后来见过田夏天一次，我将欠她的饭钱补给她，她笑着说："原来你就是姜河，我听江海提到过你。"

要是换成别人，我或许会十分感兴趣地向他打听在江海心中，我是什么样子的。可是面对田夏天，我意兴阑珊，我平淡无奇地"哦"了一声，然后问她是否经常见到江海。

"还好，"她腼腆地低下头，"我偷偷去你们琴房看过他弹钢琴。"

"你可以光明正大地让他带你进去。"我恹恹地说。

田夏天摇摇头，欲言又止地走了。

那天下午，下课后我心血来潮，去了一次音乐学院。走到教学楼下才发现原来这里必须刷卡进入，因为我不是音乐学院的学生，所以就算是我的学生卡也没有用。难怪田夏天要用"偷偷"两个字。

就在我垂头丧气的时候，身后忽然传来一道声音，"姜河？"

我回过头去，看到一脸疑惑的江海，他问我："你怎么在这里？"

"唔，"我被吓了一跳，挠挠头，"随便走走，你呢，刚刚练完琴？"

"嗯，"他点点头，"要一起回去吗？"

我鼓起勇气，却又装作不经意地说："好多年没看见过你弹钢琴了，上一次还是中学的新年晚会上。"

"是挺久了，"他一边回忆一边说，"你，想听吗？"

我点点头,然后看到江海有些不好意思地说:"我下个月可能要开一场独奏会,你如果有时间的话,可以来听。"

我惊喜地睁大了眼睛,江海从大一入学就一直跟着学校里一位很牛的大钢琴家学习,这件事我是知道的,可是没有想到,他还能开一场独奏会。

我曾经觉得,大概江海和《哈利·波特》里的赫敏一样,有一块可以时光倒流的怀表,因为他的时间好似无穷尽。

"弹钢琴是不一样的,"他向我解释,"弹钢琴对我来说,是一种放松,它能带给我和科学完全不同的快乐。"

江海的独奏会那天,为了防止我做出听钢琴曲听睡着这样丢人的事情,我翘掉了白天的课,在家饱满地睡了一觉。正好赵一玫晚上没课,我便拉上了她一起去。

穿着燕尾服的江海站在舞台上,同我梦中无数次幻想过的一样,他坐在舞台上的三角钢琴边,灯光落在他的身上,坐在观众席上的我只能看到他模糊的侧脸。

十首曲子弹下来,我的手都拍到麻木了,他走到话筒边,用他如大提琴般低沉悦耳的嗓音说:"Thank you for your coming tonight, now, please let me introduce Miss Tian to you. Tonight she will play the last song with me. This is my favorite song for Chopin, *Farewell waltz*.(感谢各位今晚的到来,现在,请允许我向你们介绍田小姐,她会同我一起弹奏今夜最后一首曲子,我最喜欢的一首钢琴曲。肖邦的《告别圆舞曲》。)" 全场掌声如雷,幕布缓缓拉开,我看到了穿着黑色晚礼服的田夏天。

那一刻,我听到了整个世界崩塌的声音。

赵一玫担心地转过头看我,我一动不动地盯着舞台,看着田夏天在江海对面的那架钢琴前坐下,然后他们相互对视,同时弹出第一个音符。

我的眼泪猝不及防地砸下来,我觉得这一切一定都只是一个梦,梦醒来以后,没有什么田夏天,也没有什么音乐会,有的只是教室窗外的那棵樱花树,我从梦中醒来,看到十六岁的江海,他的眉眼还是稚嫩的,微笑着对我说午安。

赵一玫一把抓住我,将我拉出了礼堂。

夜晚的风吹在我脸上，我终于忍不住放声大哭起来，"一玫，我好痛，我心痛得要死掉了。"

世界上最痛苦的，莫过于眼睁睁看着你爱的人，爱上别人。

礼堂里传来动人的音乐，金碧辉煌的门后，是一室的荣耀与赞美，而门外的我，在漆黑的夜里哭得五脏六腑都已经麻木。

独奏会后，为了粉饰太平，我装作无所谓，依然同江海一起去上学。唯一不同的是，我开始选择坐在后排的座椅上，一上车就打开自己的电脑，然后全神贯注地研究论文。

"最近很忙？"江海奇怪地问我。

"嗯，"我头也不抬地回答他，"有一个project。"

他点点头："有需要帮忙的随时来找我。"

"谢谢。"我想了想，"你昨晚的演奏会很棒。"

"谢谢。"

我觉得很难过，只是一夜之间，我和江海，好像已经开始疏远。我们彼此客套地道谢，他并未发觉我的中途离场。

在那天以后，我又见过一次田夏天。

是在江海的家里，我做了一个月的项目有个变量出了问题，我实在找不到BUG（缺陷/问题），只好抱着笔记本电脑去敲江海的家门。出乎意料，来开门的是系着围裙拿着锅铲的田夏天，她像是做错事一样心虚地看着我："江海不在家。"

我愣了整整一分钟，才让自己接受她出现在我面前这个事实。

这时，从厨房里传来一股烧焦的煳味，我伸了伸头，田夏天赶忙侧身让开，让我进到屋子里。江海曾经一尘不染的厨房被她搞得乌烟瘴气，她沮丧地站在一旁。

她给我倒了一杯牛奶，然后讨好似的笑了笑："我听江海说过你很喜欢喝牛奶，他说你们的口味总是很相似。"

我想告诉她，那不是巧合，那是因为我一直努力地爱着他喜欢的一切。

见我沉默，田夏天便自顾自地继续说："我一直不太能接受牛奶的味道。不过也对，你们那么聪明，每天都一直在动脑子，是应该多喝牛奶补充营养。像我这么笨的人，喝了也是浪费，反正也长不高了。"

电光石火之间，我忽然想到了十年前，我的抽屉里每天一杯的温热牛奶，还有留着刺猬头的男生毛毛躁躁的一句话，他说："小矮子，你再不喝牛奶，就真的长不高了。"

而我的耳边还是田夏天的叹息，她说："姜河，我真的好羡慕你。你真的好聪明，我上了高中以后数理化三科加起来总分都没有及格过。我这么笨，这辈子都配不上江海了吧。你看，我连想给他做顿饭都能把烟雾警报拉响。"

我端起面前那杯牛奶，一口气将它喝完，然后离开的时候我对一脸愁苦的田夏天说："不是的。配不配得上，不是我说了算，甚至连老天都做不了主。"

离开江海的家后，我一个人失了神一样在路上走着，一辆野马车在我的面前停下来，南风摇下车窗，吃惊地问："姜河？你怎么了？"

我拉开车门："我想去金门大桥。"

南风点点头，发动汽车，没有再问我。

这天夜里，金门大桥上的车辆来来往往同平常并没有什么差别，南风将车速开到一百迈，隔着远远的河岸，我看到了灯火通明的金门大桥。两年前我和江海在上面看星星的情形还历历在目，那大概就是我人生最快乐的时候，以为两个人这样并肩走着就是一生了。

而如今，我连再看一眼的勇气都没有。

我未对田夏天说完的那句话，应该是这样的，能做得了决定的人，只有江海。我和他相识八年，这八年来，我们几乎形影不离，可是他从未给过我他的家门钥匙。

亦舒说，一定是音乐不对，我与傅于琛，一定是会错了意，空在舞池中……没找到对方。

那我和江海呢，究竟是谁会错了意，又是谁没有留在原地等。

我是他唯一的朋友，却不是今生的爱人。

周末的时候，我又去了一次马场。这半年来，我几乎每个周末都会来，河川还是那副对我爱理不理的模样，但是这里的工作人员都眨着眼睛告诉我："它很喜欢你。"

"河川，"我顺了顺他的毛，它被工作人员照料得很好，毛皮油亮得像是能反光，我没头没脑地说，"你说，后来千寻和琥珀川在一起了吗？"

它没有回答我，它肯定觉得自己的主人是个白痴。

"我才不是白痴。"我心情不好，莫名其妙地发脾气。

然后我赌气一样骑上马，扬起鞭子，让它奋力狂奔。在转角的刹那，我又突然想起了江海。

我看到他站在开满樱花的树下，风一吹，花瓣簌簌落下，而他正轻声叫我的名字，他说，"姜河。"

如果大海能够带走我的哀愁，就像带走每条河流。

我用双腿使劲发力一夹河川的肚子，它长鸣一声，发疯一样地加速。

如刀割一样的风刮在我脸上，感觉天地都随着我一起转动，我从河川的背上跌了下去。

我被痛得近乎失去知觉，我睁不开眼，我听到身边河川悲痛的长啸声，工作人员迅速地从外围涌过来，晕过去之前我最后想到的是，好像河川真的挺喜欢我。

我在医院醒来，头上裹着木乃伊一样的厚厚的纱布，右腿骨折，绑上了石膏。

江海坐在我旁边，见我醒来，他着急地凑过来叫我："姜河？"

我眨了眨眼睛，这才看清楚他的样子，我艰难地动了动嘴唇，才发现自己根本发不出声音。我耐心地等了一会儿，让身体终于渐渐跟着我的意识一起苏醒过来，我不疾不徐地说："变字长编码定理，在变长编码中，若各码字长度严格按照所对应符号出现概率的大小逆序排列，则其平均长度为最小。"

江海疑惑地看我一眼。

我继续不疾不徐，背书一样一板一眼："所谓不确定原理，是指一个微观粒子的某些物理量,不可能同时具有确定的数值,其中一个量越确定,另一个量的不确定程度就越大。测量一对共轭量的标准差的乘积必然大于常数h/2π。"

"……姜河?"

我松了一口气:"还好没被摔傻。"

江海无语地看着我,我有点悲哀地想,难道我果然被摔傻了?

见我停下来,江海终于有了说话的机会,"你有没有觉得哪里难受?"

有,我想告诉他,我的心很难受。

得知我醒来后,赵一玫和何惜惜也都飞快地赶来了。赵一玫趾高气扬地赶走了江海,然后拿起他给我买的苹果,毫不客气地一口咬下去。

"我才是病人!"我虚弱地提出抗议。

"反正你也吃不了,浪费了怪可惜。"

……这种话,还是给你那几十个长满灰尘的包包说比较好。

"说吧,你为什么会从马上摔下来?"赵一玫质问我。

我苦笑:"你非要让我给你讲讲向心引力和圆周运动加速度吗,我现在头有点疼,改天行不行?"

赵一玫盯着我的眼睛:"姜河,你告诉我,到底这真的只是一场意外,还是,还是,是你自己松了手?"

我愣住,我突然发现,这个问题连我自己也无法回答。我闭上眼试图回想那一幕,可是我竟然真的想不起,那一刻,我是不是真的松开了手。

见我沉默不语,赵一玫握住我的手,她声音听起来很难过,她说:"抱歉,姜河,我不能为你做什么。"

"没有关系,"我试图安慰她,"你看,爱情其实就是一场豪赌,我愿赌服输。"

被送入医院的第二天,我接到顾辛烈的电话。

"姜河,你在干吗呢?"

我拿着手机翻了个白眼,大咧咧地敲着打着石膏的腿,"睡觉!"

"噢,"他好像松了一口气,然后又换成吊儿郎当的语气,"你是猪啊，旧金山现在是下午四点吧，你睡什么觉呢。"

"要你管，说吧，你打电话什么事？"

"没事我就不能给你打电话了吗，"顾辛烈恼羞成怒，顿了顿，然后说，"不过确实也没事，我这不就是，就是昨天做了个梦，梦到你从一棵特别高的树上面掉下去了，摔得稀巴烂。"

我勃然大怒："谁没事爬树玩啊！"

"你别急嘛，我这不是做梦吗，所以我就打电话来问问你最近有没有什么事。"

那一瞬间，我的心中扬起一种无法言喻的感觉，我愣了愣，看着空荡荡的病房，难得地放低声音，温柔地回答："噢，没事呢，别瞎担心。"

"噢，没事就好。你还记不记得，四年前你出国的时候我说过的话，'只要你需要，我随时会赶到你的身边'"他接着说，"你看，姜河，现在我不需要十五个小时，从波士顿到旧金山，只需要五个小时了。"

我还没来得及感动，突然反应过来，我再一次勃然大怒："什么叫摔得稀巴烂！有这么形容人的吗你！"

"……所以我都说了那是梦啊！"

"梦也不行啊！你小学语文作文怎么学的啊！"

"……我那不都是抄你的吗！"

"你的意思是我给你抄了语文作文所以被摔了个稀巴烂吗！"

"姜河你简直无理取闹！"

"怎样！打我呀！"

在我们快要结束电话的时候，顾辛烈装作无意问我："你寒假有什么打算？"

"不知道，先考完期末考吧。"

"我是说，"他有些吞吞吐吐，"我正好和朋友商量去加州玩，我们会在旧金山停留几天，你如果没事的话……"

"再说吧，"我突然想到一件事，"顾辛烈，抱歉，当初答应你要一起去洛杉矶看NBA。"

"噢，没关系，"他语气轻松，"你知道吗，后来井上雄彦在黑板上画了《灌篮高手》的真正结局。"

071

"是什么呢？"

"我也说不清楚，"我甚至可以想象顾辛烈挠头的样子，"一句台词也没有，所有的人都有了新的生活吧。"

出院以后，我瘸着脚找到我的导师。

"噢，姜河，"他担忧地看着我，"你还好吧？你可以再在医院休息一段时间，我可以给你延缓期末考。"

"没关系，"我笑着摇摇头，"今天来找您是因为别的事，很抱歉，我恐怕不能继续给您做学生了？"

"为什么？"

我看着他蓝灰色的眼睛，这几年来，他待我如同慈父，可是我只能惨淡一笑，"抱歉教授，我以后的孩子不能给您当博士生了。"

他大概是懂了我的话，又或许是对江海和田夏天的事有所耳闻，他拍了拍我的肩膀，说："If you shed tears when you miss the sun, you will also miss the stars."[1]

我努力挤出笑容："Thank you.（谢谢您。）"

从那天之后，我开始着手申请去别的州读博士的事情。

我奇迹般地从书架里找到两年前遇到的麻省理工的教授的名片，我给他发了一封邮件，他很快回复了我，他说他很抱歉，在这个时间，全美大部分的博士录取工作已经结束。在邮件的最后，他给我提供了另外一种方法，我可以先试着申请硕士，一年后再转成博士，这样并不会耽误我的学业。他说他会想办法帮我拿到硕士的奖学金，并且，我可以通过担任RA（Research Assistant，研究助理）获取大部分的生活费。

我接受了他的建议，第二周便报考了GRE（美国研究生入学）考试。

因为教授的帮助，我在一月份的时候便收到了麻省理工的电子工程系研究生入学通知书，我面无表情地将邮件看了两遍，确定没什么遗漏后关掉了电脑。

我再也不是四年前那个在教室里欣喜若狂、大声炫耀的女孩子了。

这天回到家，我去超市买了一整车的食物，可惜因为年龄不够，我仍

---

[1] 泰戈尔诗句：如果你因错过太阳而流泪，那么你也将错过群星。

然无法买酒。

赵一玫和何惜惜被我吓了一跳:"姜河,你怎么了?"

我清了清嗓子,艰难地告诉她们:"我要去波士顿读硕士了。"

何惜惜正在放辣椒的手一抖,一大勺红油落进锅里。赵一玫的口红啪嗒一声落在地上。

沉默了一分钟后,何惜惜才说:"疯子。"

赵一玫竖起大拇指:"姜河你真棒,我现在确定了,你绝对是我见过最厉害的女生。"

我心安理得地认为她们这是在表扬我。

"你告诉江海了吗?"

我摇摇头。

"你打算什么时候告诉他?"

我继续摇头。

这年五月,我们毕业了。

这一年,距离"9·11"事件整整十年,金融危机也已经过去三年,美国的经济开始复苏,人人都面带笑容,对生活充满希望。

为了庆祝毕业,赵一玫送给我和何惜惜一人一瓶香水,她说,女人一定要有一瓶属于自己的香水。

何惜惜最终找到本地一家制药公司的工作,让她毕业后就去公司报到。工作以后的薪水比读博士高多了,可以极大地缓解她家的经济压力,我看得出她有些遗憾,但是也不得不接受这个选择。

赵一玫整天愁眉苦脸,抱怨说没有想到,阴差阳错间她竟然成了我们之中读书读得最久的一人。

毕业典礼那天,我们穿着黑色的学士服,旧金山艳阳一如既往地高照。校长站在讲台上滔滔不绝地讲话,台下掌声如雷,我却一句也听不进去。

江海就在我的斜前方,他静静地站着,我已经无法再猜中他的所思所想。

这竟然是我和他作为同学的最后一日。

我从未想过分离，可是这一天竟然到来。

毕业典礼结束后，所有人都散开来，甚至有穿着比基尼的美女排成一个圈，不停地抛着飞吻和媚眼。疯狂的学生数着"One,two,three（一、二、三）"将学士帽一齐高高抛起来，一时间遮天蔽日。

我找到江海，举着相机邀请他："和我拍几张照片吧。"

我站在江海身边的时候，才想到我和他好像从来没有这样正经地拍过合照。我紧张得手心出汗，傻乎乎地转过头问他："要不要说'茄子'？"

他笑："你可以说'cheese'（奶酪，发音与茄子类似）。"

为我们拍照的学生举着相机，摆摆手："你们再靠近一点。"

近一点，再近一点，我再一次闻到江海身上好闻的薄荷香。这股熟悉的味道，这么多年，从未变过。这就是我一直爱慕的男孩，时光很难在他身上留下什么印记，所有人都在变，可是他没有。

快门被按下的那一刹那，我的眼泪克制不住地滚落下来。

"姜河，"江海手足无措地看着我，不知道该如何安慰我，"你不要哭。"

他不出声还好，我一听到他的声音，更是哇地放声大哭了起来。

江海便只好对旁边侧目的大家做了一个抱歉的姿势，然后站在我面前，为我遮住刺眼的阳光。

而最难过的，是我已明白，这温柔终不再属于我。

不知道过了多久，我终于渐渐平静下来，我轻声说："我要离开旧金山了。"

江海愣住，愣愣地低下头，不明所以地看向我。

我明明有千言、有万语想要对他说，可是在那一刻，我忽然觉得，什么都不必再说了。

毕业典礼结束后，赵一玫说不想开车，我们三人便一起走路回家。

"很久很久没有这样的时刻了，不用担心功课，不用担心考试，只这样静静地走在路上。"赵一玫仰望满天繁星，自言自语道。

"我们就这样毕业了。"赵一玫无限感伤，"第一天来美国的场景还历历在目，一晃，四年过去了。"

"是啊，"何惜惜点点头，也颇为伤感，"连姜河都能穿B罩杯了。"

……不黑我你们会死吗？

我们在路边一人买了一盒Frozen Yogurt（冻酸奶），我们从自助冰激凌机里挤出满满一大杯，赵一玫也难得一见地不顾及身材，在上面撒满了巧克力和M&M豆。

赵一玫穿着十二厘米细跟的高跟鞋，终于走不动了，她干脆把鞋脱下来，一手拎一只，光脚踩在地上走。她微卷的酒红色头发在路灯照耀下异常美丽，她仰起头，轻轻哼着小曲："If you're going to San Francisco,be sure to wear some flowers in your hair.（如果你想要去旧金山，一定要在头发上戴一些花。）"

"喏，"她回过头问我，晚风将她的长发吹得飞舞，"要是这一刻能够许一个心愿，你们会有什么愿望？"

何惜惜轻笑："我想要的东西，从来不许愿。"

我老老实实地回答："我希望田夏天能够消失。"

赵一玫用手指钩住高跟鞋的鞋带，将它们轮起来在空中转，她还是望着夜空，"我想要见一眼我心爱的人。"

我忍不住泼她冷水："他此时距离你一万公里，你们时差十五个小时。"

"我知道。"赵一玫怏怏地回答。

"不，"何惜惜突然停住脚步，她说，"不一定。"

然后我和赵一玫顺着她的目光向前看过去，我感到身边的赵一玫全身瞬间战栗起来。

一个男人立在昏黄的路灯下，他脚边立了一个黑色行李箱。他低下头，划燃一支火柴，然后双手聚拢，点燃了嘴里叼着的那支烟。

他抬起头看向我们，手中夹着的烟头星火闪烁，他漫不经心地说："旧金山的夜晚可真冷。"

赵一玫死死地捂住嘴巴，可是我知道，她哭了。

这是我第一次见到沈放。伤心桥下春波绿，曾是惊鸿照影来，我终于知道什么叫惊鸿一瞥。也终于明白为什么赵一玫放不下他。

我忽然想起当初我问赵一玫,南风哪一点打动了她。

她说,"因为他有一双非常好看的眼睛。"

赵一玫这个爱撒谎的女人,其实事实是,他有一双和沈放十分相似的眼睛。

剑眉斜飞,写尽风流。

我曾经以为赵一玫薄情冷血,现在才知道,真正深情的人,从来不会将心事剖开给别人看。因为里面一寸一毫,全刻着同一个人的名字。

在旧金山的星空下,赵一玫丢掉手中的高跟鞋,跑上前抱住沈放,像个小孩子一样号啕大哭起来。

沈放因为公司的事情到洛杉矶出差,因为推辞不了沈父的要求,只好顺道来了一趟旧金山。这天晚上,他将沈父带给赵一玫的毕业礼物拿给赵一玫后,便离开去了最远的一家希尔顿入住。

他临走前,赵一玫问他:"我好歹也是你的妹妹,你也应该送我一份毕业礼物。"

"妹妹?"他冷笑,"天底下有哪一个妹妹,成天觊觎自己的哥哥?"

赵一玫咬住下嘴唇,不说话。

可是沈放似乎不打算就此放过她,他虽一路风尘仆仆,但身上戾气很重,他说:"赵一玫,你还记不记得,我祝福过你什么?"

赵一玫闭上眼睛,她的睫毛微微颤抖,她轻声说:"你祝我赵一玫,一生所爱所求,皆不可得。"

沈放继续冷笑:"你记得倒是清楚。"

"你说的每一句话我都记得一清二楚。"赵一玫静静地回答。

"呵。"

他讽刺地一笑,转过身走了。

沈放走后,赵一玫在他等候过的路灯旁,蹲着哭了很久。

我想上前安慰她几句,但是何惜惜拉住了我,她说:"你让她一个人待一会儿吧。"

沈放说话虽然决绝冷漠,但是我发现我居然一点也不讨厌他。

拆开沈放捎来的礼物，那是一双银光闪闪的水晶鞋，上面镶嵌满了钻石，一看就知道不止价格不菲，而且千金难求。我被它的美惊讶到说不出话来。

赵一玫将那双鞋放进了鞋柜的最上一层。我想她不会再愿意见到这双鞋，因为这双鞋时时刻刻提醒着她，她无法从他那里索求到任何礼物，就如同他永远不会爱她。

她从凳子上下来，对我惨淡地笑了笑，说："无论如何，今夜对我来说是一个奇迹。在我最思念他的时候，他跨越一万公里和十五个小时的时差，出现在了我的面前。"

在一场爱情里，我们总认为所有的巧合都是奇迹，却忘记了，爱只是爱，再伟大的爱情到头来也只是爱。

赵一玫一夜未睡，第二天天一亮，她就开着车去酒店门口等沈放了。

三天后她沉默地回到家里，她买了一瓶辛烈的伏特加，一个人坐在沙发上将它喝了个精光。我简直要被她吓死，上前一把夺过她的酒瓶，她趴在我的身上哭得撕心裂肺，她问我："姜河，为什么我们要长大呢？"

为什么我们要长大呢。

如果不用长大，就可以一直任性、天真、不用担心明天的到来。

我轻声回答她："因为明天，终究会到来。"

七月底的时候，我们在旧金山的房租到期，我不得不提前去往波士顿。

此时何惜惜已经上班，她已经找好房子，比学校附近的这一间便宜许多。天下无不散之筵席，我们三人终于走到了岔路口。

这是我人生中第一段友情，我想，无论我去到多远的地方，我都永远不会忘记她们。

我去机场那天，是江海开车送的我。

旧金山机场人来人往，江海给我买了一块蛋糕和一杯热牛奶，我们坐在候机厅的凳子上，相顾无言。

他终于问出了一个我等待已久的问题，他问我："姜河，你为什么要离开？"

我笑了笑:"因为喜欢金门大桥,喜欢加州阳光的那个人,一直都只是你而已。"

他皱着眉头不解地看着我,我久久地凝视他的眼眸,眼泪一下子忍不住奔涌出来,我泣不成声:"江海,我喜欢你啊,我一直、一直、一直都喜欢着你啊。"

我们身后机场播报航班信息的大屏幕不断变动,红色和绿色交替着显示出这个世界的匆忙和拥挤。

江海黑眸沉沉地看着我,有震惊,有不解,有慌乱,有难过,隔了许久许久,他才再次开口说:"姜河,抱歉。"

我们从来不向对方说抱歉。他拿世界冠军的时候,我放弃保送名额的时候;他在深夜喝着咖啡写程序的时候,我在凌晨打着哈欠分析数据的时候;我们在辩论赛上针锋相对的时候,我们在跑马场一较高低的时候……九年来,我们在一起的岁月沉默得像是一部黑白默片,无论风雨都是一起前行,我们从来没有向对方说过抱歉。

我一直以为,我同江海,能够这样默契地走完一辈子。我甚至以为,全世界,只有我一个人可以站在他的身边。

可是这一天终于到来,他向我道歉,我向他道别。

飞机在轰鸣声中起飞,我捂住脸号啕大哭起来。我可以计算出最复杂的数学题,我可以背出成百上千条公式定理,可是我依然不知道在这个七十亿人的星球上,相爱的概率是多少。

我依然不知道,那些平静蔚蓝的河水,究竟会流向哪一片海。

昨天,是飞机也带不走的回忆。

第五章　爱或不爱，只能自行了断

独在异乡为异客，原来这才是孤独的模样。

飞机在波士顿降落。

顾辛烈嘚瑟地将跑车大刺刺在出口一停，抢眼到我实在想装作不认识他。

我面无表情地拉开车门，问他："你怎么不停地下停车场？没交警赶你走吗？"

顾辛烈特别得意地笑了笑，"怎么没有，我都吃五张罚单了。"

我默默地腹诽他一通，然后十分想不明白地问他："那你为什么还要停这里？"

他一脸恨铁不成钢地看着我，然后说："装帅啊。"

我脚下一滑，差点从他车里滚出来。

四年不见，顾大少的智商，仍旧让我担忧。

让我更堪忧的事情还在后面，等我坐稳后，顾大少油门一踩，大红色跑车突地冲向高速公路。我的头发被吹得一片凌乱，我被吓得赶忙转过头冲他咆哮："慢一点你会死啊！"

"哦，"顾辛烈这才后知后觉地反应过来，然后松开油门，"不好意思，有点紧张。"

"你紧张什么啊！我才紧张好不好！"我欲哭无泪。

"不是，"车速终于平稳下来，他打开天窗，波士顿比旧金山更冷，但是风吹在脸上格外的凉爽，他说，"姜河，我们至少两年没见了。"

他这样一说，我才平静下来。我侧过头向他看过去，几年不见，当初那个浑小子早已长出分明的轮廓，他长手长脚，穿一件白色T恤，黑色的棒球帽帽檐压得很低，裸露在外的皮肤被晒成好看的小麦色。

我一动不动地盯着顾辛烈，我感觉到他又开始紧张，他使劲捏着方向盘，好像有些害羞，他说："看，看，看够没有？"

"够啦。"我懒洋洋地伸了个懒腰。

他又不好意思地"哼"了一声，然后又想到什么，一脸眉飞色舞："姜河，你饿不饿？"

知我者，顾辛烈是也。我已经饿得两眼发晕了，"要饿死了。现在给我三个汉堡我都能吃下。"

"那就好，"顾辛烈高深莫测地一笑，"我带你去我那里，我已经做好了一大桌好吃的。"

我十分疑惑地看了他一眼，等我到了他家里，看到那一桌子色香味俱全的美食，我那颗忐忑的心也终于落下来了。

我面无表情地转过身，问正扬扬得意等待我的赞美的顾辛烈："你这叫的哪家外卖啊，不错啊。"

"你才叫的外卖！不要血口喷人！"

"得了吧，"我拉开凳子反扣着坐下来，"虽然几年不见，但是我们认识多少年了啊，十根手指扳完都数不过来。"

"才、才不是呢！"

"哎，"我摇了摇头，"何必呢，来来来，顾二蠢你过来。"

顾辛烈十分提防地看了我一眼，我随手拿起厨房里的盐和味精，称赞了他一下："不错啊，专门去买的？"

"才、才不是呢！"顾辛烈咬定青山不放松。

我在心底冲他翻了个白眼，一手拿起装盐的罐子，一手拿装味精的罐子，递给他："喏，那你说说，哪个是盐，哪个是味精。"

顾辛烈张大嘴巴，愣愣地看着我。

"姜河，你欺人太甚！"

看他被我噎得说不出话来的模样，我忍不住扑哧一声笑出来，然后回到座位上："好啦，快开饭，要饿死了！"

等我真正心平气和地和顾辛烈面对面坐着吃饭的时候，我心底升起一种五味杂陈的情绪，说不清道不明，只好低下头一个劲儿地夹菜来吃，端起碗刨饭刨得跟饿死鬼投胎一样。

顾辛烈不忍直视地看了我一眼："……姜河，你这样子，可如何嫁得出去啊。"

我把一大块牛肉塞他碗里，"嫁不出去也不嫁给你。"

他垂头丧气地重新拿起筷子："何必这么见外嘛。"

我又吃了两口肉，嚼之无味，想了想，还是忍不住开口："顾辛烈。"

"嗯？"他挑挑眉。

我尴尬地咳嗽了两声，然后边想边说："是这样的，你看我们啊，确实是几年没见了。我比几年前呢，长高了四厘米，长胖了十斤，你看，双下巴都快出来了。然后呢，我头发也长长了，刘海都快把眼睛遮住了。还有啊，我以前一点都不喜欢吃辣，可是现在嗜辣如命……噢还有，你看，我的小腿上有一条很难看的伤疤，这是我骑马摔伤留下来的。"

顾辛烈静静地听着，也不打断我，他问："然后呢？"

"然后，然后，我想说的是，我已经不是几年前的那个我了。"我顿了顿，然后有些不好意思地说，"你，那个，咳咳，喜欢的，咳咳，已经不是现在的我了。所以我觉得吧，咱俩还是做朋友重新认识一下比较好。"

"哦，"顾辛烈一副"你说得很对但是我不打算听"的表情点点头，将肉剩得多的那盘菜移到我面前，"我这里有火锅神器，晚上想吃火锅吗？"

"想！"我激动得泪流满面，"火锅！！"

愣了三秒，我又尴尬地咳嗽一声，恼羞成怒："别想转移话题！"

"行。第一，我的心要往哪里放是我自己的事情，劳你挂心了。第二，你怎么从马上摔下来了？"

"意外而已，啊啊啊啊啊，不要提这件事，我的马还在旧金山呢！为什么不让我托运过来，我可以给它买机票嘛！"

想到河川，我又忍不住地伤感起来。

静静流淌的查尔斯河将波士顿对半分开。我和顾辛烈一人在河这头，

081

一人在河那头。

因为当初我找房子的时候房价已经上涨,无奈之下只好找了一个算不上太满意但是能凑合着住下的房间。我同另外三人合租,我的房间在最里面,很小,地毯的边缘都已经卷起来,踩上去十分硌脚,我再也不能赤着脚在房间里走来走去了。

我依然不会开车,每天必须比其他人早起半个小时去坐巴士,我已经尽量轻手轻脚,可是仍然被抱怨吵到了她们。而合租的人中有一人喜欢深夜洗澡吹头发,也总是让我无法入睡。

与人合租诸多的难题,我在美国的第五年才算真正意识到,柴米油盐,一定是要斤斤计较的。都说没有遇到极品室友不算留过学,想来,我的海外生涯也算是圆满了。

研究生和本科生学习模式没有太大区别,我每天都待在学校里,有些时候不想回家,就直接在图书馆里通宵温书。顾辛烈偶尔会给我发短信,我有时回,有时不回。

在波士顿的第三个月,一天夜里,我忽然全身发痒,在梦中惊醒。我扭开台灯,撩起睡衣,发现自己手臂和大腿上各被咬了一串整齐的红包。痒得我一夜未眠,等到清晨一照镜子,估计就我知道脸上那是黑眼圈,不知道的人大概都觉得我这是人体艺术。

而此时,我被咬的手腕已经粗壮得如土里拔出来的红萝卜。我去超市买了一瓶灭蚊剂,但是我对美国的除虫剂真是一点信心都没有,不添加任何对人体有害的化学试剂,杀得死只毛毛虫就算运气好。

这天夜里入睡前,我仔仔细细地将我的房间每一个角落喷上了灭蚊剂,然后用衣服将自己裹得严严实实。入了夜,我再一次被咬醒,我睁大了眼睛把房间巡视了一遍,没有见到任何虫子,我打了个寒战,心中顿时升起一股不好的预感。

第二天吃早饭的时候,我将身上被咬得惨不忍睹的地方亮出来给我的室友们看,我问她们:"我住的那间屋子,以前是不是闹过bedbug?"

Bedbug,国内俗称臭虫、麻虱。我其实也只是听说而已,因为每个来美国的留学生都被警告过,千万别住闹过bedbug的房间。这东西在中国早在除四害的时候就消灭干净了,我们这代人没有经历过,可是在美国,因为没有强力除虫剂，基本上，摊上了就没有可以解决的方案。

它们身躯极其小，大多数隐藏在地板和墙缝中，白天是绝对没有办法看见它们的。到了夜里，它们成群结队地爬出来咬人吸血，爬行速度极快，反应极其灵敏，在人被惊醒的那一刻它们立即一哄而散地躲起来。

Bedbug繁殖能力和传播能力都很强，一间屋子，一旦闹过bedbug，很难再清理干净。最可怕的是它们，要是泛滥，咬起人来是会出人命的。和它们比起来，老鼠、蚊子、蟑螂简直就是人类的好朋友。

被我突然这么一问，三个人都愣住了，客厅一下子鸦雀无声，等了一会儿，其中一个女孩子才终于承认："是。"

我勃然大怒，将桌子一拍："你们事前为什么不告诉我？"

"告诉你了，你还会租吗？"其中一个女生极其小声地说。

我真是被气疯了："你们也知道我不会租！你们会不会太自私，就为了让人来帮你们平摊房租，你们每个月省的这两百多刀，你们省得安心吗？"

"你别那么激动啊，"一个女生有点不自在地说，"要不你让除虫公司来帮你除虫，费用我们四个人平摊就是了。"

"平摊？你们这如意算盘打得倒不错，现在你们倒不心疼钱了？"我冷冷一笑。

"你话别说那么难听，我们也是好心帮你，别给脸不要脸。"

我看着眼前这三个大我四五岁的女生，怒极，却不知道如何反抗。算来，除了情路，我的人生真的太过平顺，总是受人照顾，被人挡在身后。

正在我和她们僵持不下的时候，我的手机铃声突然响起。我看了一眼屏幕，是顾辛烈打来的，我犹豫了一下，接起电话："喂？"

"喂，"顾辛烈轻快愉快的声音响起，"姜河，明天周六，要不要我来载你去中国超市，你上次买的东西差不多该吃完了吧。还有，我发现一家很不错的意大利餐厅，呃，肉很多，你会很喜欢的。"

我看了看自己被咬肿的身体和差到吓死人的脸色，害怕他担心，脱口而出："不，不用了，我这周实验室有点事，下次再说吧。"

"好的，"他的声音听起来有些失望，不过他很快又重打起精神，"那你记得早点休息。"

挂了电话，我发现自己情绪平静了很多。因为我知道，我并不是一个人，这样的认知让我瞬间强大起来，我冷笑了一声："如果没猜错的话，上一任租客就是因为Bedbug搬走的吧？除虫真的有效的话，她还会搬走吗？"我冷冷一笑。

那三个女生再次不回答了，只是恶狠狠地瞪着我，我看了眼时间，上学快要迟到了，只好抓起书包和几片面包匆忙出门。

我这天在学校过得十分糟糕。因为已经连续两天无法入睡，我头疼欲裂，在上课时间直接睡了过去。再加上手臂肿得十分厉害，又痛又痒，可以挠的地方已经被挠破了皮，不能挠的地方就更难受了。

身体和精神上的不适直接导致我胃口差得要命，买了一个汉堡，咬了一口，腻味得我想吐。放学后，我一个人走在出学校的路上，一想到要回住的地方，我心中就涌起一股厌恶，然后又想到夜里几十只又扁又恶心的虫子趴在我身上吸我的血，我就作呕。

黄昏是一个人最脆弱的时候，我望着远方的夕阳，遥远而美丽，篮球场上年轻的外国男生们飞快地说着英语，那一刻，我第一次又强烈又清醒地意识到，我不属于这里。

异国他乡，听起来风光无限，可是将我们的心一层一层剥开来，才发现里面空荡荡一片，什么都没有。

我的眼泪终于忍不住大滴大滴地落下来，独在异乡为异客，原来这才是孤独的模样。

我在人烟稀少的路上蹲下身，不顾不管地大哭起来。这时候，身后传来一阵急促的呼唤声："姜河，姜河。"

我回过头去，看到一脸着急的顾辛烈向我跑来，他身后的火烧云映红了整个天空。

我突然想起《大话西游》里的一句台词，它说，我爱的人是盖世英雄，总有一天，他会踩着七彩祥云来娶我。

大概是因为太喜欢周星驰，我忽然忍不住笑出来，可是笑完又开始难过，眼泪又不停往下落。

顾辛烈喘着气跑到我面前，也蹲下来，他眉头拧在了一起，"姜河。"

"笨蛋啊，"我一边抹着眼泪一边说，"你怎么来了？"

"今天早上给你打电话的时候觉得你声音不太对劲。"

"哪里不对了，我只是、我只是饿了。"我抽噎着。

顾辛烈没好气地笑了："那你哭什么？"

"饿哭了，不行啊。"

"行行行，"他举双手投降，"说不过你，来，咱站起来，再蹲你腿就该麻了。我带你去找个地儿坐着哭。"

被他这么一说，我才发现我的腿真的麻了，我龇牙咧嘴、满脸泪痕地撑着顾辛烈的手臂站起来。

"别动。"他说。

我一边抹着眼泪一边向他看过去，然后我看到顾辛烈自然而然地蹲下身，皱着眉头，认真地将我不知何时散开的鞋带握住，不太流畅地打了一个结。

顾辛烈是谁？堂堂顾家大少爷，生来就挑肥拣瘦、衣来伸手饭来张口，可是此时此刻，他却心甘情愿地蹲下身，笨拙地为我系鞋带。

就为了这么一幕，我心中一动，登时觉得刚才大哭的自己是个不折不扣的神经病。

我哪里孤单哪里寂寞了，穷矫情个什么劲儿。我眼前的这个大男孩，他放弃国内安逸奢华、前程似锦的生活，只身来到寒冷遥远的波士顿，只是为了能够在五个小时内赶到我的身边。

"顾辛烈。"

"嗯？"

他站起身，拍了拍手上的灰尘，挑着眉头侧过头看向我。

"谢谢你。"我认真地说。

"谢、谢什么啊！"他满脸通红地别过身。

虽然我极力隐藏，但是从我肿到根本无法握笔的手指上，顾辛烈还是发现了事情的不对劲。

"到底怎么回事？"他有些生气地问我。

我只好潦草地将bedbug的事情告诉了他。

顾辛烈被气得当场奓毛，他将可乐瓶子狠狠一捏，扬手投入垃圾桶里，然后面无表情地说："上车，我带你去找她们，这事得说清楚。"

我想了想："还是算了吧，和她们也扯不清，难不成让她们给我换房间？周末的时候我叫除虫公司来试试。今天晚上，呃，我找个地儿先住着吧，快捷酒店吧，贵了我也住不起。"

顾辛烈拗不过我，眉毛都拧一起了："开什么玩笑，你一个人去住酒店，还不如去我家，反正我一个人住，房间多。"

我一想，这还真是个不错的主意。留学生之间，男女混租是一件很正常的事情，何况我只是借住一宿。按照波士顿的物价，去快捷酒店一晚上也得九十、一百刀，已经是笔很大的开销。

到了顾辛烈家后，他把他房间的床腾给我，自己去睡沙发。我也懒得去推辞，知道他肯定不同意让我睡沙发，我俩也不可能合睡一张床。顾辛烈的床又大又软，我躺在上面就挪不动了。读硕不比读博，也不比我读本科那阵子，学校虽然减免了我的学费，但生活费得靠给教授打下手来挣，以至于我过得十分拮据。来波士顿之后，我床也没有舍得买，就买了张厚厚的床垫铺地上，很久没有尝过睡床上是什么滋味了。

我呈"大"字形躺在顾辛烈的床上，懒懒地感叹："大少爷你生活实在太幸福。"

顾辛烈悲哀地捂住额头："您老这幸福值也太低了。喏，这件T恤是全新的，吊牌都没摘，你将就着穿穿，快起来洗漱。"

"不起来。"我翻了个身，抱住软绵绵的枕头。

顾辛烈束手无策了："你不嫌不舒服啊？牙膏都给你挤好了。"

"就不。"

"你怎么又懒又邋遢。"

我嘿嘿一笑："现在知道了吧？我这人好吃懒做，胸小无志，反正又不是我的床，脏也不脏我，快点出去出去，我要睡觉了。"

顾大少幽怨地看了我一眼，只得转身走开。

我小人得志，半梦半醒之间还不忘使唤："记得把门和灯关了哈。"

这一夜，我终于踏踏实实睡了个好觉。第二天神清气爽地醒来，来到客厅，看到顾辛烈还横七竖八地躺在沙发上，被子大半都掉在了地上，只剩一边角还搭在他胸口上。他穿了一身卡通睡衣，上面的Q版樱木花道比起一个"V",一口白牙露出来,笑得眼睛都看不见了。

我忍不住笑出了声,顾辛烈睫毛微微颤抖,迷迷糊糊地睁开眼,一边揉眼睛一边疑惑地说:"姜河?你怎么在这里?"

然后猛地抓起被子往胸口一掩,一副良家妇女的样子:"你,你,你想干什么!"

"拜托,"我绝望地捂了捂额头,"蠢成你这样,倒也是一项技术活。"

顾辛烈这才终于醒过来,他悲愤至极地看着我,找了半天没找到他的拖鞋。我两脚一蹬,将自己脚上那双脱下来甩到他面前:"喏,穿这双吧,我喜欢光脚。"

我们斗了半天嘴才终于意识到肚子饿了,顾辛烈的冰箱也是空空如也,他想了想:"走吧,带你出去吃pancake(松饼)。"

等我坐上他那辆拉风的跑车,不无忧伤地感叹:"有车就是好啊。"

"你还没有驾照对吧?改天我教你吧。"

说到学车,一时间许多零碎的画面在我脑海一闪而过,开车的江海、沉默的江海、他的车里放着的古典乐,我心情一下子无比低落,淡淡地说:"再说吧。"

周末的时候,我打电话叫了除虫公司。我将所有的家具都搬到阳光下暴晒,衣服床单也全部洗了一遍,累得全身都快散架了。然后,我回到空空如也的房间里,也懒得管刚刚喷了杀虫剂,直接倒在了地毯上。这个时候,我接到了赵一玫的电话。

我没有把bedbug的事情告诉她,我们随便地扯了一会儿天,我还是忍不住问她:"江海最近如何?"

"不知道,我搬家之后就很难见到他了,我本来和他也不熟。我在学校星巴克见过他一次,那天停电,他坐在外面对着电脑,我要去上课,就没给他打招呼。"

"哦。"我失望地说。

赵一玫犹豫着说:"其实你不必这样断绝联系,你们还可以做朋友的。"

我摇摇头,痛苦地说:"爱或不爱,只能自行了断。"

何必拖着一根快要断的线。

挂掉电话之后,我收到赵一玫的短信,她说,情深不寿,慧极必伤。

我闭上眼睛,眼角有泪滑落。

这天夜里,我再一次被bedbug咬醒,我说的果然没有错,它根本没有办法被除掉。第二天早上,顾辛烈给我打电话,问我有没有好一点,我垂头丧气:"别说了,我等会去学校就上网找找现在还有房子租不。"

"那我放学后还是接你去我那吧。"

我开始着手搬出去住这件事情,可是到了这个时间段,几乎没有空房腾出来。好不容易找到一间,不是条件太差就是价格高得离谱,我无比头疼,心想当初果然不应该贪图小便宜。

毫无进展地倒腾了一天后,我有些丧气地坐在顾辛烈车上,随口道:"要不把你空出来的房间租给我好了。"

顾辛烈一听,猛然一个急转弯。

还好我系了安全带,我瞪他:"你干吗!"

他无辜地眨眨眼,语气却十分愧疚:"你不是说要搬我那里去吗,我调头去给你搬行李啊。"

我被自己口水呛住,咳嗽了半天才缓过来:"我就这随口一说,你别当真啊。"

"已经当真了怎么办?"

他这么一说,我倒是认真思考起这件事来。顾辛烈来到波士顿后,自己买了一栋house,他一个人住主卧,二楼上还空了三间房,门外有花园,不远处有湖泊和大片草坪,小区里泳池和健身房等设备都很齐全。让顾辛烈当我房东,我也避免了再次遭遇极品室友,两人搭伙做饭什么的也挺方便。唯一的缺点就是上学没法坐巴士了,得自己开车。

我衡量了一下,然后抬起头,目光坚定地盯着他:"房租你开个价。"

"啊,多你一个少你一个没差啊,算了吧。"

我抬起手,尽力坐起身敲了敲他的头:"不收房租我不住啊。"

"别闹,"他轻笑,"我开车呢。"

"谁跟你闹了,说正经的。"

"我也是正经的啊,"顾大少一脸无辜地瘪瘪嘴,"你说就你那几个房租,我拿着有什么用啊。"

我的膝盖中了一箭,身为穷人,我不得不挣扎着维护自己那颗脆弱的自尊心:"那也得给。"

"倔得跟牛一样,这样吧,你现在租金多少就给我多少吧。"

"别傻了,"我翻了个白眼,"我们四个人挤3B2B,还有一个人睡客厅,这价格能一样吗。这样吧,房租我乘以二,然后你打个友情八折。可以了吧?不可以也没事,我不住就是了。"

顾辛烈趴在方向盘上乐不可支:"姜河你够可以的啊,租客比房东还大爷的,我还是头一回见。"

顾辛烈开车将我送到屋门口,我收拾东西,他开车去给我买吃的。

我的东西并不多,来了波士顿以后,我一直没有什么归属感,一个床垫,一张桌子,一张椅子,就是我全部的家具了。衣服和洗漱用品一个行李箱就能全部装完,连我自己都觉得十分悲哀。

没过多久,顾辛烈给我打电话说他到门口了,我便拖着行李箱往外走。经过客厅的时候看到她们三个女生坐在饭桌前,我正准备给她们打招呼说一声,面对我坐着的女生先反应过来:"你要搬走?"

"嗯,"我本来想着无论如何,大家能相遇便是缘分,毕竟一室共处两个多月,反正我也已经找到新的住处,我便笑了笑,"我找到了新的住处。"

有个女生有些过意不去,放下筷子过来:"我帮你搬吧。"

我正准备说不用,另外两个女生忽然就不干了,横眉竖眼地说:"你什么意思啊姜河,当初租房合同签的可是一整年,你的押金也交了,还剩下九个月呢,你住也得住,不住也得住。"

说起来我也真是的,和她们客气什么啊我,拎着行李箱直接走人多方便。

刚刚走过来说要帮我拿行李箱的女孩子也停下来,倒退两步回到她们身边。我松开手,冷冷地问:"你们不说我还忘了,这个月剩下的房租就算了,当我白给的。但是那一千刀的押金你们得退给我。"

"不可能。合同未满你自己搬走就是毁约,怎么可能退你保证金?"

我被震惊了，这人一不要脸起来，真的是鬼都害怕。

就在我们僵持不下的时候，顾辛烈又给我打了一个电话："没事吧？怎么用这么久，行李很多吗？要不要我来帮你搬？"

"没事，"我冷静地握着手机，"就是遇到三个疯婆子。"

"你说谁疯婆子！"

"说的就是你。"

"姜河，你钱还在我们手上，说话客气点。"

我早就火了："拿着滚吧，姐姐我不要了！"

这时，门口传来一阵懒洋洋的男声："谁说不要了？"

我和三个女生一起转过头去，顾辛烈靠在门框上，一手插在裤兜里，另一只手吊儿郎当地抛着手中的车钥匙，阳光落下来，他的棒球帽被镀上一层金色。

他满不在乎地笑了笑，收起钥匙走到我面前："怎么回事？"

我还没说话，那三个女生抢先回答："你们自己毁约，不退就不退！"

顾辛烈歪着脖子看了他们一眼，慢条斯理地说："我有问你们吗？"

看她们脸涨得通红，我心情大好，耸耸肩："喏，闹事儿呢，不让我走。"

顾辛烈表示懂了，点点头，然后皮笑肉不笑地给她们说："闹事儿是吧，行啊，要不咱再闹大一点？美国不是最爱打官司了嘛，我倒要看看这是算我们违约呢，还是算你们欺诈？我们要是违约呢，输了官司大不了赔点钱，小爷我别的没有，就钱多。不过你们要算上欺诈，估计遣送回国都免了，直接蹲监狱呗。"

顾辛烈气势咄咄逼人，连我站在旁边都不禁打了个冷战，开始默默怀念我天天拿笔袋打他头骂他"蠢货"的无知岁月。

她们三个不说话了，然后和我签合同的那个女生一声不吭地回到房间，又找另外两个女生一人借了一点钱，凑齐了一千还给我。

我接过钱放包里，把行李箱拉杆交给顾辛烈，谁知道他还是不疾不徐："还没完呢。"

我不明所以地望向他。

"我泱泱华夏可是礼仪之邦，"顾辛烈不轻不重地冷笑了一声，"好歹祖国养了你们二十多年，道歉总会吧？"

她们三人面面相觑，憋了一会儿才依次跟我说了一句对不起。

我钱到手，正心花怒放着，便也十分假地堆了个笑容，回了她们一句："没关系。"

顾辛烈这才勉为其难地被我拽着走了。

等我们上了车，顾大少恢复本性，又忍不住嘚瑟起来。

他笑着冲我挑挑眉毛："我刚才帅吗？"

我死鸭子嘴硬："蠢死了。"

"姜河，不带你这样的，"他开始辩驳，"明明就很帅！"

"好好好，帅死了，"我冲他翻了个白眼，拿手里的抱枕砸在他脸上，"快点开车吧你。"

顾辛烈的主卧里有独立卫生间，其他几间房间卫生间在门外，他本来说和我换房间，但是我嫌麻烦，就在他对面住了下来。我觉得他那身樱木花道的卡通睡衣很可爱，也从官网上买了一套，

于是我每天的日常就成了扎着小辫子穿着球服版的卡通睡裙和顾辛烈斗嘴。

有个周末，我在实验室里待了一天，晚上七点过了才到家，到家门口的时候就闻到一股难以言语的煳味。

我挑了挑眉毛，深吸一口气，推开家门。果然不出我所料，厨房里乌烟瘴气，顾辛烈围着买鸡精送的黄色围裙，一手拿锅铲一手拿着汤勺，头发被他挠得乱七八糟。

而大理石做的厨台上，摆满了各种各样的锡纸盒，虽然形状各异，但是里面全都躺着黑乎乎的看起来很神秘的东西。

我绝望地扶额："说吧，这是怎么回事。"

顾辛烈回过头来，看到我有些紧张，连忙将手上的家伙往身后一背，遮遮掩掩的，"什，什么怎么回事？"

"别装了，"我走到他面前，伸着脖子看了眼锅里黏作一团的菜和肉，心疼死了，"你瞎倒腾什么呢。"

"下，下厨啊！"

我真为"下厨"这两个字感到悲哀。我摆了摆手，拿起一旁的筷子，小心翼翼地从锅里夹了块肉尝尝，牛肉老得根本嚼不动，为了不伤害顾大少的玻璃心，我还是硬着头皮把它直接吞了下去。

"然后呢，"我指了指厨台上的那些锡纸盒子，"这些又是什么？"

"甜点啊！"他兴致勃勃地向我介绍，"这是黑森林蛋糕，这是焦糖布丁，这是慕尼黑，这是蓝莓蛋挞，这是巧克力曲奇，这是……"

"够了，"我面无表情地伸出手一把捂住他的嘴巴，"我听到中华小当家在黄泉之下哭泣的声音了。"

顾辛烈瘪了瘪嘴，一双漆黑的大眼睛像小狗一样又无辜又期待地看着我。

我想了想："你这是专程做给我的？"

"才不是专门！"他立刻反驳，"只是顺便！"

"哦——"我故意拉长了声音，"你做了满满一厨房的东西，就是为了顺便做给我？"

"是的。"顾大少昂首挺胸地点点头。

我忍俊不禁，夺过他手中的厨具，站在他身后，解开他的围裙自顾自地系在自己腰上，然后指挥他："把这些乱七八糟的东西都给我掂开。"

顾辛烈吃惊地张大了嘴巴："你会做菜？"

我不出声，只埋头打燃天然气。

是啊，我会做菜，我怎么能不会呢。江海喜欢下厨，他对美食向来挑剔，我自然比不上他的厨艺，但是为了不被嫌弃，我一有空就躲在厨房认真钻研。别的大菜不说，普通的家常菜还是能拿出手的。

见我没有回答，顾辛烈更郁闷了，他伤心地在一旁号叫："不是说要驯服一个人首先要驯服她的胃吗，姜河你开外挂了吧，你这么懒，怎么会下厨？"

我面无表情地转过身，冲顾辛烈勾勾手，他不明就里地凑过来。我踮起脚尖将手中的鸡蛋在他的额头上敲了敲，然后又对着锅倒下去。

等我将最后一盘炝炒莲白端上桌的时候，顾辛烈那崇拜的眼神让我有一种错觉，坐在我对面的不是一个玉树临风的大少爷，而是一只吐着舌头摇着尾巴的大狗狗。

"金毛?"我一边想一边说,"不,还是哈士奇吧,它比较二。"

"嗯?你说什么?"

"没什么,"我立刻换上一张和蔼可亲天真无邪的笑脸,"我在夸你。"

吃完饭后,顾辛烈自告奋勇地去洗碗,我无所事事,就拿出一大桶冰激凌横躺在沙发上看电视。电视里一大群美国人笑得东倒西歪,我十分淡定地又舀了一勺冰激凌,悲哀地发现笑点不同真是很难做朋友。

等顾辛烈洗完碗走过来,他神情古怪地看了一眼我,然后莫名其妙地开始傻笑。

我一把扯下含在嘴里的勺子,打量了他一番:"干吗?"

"没,没有啊。"他东张西望,舒舒服服地蜷缩在另外一张沙发上开始玩PSP(一款掌上游戏机)。

他上扬的嘴角看得我头皮发麻,我仔细检查了一下自己的衣着打扮,没有什么不妥的地方。然后在自己身上嗅了嗅,也没什么不对的味道。

哈士奇,我在心底腹诽他。等我优哉游哉地吃了三分之二桶冰激凌后,我满意地揉了揉凸起来的小肚子,然后站起身走到冰箱前,准备把剩下的冰激凌冻回去。

突然我发出一声咆哮:"顾!辛!烈!"

顾大少一脸镇定,十分有范儿地盯着屏幕:"别吵,我最后一关了。"

我真是恨不得将手上的冰激凌桶扣他头上,"你为什么不告诉我我手中这桶冰激凌是你的?"

"哎呀,大家同住一个屋檐下,何必这么见外。"他十分大方地回答。

"是啊,"我凉飕飕地接过话,"如果它没有被你吃过几口,如果这个勺子没被你用过的话,我何必这么见外。"

"真的吗?"他一副吃惊的表情,抬起头看我,"那姜河你要对我负责噢。"

忍无可忍,无须再忍,我破罐子破摔地将剩下的三分之一冰激凌也吃了个干干净净。

看着顾辛烈明明在打游戏,余光却不时地向我扫来,然后强忍住要扬起嘴角的样子,不知道为什么,我却觉得有点心酸。

大概是吃了太多的冰激凌的原因,我忽然觉得很冷,我打了一个寒战,用双手抱紧了胳膊。

"姜河?"

"嗯,"我走到他面前,在他对面的沙发上坐下来,我斟酌着开口:"喏,顾辛烈,你应该知道吧。"

"知道什么?"他漫不经心地问。

"我喜欢了江海十年这件事。"

对面顾辛烈的手指忽然一顿,然后他缓缓地抬起头看我,他的眼神冰凉,好似万里冰封。

"所以,"我闭上眼睛,继续说,"……抱歉。"

第六章　待到百岁之时，同他共赏一片桃花开成的海

它在雪中，它在雨中，它在河中，它在湖中，它在每一滴会流向海的水中。

在我向顾辛烈坦露心事的那天晚上之后，我和顾辛烈陷入了某种尴尬的沉默。

虽然同住一个屋檐下，但是我们都太了解对方的时间表，如果两人都想刻意避开的话，其实就很难再撞上。

好在那时候我已经拿到了驾照，买了一辆二手福特，每天一颠一颠地开出门。拿驾照的那天，交管所让我填一张单子，是否自愿在死后捐献器官，我想了想，打了一个漂亮的勾。

死去原知万事空，我想，尘归尘，土归土，能帮助到别人，也算是不枉一死。

我在车里放了很多周杰伦的唱片，对我们这一代人来说，周杰伦是真真正正地可以和青春画上等号的。就好像只要一听到《简单爱》，我就觉得自己还是那个穿着蓝白纹校服，戴着耳机，转着笔，坐在教室里写试卷的小女孩。

听到这里，我又忍不住有点伤感了。于是我探过身去按换ＣＤ，脚下一个没注意，刹车当油门，轰的一声撞上了前面的大树。

还好我反应及时，只是前方的保险杠被撞扁了。万般无奈，我掏出手机，下意识地就要给顾辛烈打电话，然后才反应过来我们正在冷战。

于是我只得迅速地将通讯录翻了个底朝天，然后在心底说服自己："我这不是没别的人选了吗，还是保命比较重要。"

顾辛烈很快接起电话："姜河？怎么了？"

我犹豫了一下说:"我把我地址定位给你,你能不能过来接我一下。"

"好。"他二话不说地答应了。

"你怎么不问问我为什么?"

顾辛烈愣了愣,这才反应过来:"哦,好的,为什么?"

我这下真的快哭了,被自己蠢哭的:"我车撞树上了。"

"噗——"顾辛烈忍不住笑喷了。

过了一会儿,顾辛烈开着车来了,我还蹲在树下孤零零地画圈圈。

他松了一口气:"人没事就好。"

"哪里好了,"我欲哭无泪,"美国树很贵吧?要被我撞坏了怎么办?它有保险吗?"

"大概,是没有的,"顾辛烈笑了笑,"要不,我们先溜了?"

"好。"我坚决地点点头。

等坐上了顾辛烈的车,我在心底松了一口气,忽然觉得这个场景似曾相识,我"啊"了一声,转过头给他说:"我给你说,我以前在旧金山的时候,有个室友,特别二。有天晚上她去星巴克买咖啡,结果油门当刹车,喏,就跟我一样,轰地撞了前面的车。后来那名倒霉的车主成了他的男朋友。"

"姜河,"顾辛烈古怪地盯了我一眼,"你和自己多大仇啊。"

我这下才发现我把自己都无差别攻击进去了,我郁闷地闭上了嘴。

等一会儿,我又忍不住开口了:"你前段时间躲我!"

"我哪里有躲着你!"顾辛烈哭笑不得,"最近有门专业课老师去非洲了,代课的老师把课程表改了。"

"非,非洲?"

"对啊,"顾辛烈无奈地瘪瘪嘴,"说是要去找灵感,艺术家的心思你别猜。"

原来我一个人尴尬了老半天,只是一个误会,我咳嗽了一声,"放点歌来听吧?"

这次我学聪明了,拿出手机连上他车里的蓝牙放歌,歌手刚刚唱到"旧梦如欢"的时候,顾辛烈忽然开口:"那他们后来呢?"

"谁?"

"你室友和她的男朋友。"

"噢,"我调小了音乐的音量,"他们没有在一起了。"

他点点头,然后我们都没有再说话。

大概是因为这件事儿想起了赵一玫,我回家后给她打了一通电话。此时西部还在放秋假,赵一玫已经回国了。她依然是一有假期就往中国飞,其实坐国际航班是一件十分痛苦的事情,费时费神,时差才刚刚调过来又得飞回来。而且来回一两万块钱的机票,其实也是笔不小的开销。

"你不会累吗?"我问她。

"当然会累,"她说,"可是当我想到能够见他一眼,哪怕一眼,就会觉得这些累和苦根本什么都算不上。"

这次她回国,我照惯例千叮万嘱让她一定要给我带一点花椒粉和麻椒粉回来。

"对了,你们明年秋假是多久到多久,惜惜这段时间工作有些糟心,我想我们一起出去找个地方散散心。"

"那要等到下学期才知道了,她怎么了?"

"被排挤吧,"赵一玫叹了口气,"你知道的,她干的那行属于制药行业,很少有外国籍,多少会被排挤的,抽H1B(在美临时工作签证)的名额少,她压力很大。"

"惜惜真的是很不容易了,你多陪陪她,你最近如何?"

赵一玫欲言又止:"……还行吧。"

这之后,信号一直断断续续,我们便挂了电话。我太了解赵一玫,肯定是又和沈放吵架了。

电话刚断,楼下火警警报又嘟嘟嘟地响了,声音无比刺耳,我在心底翻了个白眼,准是顾辛烈又开始尝试他的黑暗料理了。

其实我有时都在想,在"越挫越勇"这四个字上,赵一玫和顾辛烈之间,究竟谁的道行比较高。

我走到楼下,在一股呛人的烟雾中告诉了顾辛烈我们明年准备出游的计划。因为我们打算自驾游,三个女生的话,确实不太安全。

"你们想去哪里?"

"不知道,散心的话,还是去自然风光好的地方吧。"

顾辛烈想了想:"那就去黄石国家公园吧。"

"这个不错,"我点点头,随手拿起盘子里的一块饼干塞嘴里,"呸呸呸,你这又是做的什么啊!"

"趣多多啊。"

"你这是咸多多吧!"

我的车在修理厂待了一个月,在我还没来得及取回它的时候,冬天来了,波士顿开始下雪。

周末我正开着暖气裹着被子在屋子里睡觉,顾辛烈就咚咚咚地开始敲我的门。

我简直要被他气死,我迷迷糊糊地醒来,摸出床头的电话,给他打了个电话。

"姜河?"

"是我,"我还处在神志不清的状态,说话含含糊糊,"别敲了,不然我和你同归于尽。"

"姜河,"他声音里很开心,"起来啦,下雪了。"

我翻了个身,开了手机功放,躲在被子里:"什么?你流血了?"

"猪头,快起来,你以前不是一直念叨着要看雪吗?"

"噢,你说下雪啊,"我呆呆地坐起来,用被子把自己裹成木乃伊,"我什么时候说过?"

"以前我们坐同桌的时候啊,你在作文里写的,'啊,我做梦都想要看一次雪啊,一颗一颗,像是晶莹的馒头'。"

"等等,"我一个激灵完全清醒了,"为什么是馒头?"

"可能那个时候,在你心中,馒头就是世界上最美好的东西了吧。"隔着一道门,顾辛烈嫌弃地说。

"怎么可能!"我勃然大怒,"我可是天才少女!你有见过哪个天才成天就惦记着馒头吗!"

"哈哈,"顾辛烈大笑,"这下子醒了吧?醒了就穿起衣服来外面看你小时候的梦中情人。我在客厅等你,要吃什么?"

"华夫饼!"

等听到顾辛烈下楼的脚步声后,我才伸了个懒腰,不情不愿地从被子里钻出来,穿衣服的时候我忽然想到,和顾辛烈坐同桌的时候,那也是十年前的事了吧?

连我都忘记的一个小小心愿,他却为我记了整整十年。

我吃饭的时候,顾辛烈已经去门外扫雪了。我推开门走出去的那一刹那,被眼前的景象震惊得久久说不出话来。整座波士顿已经被茫茫大雪覆盖,大雪纷飞,树梢和屋顶上铺满了厚厚的积雪。

门前的一小块路已经被顾辛烈扫出原本的模样,他得意扬扬地说:"你们西部来的没见过雪吧?在美国东部,扫雪是一项必备生存技能。"

我跃跃欲试,抢过他手中的铲子,"我试试。"

可是等我真正将铲子拿到手中,才发现根本就铲不动,铁铲沉得要死,我龇牙咧嘴,吃奶的劲儿都使上了,才终于把它翘起来,结果力道不对,上面的雪一下子全砸在了对面顾辛烈的身上。

"姜河!"顾辛烈绝望地看着自己一身的水,连脸上都被溅上不少。

我撑着铁铲,笑得东倒西歪。还没等我回过神来,顾辛烈眼疾手快地蹲下身抓起一把雪朝我扔过来。

"找死!"

我将脸上的雪一抹,也跟着蹲下身,狗刨一样地刨了一大堆雪,不管三七二十一地全部向他砸去。面对我的猛烈攻击,顾辛烈只得连连后退,然后一不小心磕到了雪堆,整个人往后一仰,面朝上呈"大"字形摔在了雪地里。

我叉着腰仰天长啸:"哈哈哈,苍天有眼!"

然后我优哉游哉地围着躺在雪中的顾辛烈转了一圈,灵机一动,开始用雪埋他:"别动啊,你要动我就用雪砸你脸,你不是最宝贵你的脸了吗!"

顾辛烈做出很害怕的表情:"你想干什么?"

我哼着小曲,没有回答他,我从他的脚上开始堆,他的马丁靴又大又厚,我盖了好久才盖上。知道我的用意以后顾辛烈哭笑不得:"姜河,别闹。"

"我才没闹。"

我再接再厉,绕到他的双手边,抱了一大堆雪,正准备往他身上撒的时候,顾辛烈长手一伸,一把扯住我,我身子向前一倾,也跟着倒在了地上。

"你干——"

我话还没说完,就见顾辛烈竖起手指在嘴边"嘘"了一声,然后他指了指天空:"你看。"

我的目光向天空望去,蓝灰色的苍穹之下,白色的雪花一片一片地落下,落在眼里,落在心底。那一刻,躺在寒冷的雪中,我却觉得内心涌起一种奇特的、温暖的力量。我想,顾辛烈也一定感觉到了这种力量,所以他才躺在这里,不肯起身。

我想起十几岁时看过的电影,岩井俊二的《情书》,女主角对着空谷雪山不断地、一声声地喊:"你好吗——我很好——"

江海,那你呢,你好吗?我不知道自己究竟好与不好,但是我能肯定的是,对于现在的自己,我是喜欢着的。

波士顿这年的第一场雪,亦是我生命中的第一场雪,纷纷扬扬,落了满世界。

在我已经数不清波士顿下了多少场雪后,江海的论文再次被 *Nature*(《自然》杂志)刊登,我早上去实验室的时候,我的导师找到我,笑眯眯地问:"我记得,当年在学术会议上见到和你一组的人,就是他吧?"

我对导师的记忆力佩服得五体投地,扫了一眼江海的名字,点点头:"他很优秀。"

岂止优秀,在我心中,江海就是一个完美的"1",而我,我只是近似无限接近的循环小数零点九九九。

同教授问过早安后,我顺手带走了那本 *Nature*。因为我只是研究生,同博士生的江海比起来,他研究的领域更加偏向于理论化,很多公式推导连我看着都觉得吃力,可是我不再同小时候一样觉得迷茫与不安,术业有专攻,我只是,同江海越来越远。

那天我一个人在图书馆里坐了很久,我打开谷歌,慢慢地打出江海两个字。搜索的结果甚至比我预计的还要多，我一页一页十分有耐心地翻过去，也不知道自己想要找什么。

然后我竟然翻到六年前的那张帖子"大家来扒一扒最近很火的那对天才少年少女"。我犹豫了一下，点进去，上面放着一张我和江海很多年前的照片，穿着蓝白相间的校服，面容青涩稚嫩。

下面的回帖清一色祝福的语气，现在看来已经恍若隔世。我当年看完这张帖子后一直没有关注后续，发现又多了十几页的回复，都在问不知道两人在美国过得如何，有没有幸福地生活在一起。

我将鼠标往下拖，忽然看到一条回复，说："阿姨们你们别在这里瞎猜，说不定这两个人什么都没有，还是死对头呢，相互拉黑，老死不相往来。"

我觉得这个回复挺逗的，余光扫了一眼用户ID，叫玲珑相思，又矫情又文艺，明显和文风不符合啊，我心想。

老死不相往来？我和江海？我想绝不可能。

每个女孩子都会幻想告别心爱之人后再次重逢的场面吧，我也想过，在旧金山蜿蜒的海湾边，有海鸥一圈一圈地盘旋，夕阳黄昏最好，海风吹起来，栏杆边有弹着吉他的流浪歌手，道路旁的一张石头椅上刻着一行话：送给姜河，我最爱的女孩。

我抬起头，他从我对面走来，难过地对我说，其实我爱的人一直是你。

想想都觉得恶俗，我一边翻着帖子，一边摸着自己掉了一地的鸡皮疙瘩，一边伤感地关掉那张帖子。

连我自己都忘记翻到搜索引擎的第多少页，按下一页按到麻木的我，忽然看到一个博客。是美国的博客地址，名字却是中文，叫江河湖海。

我觉得有趣，也算是缘分，便点了进去。

博客的日志全部上锁，看不出来是哪一年注册，我这个人向来叛逆，你不让人看是吧，我点开源代码，一边浏览一边想，那我还就非要看了。

我花了两个小时的时间破解掉对方的博客密码，我忽然觉得自己如果勤加练习，以后还能去当黑客混口饭吃。

可是点开他的日志后，我大失所望，上面密密麻麻排列了许多的数字和英文字母,也不像是地址或者是电话号码,像是一个人在键盘上随意敲打出来的结果。

"怪不得要上锁,"我又气又无语,"原来是怕自己被当作神经病。"

可是还有比他更神经病的人,我居然逐一将他的日志都打开来,最后确认,从第一篇到最后一篇,没有一个汉字,也没有一张图片,只有长长的数字和字母,满满地占据了我整张屏幕。

我大失所望,退回到目录,我这时才发现这个博客的排版非常整齐,背景图是一张海底深处的照片,寂静的深渊,黑暗中已经没有了氧气,连阳光也无法穿破。

我又很无聊地花了一个小时,试图保存这张照片,可是这一次,我竟然毫无进展。"居然还是个高手!"我惊叹,然后又想了想,"可能只是博客自带模板吧。"

然后鬼使神差般,我收藏了这个神叨叨的博客,然后继续翻着谷歌搜索记录,找到一首张雨生的老歌,他声音有些沙哑:"如果大海能够带走我的哀愁,就像带走每条河流。"

我又莫名其妙地伤感起来,失恋的人是否都是如此患得患失,我重新打开刚才的博客,给博主留了一条言:"博主,你的博客名一点也不好听,不知道是否考虑换一个?区区不才这里有几个不错的备选。"

我这才心满意足地关掉了电脑,去吃我面包夹肉的丰盛晚餐。

二月的时候,波士顿终于有了春意。我仍然穿着防寒服,一出太阳,就搬着摇摇椅去门外的院子里晒太阳。

我在椅子轻轻地晃动中慢慢入睡,不知道过了多久,顾辛烈走来,拿走我脸上的书,推了推我:"别在这里睡,小心着凉。"

"我才没睡,"我打了一个哈欠,看了看周围空荡荡的草坪,忽然灵机一动,"喂,顾辛烈,你看你家门外这院子这么空,多浪费啊,我们种点花吧,蔷薇啊,玫瑰啊,多美啊。"

"不要!"他条件反射地拒绝。

"为什么?"

"种花,你说得容易,肯定是前脚撒了种子后脚拍拍屁股走人,除虫浇水，还是都得我来？"

"哈哈哈，你真是太懂我了。"

顾辛烈鼻孔出气，冷冷地"哼"了一声。

我想了想："那不种花，种树吧，树好活。"

顾辛烈摇了摇头："姜河，不是这样的。无论是花还是树，还是别的什么植物，当你一旦决定要赋予它生命的时候，你就必须有善待它、呵护它、爱它的决心，其实宠物也是一样的。因为它们都是有生命的。"

我侧过头向顾辛烈看去，二十来岁的大男孩，穿着黑色毛衣，他蹲在我的椅子边，双手交叉环抱在胸前，像个小孩子，可是他却无比认真地告诉我，你要去爱每一条生命。

我心头一动，无比郑重地点点头："嗯，我答应你，绝对不会敷衍！"

有了我的承诺，在我的要求下，顾辛烈去买来很多桃树的种子。

"为什么是桃树？"他问我。

"大概是因为我很喜欢那首诗吧：去年今日此门中，人面桃花相映红，人面不知何处去，桃花依旧笑春风。"

"很出名吗？我没听过。"

"废话，你也不想想你中学的时候都在干什么。"

顾辛烈抗议："不要血口喷人，我那时候读书很用功的！"

我差点没笑掉大牙，我好整以暇地看着他："好吧，那你跟我说说，你怎么个用功法？"

回答我的，是顾大少冷艳高贵的一句"哼"。

趁着天气好，我和顾辛烈一有空就开始挖坑。院子很大，我们一共种了二十棵树。

"你看，你今年二十岁，以后每过一年，你就种一棵树，等你活到一百岁的时候，这里就有一片桃花林了。"我开心地说。

顾辛烈看着我，欲言又止。

我伸了个懒腰，转身回到屋子，并没有问他想要说什么。因为我有一种预感，他想说的话，我是知道的。

他想问我，能否留下来陪他，每年种一棵树，待到百岁之时，同他共赏一片桃花开成的海。

抱歉,我垂下眼帘,顾辛烈说得对,我一点也不负责任,只想种下种子,幻想它枝繁叶茂,落英遍地的美景,却不愿意为它浇花除虫,等它慢慢长大。

我不能留下来陪他,看着一片桃树成林,因为我的心不属于这里。

它在雪中,它在雨中,它在河中,它在湖中,它在每一滴会流向海的水中。

或许是种树这个行为激发了顾大少某种奇怪的创作灵感,总之,在这个春天来临以后,顾辛烈就开始闲不下来了。

他开始不时地去买一些装饰品或者是盆栽往屋里搬,一会儿又嫌弃家里的厨具颜色太单调不温馨,一会儿又嫌弃地毯的图案太生硬不能让人放松。

"这些都是我搬进来之前你自己买的,你当初不是还说白色简单的厨具显得你这人特有内涵吗?还有这地毯,上面的宝剑不是衬托得您特帅气吗?还有,冰箱上有没有印花纹一点都不重要啊,它只是一台无辜的冰箱啊!求你放过它们!"

顾辛烈气鼓鼓地鼓着一张包子脸看我,等了一会儿,又不知道他哪根筋不对了,跑来跟我说:"那好吧,我们把墙壁的颜色刷了吧。"

刷墙是我始终不明白为什么每个美国人都很热衷的一项室内运动。

"自己刷吧你!"

"刷成什么颜色好?蓝色?绿色?灰色?粉红?"他问我。

等等,有什么奇怪的颜色混进去了。

我想了想:"蓝色吧,那种淡一点的蓝色,看了会让人觉得放松。"

顾辛烈点点头,然后顺手抓起他的外套和钥匙:"那走吧。"

我傻了眼:"去哪儿?"

他不耐烦地转了转钥匙:"买油漆啊。"

我哭笑不得:"你这也太雷厉风行了,要去你自己去,先说明啊,等会儿回来别让我帮忙。"

顾辛烈用嫌弃没有印花的冰箱般的眼神瞥了我一眼,然后"哼"了一声准备出门，我连忙说："等等啊，路上顺便给我带个汉堡啊。我要大号的！"

"做——梦——"他大笑。

看到他真的要离开家门了，我又忍不住大声说："诶，天气预报说今天要下雨。"

"你骗谁呢，你根本就不看天气预报。"

"诶那个——"

顾辛烈努力憋着笑问我："你到底想说什么？"

我十分冷艳高贵地看了他一眼："也没什么，我今儿心情不错，勉为其难陪你走一趟吧。"

美国人实在太讲究，蓝色就蓝色，非要分什么light blue（浅蓝色），sky blue（天蓝色），cool blue（酷蓝），morning breeze（晨风），sea shell（海贝壳），dark blue（深蓝色），tropical lagoon（热带潟湖）我和顾辛烈不胜其烦，最后土豪大手一挥，都抱回了家。

回去的路上，顾辛烈请我吃了Sundae Cookie（圣代饼干），这是我最喜欢的一种美式甜品。自上而下分别是鲜奶油、冰激凌球和刚刚出炉已经快被烤化的巧克力曲奇，最上方再放一个鲜艳欲滴的大樱桃，一勺子从上挖到下，冰激凌的口感加上又浓郁又暖和的曲奇，简直就是发胖利器。

"这估计就是我在美国唯一眷恋的东西了。"我一边吃一边满足地感叹。

顾辛烈嫌弃地看我一眼："上次你吃Frozen Yogurt的时候也这么说。"

我愤怒地把勺子从嘴里扯出来："不准说话！你要再说话我把你钱包给吃空！"

顾大少优越感十足地用手指敲打桌面："你试试？"

这一天，我是站着走进的这家美国餐厅，然后扶着墙爬出来的。

回家以后，顾辛烈就十分欢快地系上围裙，放着hip-pop（嘻哈音乐）开始准备刷墙，在我的强烈要求下，我们先谨慎地选择了morning breeze，我很喜欢这个名字，翻译过来的话，清晨的微风？不知道对不对。

我以前一直认为刷墙是一项简单粗暴的体力活，可是当自己真的拿起粉刷，蹲在墙边刷起来的时候，才知道这是多么细致的一件技术活。

刷了一会儿，我手脚都开始发软，总觉得哪里不对劲，"喂，顾辛烈，我记得人家电视剧，都是那滚筒刷的，为什么我们是刷子？"

顾辛烈愣了愣，然后用一种"原来还有筒刷"的眼神看我。

当顾辛烈被我赶出家门灰溜溜地去超市买筒刷后，我干脆把电脑抱来客厅里写实验报告，才写完实验目的，抬起头就发现天下雨了。

糟糕，我心想，等会顾辛烈回来肯定骂我乌鸦嘴。

我给他手机打了个电话，才发现他没带手机出门，手机在沙发上震动，我刚刚没有听到，现在才发现上面有好几个未接来电。

雨水淅沥沥地下，来了波士顿以后，我发现我有些爱上了下雨。这会让我回想起在国内的日子，江南水乡，烟雨如梦。门外一阵轻微的敲门声响起，我有些疑惑地打开门，顾辛烈才不会这么温柔。

门口站着一个和我年纪相仿的中国女孩，穿着红色连衣长裙和牛仔外套，裙摆已经被水打湿，雨水顺着黑色长发流下来。

见到对方，我们都很吃惊，她试探着问："顾辛烈，住这里？"

我松了一口气，原来是顾大少惹的桃花债。

我连忙点点头，"你找他有事？他出去了。"

女孩还是面色复杂地看着我，欲言又止的模样。

我这才回过神，十分友善地冲她笑了笑："我是他室友，你别误会。"

她还是用那种奇怪的眼神盯着我，然后她有些不可思议地说："你是姜河？你来波士顿了？"

她这句话信息量很大。第一，她知道我这个人，第二，她知道我以前不在波士顿。

我点点头："我是姜河，你找顾辛烈有事吗？进来坐吧。"

她犹豫地看了看我，又看了看屋子，摇摇头："不用了，我在这里等他就好。"

我无可奈何地耸耸肩，便进屋里给她倒了一杯热茶，想了想，又拿起沙发上顾辛烈的外套，走出来一起递给她。她长得十分好看，这种好看和赵一玫的漂亮是两种截然不同的感觉，唇红齿白，是真正的美人儿。

爱美之心人皆有之，我忍不住偷偷瞧她，她的睫毛浓密，五官玲珑精致,我在心中惋惜,不能偷偷拍下来发给赵一玫,让她不要整天自我感觉那么良好。

我想了想,努力与她搭话:"你刚刚是不是给他打过电话?他手机落屋里了。"

"嗯,"她点点头,"其实也不是什么重要的事,我们选修的一门电影课要交一份作业,剪辑出了点问题。"

我没太在意地听着,雨水顺着屋檐哗啦哗啦倒下来,我想了想,再一次邀请她:"你还是进来坐吧,屋子里暖和点。"

她看了我一眼,还是摇头。

我这时才发现自己还系着围裙,上面蹭了好几块油漆,看起来十分邋遢。在美人儿面前丢了如此大的脸,我觉得很沮丧,赶忙脱掉它,"噢,这个啊,你不要介意,我们刚刚在刷墙。他大周末的发神经,非要折腾。他就是去买粉刷了,估计马上就回来了。"

她沉默了一会儿,外面雨势渐烈,雨声渐大,她却忽然回过头跟我说:"嗯,他看到我的来电显示应该会给我拨回去,我就先走了。"

"你要不再等等吧,专门跑一趟。"

她微笑着摇摇头走了。

顾辛烈回来后,被我骂了个半死,问他为什么这么慢。

他狠狠瞪了我一眼,从口袋里拿出一个巨无霸汉堡:"不是你吵着要吃汉堡吗,绕了大半个城,还要排队!麻烦死了!"

我愣愣地接过汉堡,外面下着倾盆大雨,可是装汉堡的袋子却一滴雨水都没有。

"对了,刚刚有个女孩子找你,她说给你手机打了电话。"

"哦,"顾辛烈走到沙发前拿起手机,看了一眼未接来电,然后皱起眉头说我,"吃慢点,噎死你。"

我只好放慢我的狼吞虎咽,好奇地问:"是谁啊?好漂亮。"

"是比某些人漂亮,"他瞟了我一眼,"以前高中同学,后来大学也来了波士顿。"

我这才想到,对于顾辛烈的人生,我一无所知。之前,我们同读一所中学,我念高中他念初中,我连他在几班都不知道。

他总是问我："小矮子，你过得如何？"可是我从来没有反问过一句："你呢，你过得好不好？"记得只有一次，我们开玩笑间，他反驳我说他中学的时候没有认真地在念书。

我觉得很愧疚，虽然我们总是互相斗嘴，嫌弃对方，介绍对方总是撇清关系说：这是我室友，但是其实我们是朋友，认识了很多很多年的朋友，叫老友。可是我很少在意他，从来不问他在想些什么，会不会也有难过、伤心、痛苦的时候，而那个时候，是谁陪在他的身边。

"顾辛烈，"我有些闷闷地低下头，"抱歉。"

他被我吓了一跳："你怎么了？"

我不知道该说些什么好，那种又酸又楚的感觉在心头荡漾，我问："你为什么想要把家里的东西都换掉？"

"啊，"他不好意思地挠了挠头，"也没什么，就是觉得不够温馨，硬生生的没有人情味。我以前一个人住倒是无所谓啦，可是现在你搬进来了，我希望你以后回忆起你在波士顿的日子，会觉得很美好，很值得。"

原来是这样，我愣住，如果我不开口问的话，我就一辈子都不会知道。然后我脑海中忽然飞过刚刚的女孩子，她看着我，那样的眼神，原来叫作哀伤。

这一刻我有一种感觉，她是知道的，顾辛烈刚刚说的那段话，她已经在我抱怨顾辛烈非要拉我刷墙的时候她就懂了。

我福至心灵，脱口而出："她喜欢你。"

"谁？"顾辛烈被我吓了一跳。

"刚刚那个女生，"我肯定地说，"她喜欢你。"

顾辛烈松了一口气："别乱开玩笑啊，我顾小爷从来不会拈花惹草，身家干净得很。再说了，她不可能喜欢我的。"

"别蠢了。"我晃了晃脑袋。

可是顾辛烈还是坚持不承认，我笑了笑，"她叫什么名字？"

"许玲珑。"

我点点头，想了想："玲珑骰子安红豆，入骨相思知不知。"

不知道为什么，顾辛烈忽然发火，将手中的滚刷往油漆桶里一扔，回房间里去了。

我在原地愣了半天，不知道自己说错了什么，我就是单纯想炫耀一下我堪比诗词大全的脑容量啊，怎么就刺激到他了呢。

没过多久，我就第二次见到了许玲珑。

那天是顾辛烈一个朋友的生日，他们喜欢开party，在露天游泳池边开着音响烧烤，摆一地的酒瓶，绝对是不醉不归的架势。

我来美国五年，从来没有参加过聚会，随着年纪的增长，我渐渐地、后知后觉地感受到了江海在我身上留下的影子。我开始越发地喜静，没事的时候宁愿躺在床上听一下午的古典乐，也不想呼朋引伴去KTV里唱歌。我不喝啤酒，就算是想要小酌，也宁愿选择红酒。

爱他，让我变成了另一个他。

顾辛烈的朋友我都不认识，我搬来之后，他就不再把朋友往家里带，我们出去吃饭他也不会叫上别人，我挺喜欢他这两点，觉得很绅士。

按照顾辛烈往常出去玩乐回来的时候都是第二天的惯例，那天他走后我便一个人吃过晚饭，写了会程序，洗过澡后就准备睡觉了。

我意外地觉得有些冷清，平时这个时候，顾辛烈已经从篮球场回来了，大汗淋漓地洗个澡，然后在厨房里翻点东西来吃。

我被电话吵醒的时候已经是凌晨十二点，我低声咒骂了一声，没好气地接起电话："Hello？"

"喂，是姜河吗，我是许玲珑，上一次在你家门口你见过我。"

我自然立刻想起来，美人总是让人过目不忘，因为不太熟，我语气也不得不客套起来："啊，是你啊，怎么了？"

"我们这边聚会出了点事儿，你能过来一趟吗？我把地址给你，我们都喝了酒，开不了车，抱歉了。"

"顾辛烈？"

"嗯。"

"他没事吧？"我有些担心，一边说着一边弹起来坐着，"等等啊，我马上过来。"

"没，"她顿了一下，"没事。"

姑娘，这哪是没事的语气啊。我在心底叹了口气，也知道她是不想让我担心，我还能做什么呢，我抓起钥匙，踩着人字拖跑到车库，轰地一脚油门冲出去，直接开上八十迈。

第二天被顾辛烈知道了我在午夜十二点的城区里将一部老爷车开到这个速度，他差点没掐死我。

其实当时我倒不是真的特别担心顾辛烈，二十出头的大男孩，周围一大帮朋友，能真的有什么事儿啊。我这么焦急，完全是出于一种被盲目信任的虚荣心理。

从小到大，我已经记不得有多少次，他出现在我最需要的时候，挡在我的面前，他从来不对我说别怕，但是有他，我就真的什么都不怕。

如今我终于可以，稍微报一点恩，还一点债，我能不跑快点吗？

等我到了顾辛烈朋友家门前，才不得不感叹，土豪的朋友果然也是土豪，看看这威武霸气的大门，这闪闪发光的喷水池，这感觉开不到尽头的庭院，我连吐槽都不知该从何开始。

以前顾辛烈说他低调我还不信，如今我终于信了，他说自己低调都已经是无比谦虚了。

我好不容易找到游泳池，从车上跳下来，众人看到我来了，立刻一窝蜂地涌过来，叫我"姜姐"，先不说谐音如何，虽然我是硕士你们是本科，但是我其实比你们小，我心中欲哭无泪。

我尴尬地咳嗽了一声，然后发现一群富二代们都用一种十分诡异的目光盯着我。

我低下头，才发现自己出门匆忙，还穿着睡衣，上面的樱木花道还在嬉皮笑脸地比画着"V"。

不要这样看我，我可以解释的。

再说了，你们各个穿着比基尼和沙滩裤的，有什么资格说我！

"我是顾辛烈的室友，姜河，晚上好，他人在哪里？"

既然都叫我姐了，我不由自主地端了端架子，一副长辈的语气说道。

一群人齐刷刷排成一排，往水池里一指。

我登时觉得一阵头疼，我走到游泳池边上，看到泡在水中，靠着池壁的顾辛烈。在路灯和月光的映照下，池面波光粼粼，他一个人靠在那里，像一个孤独的王子。

"顾辛烈。"我蹲在池边叫他。

他不理我。

"顾辛烈！"我提高了音量。

他还是不理我，这时候，许玲珑走到我面前向我解释："他喝多了，谁叫都不肯听，可能没听出来是你，现在怎么也不肯上来。"

"怎么了？"我蹙眉。

她顿了顿，十分难过且愧疚地低下头："开始在岸边烧烤，大家闹着玩，我喝了点酒，去闹他，好像把什么东西给他弄下去了，他急了，就跳下去找，黑灯瞎火的，根本找不到。都让他快点上来，他不干，现在待水里，我怀疑他都快睡着了。实在没办法才给你打的电话，真的太抱歉了。他再这样下去，发烧感冒都是小事了。"

我看她一副快要急哭了的表情，不忍地安慰她："你别自责，和你没关系，他自己犯神经呢，等我把他拎回来啊。不过，他掉的什么东西啊那么宝贵，钱包还是护照？"

许玲珑用一种"为什么你会觉得钱包和护照很重要"的眼神看了我一眼。

我羞愧得想一头往水里跳下去，为什么要在一群有钱人中自取其辱。

"好像是，"她一边回想一边比画，"一个玻璃珠子。"

玻璃，珠子。

不在沉默中死亡，就在沉默中爆发。我悲哀地发现，顾大少的审美剑走偏锋到已经让我放弃爆发，直接选择了死亡。

我沉默地走到顾辛烈头顶的水池边，趴在地上，伸出手，努力往下，一把扯住了靠在池子边上顾辛烈的头发。

顾大少用英语骂了句美国国骂，一脸愤怒地抬起头。

月亮弯弯，我冲他露出了一个皮笑肉不笑的微笑。

他迷迷糊糊，揉了揉眼睛，一身的酒气在水里泡着也没散去，他疑惑地说："姜河？"

我又伸手扯了扯他的头发，"是我。"

顾辛烈还没酒醒，勾着眼睛斜斜地看我，我觉得此刻的他看起来有些陌生，可是这样的感觉还没过去，他大概是认出了我，一下子表情垮下

111

去，像个小孩一样撒娇："你在这里干吗？"

"卖萌可耻，你给我正常点，"我又伸出手扯他的头发，"带你回去，上来了。"

他鼓着包子脸："不上去。"

我啼笑皆非："你神经病啊，不就一颗破玻璃珠子吗，又不是钻石做的。"

"旷世巨钻，不过是钻，"他撒娇地瘪了瘪嘴，"你不记得了吗，那颗玻璃珠子，是你送给我的。"

这种时候，我应该恍然大悟感动得泪流满面，可是我用我自认为堪比奔五处理器的大脑迅速搜索了一下，我真的不记得有这事了。

我十分尴尬地说："没事，玻璃珠子而已，我重新送你就好。"

他的脸上一闪而过失望的神色，然后他顿了顿说："不理你了，等到天亮，我会把它找回来。"

我对他的行为感到十分费解："我到底什么时候送过你一颗玻璃珠子？我竟然寒酸至此？"

他别过头，没有看我，闷声说："你答应过我的。"

我也觉得自己有些过分了，我送过他的东西，他视为珍宝，可是我却什么都不记得了。

我答应过他什么？

我想了想，诚恳地说："抱歉，我真的不记得了，或许这颗珠子对你来说很重要，可是对此时此刻的我来说，是你比较重要。"

顾辛烈回过头，怔怔地看着我。他身后的，偌大的游泳池，池水深深，衬出他英俊好看的脸。

我从趴着改成蹲着，带着笑意冲他伸出手："走啦，回家了。"

他抬起头与我对视，他的眼底明明白白，只装得下一个我。

只怪月色太美你太温柔。

可是我还是没有问出口，我答应过他的，究竟是什么。

因为无论是这个答案还是承诺，我恐怕都会负他一生。

第七章　最后能够永恒的，只有相爱的一刹那

这十五年来，我们聚少离多，可是每一次，每一次，他都会跋山涉水，来到我的身边，为我点亮一盏灯。

这年秋假，我终于可以再一次见到赵一玫和何惜惜。

我们约定在盐湖城见面，然后四个人一起租一辆SUV开车一路向东，进入黄石国家公园。

这是我来美国的第六年，竟然也是我第一次正式的旅行。

飞机在夜空中缓缓降落，我太爱美国的夜景，白日里被我们戏称为大农村的城市在此时全都苏醒过来，大片大片的灯火通明，车如流水马如龙，一条条流畅的线条穿梭在城市中央，光怪陆离，却又美不胜收。

"你知道吗，"我转过头对顾辛烈说，"我一直认为，只有从夜空中眺望脚底的城市，才能感觉到它的力量。"

"还有行驶在一望无际的高速公路上。"顾辛烈笑着接过我的话。

因为旧金山离盐湖城较近，赵一玫和何惜惜两人先抵达这里，等我和顾辛烈走出机场，一辆本田的SUV正好缓缓开过来，停在我们面前，喇叭声长鸣，副驾座的车窗摇下来，赵一玫一只胳膊懒懒地搭下来，帅气地冲我比了一个开枪的动作。

"Shot！"

"神经啊！"

我哈哈大笑，大步跑过去，她从车里走下来，我使劲抱住她，一时间激动得不知该说什么。

何惜惜将手搭在方向盘上，酷酷地绷着一张脸，我冲她做了个鬼脸，她终于忍不住笑了。

倒是赵一玫，努力往外挣脱我的拥抱："姜河你放手！你压到我胸了！"

我这才不情不愿地松开手，指了指我身后的顾辛烈："嗯，顾二蠢，我室友。"

何惜惜和赵一玫同时意味深长地："哦——"

我满头粗线，一旁的顾辛烈腼腆羞涩地一笑："不是你们想的那样。"

我鸡皮疙瘩落了一地，瞟了眼他，哪知他继续羞涩腼腆地加了一句："正在努力中。"

我感觉我被我的前任室友和现任室友联合调戏了。

我一脚狠狠踩在他的鞋上："装什么纯！"

他继续腼腆羞涩，冲我抛了个媚眼："这不是未来娘家人吗？"

我觉得自己有点崩溃。

我们只在盐湖城停留了一日，便直接开车前往爱达荷州。顾辛烈在前面开车，我们三个人坐在后面聊天，出发前我专门去沃尔玛采购了整整一车的零食，我打开饭盒，递了一只鸡腿给何惜惜："多吃点肉，你看你都瘦成什么样了。"

她依然一头短发，化了点淡妆，整个人看起来明亮多了，穿着姜黄色的中性风衣，我不由得感叹："惜惜，你变漂亮了。"

"是啊，"赵一玫嫌弃地打量了我一身的运动装，"某人，倒是没怎么变。"

"胡扯！我已经努力从A&F（美国服饰品牌）提升到了PINK（美国服饰品牌）！"我指着自己衣服上的标志大声抗议。

"是哦，"赵一玫十分理解地点点头，"你终于发现A&F那种秀身材的运动装不适合你，改到了PINK这种纯少女的运动装，挺有自知之明啊。"

我恶狠狠地瞪她，她笑着揉了揉我的头发。

何惜惜开了一瓶威士忌，倒在玻璃杯中，她喝了一大口，窗外景色飞快地往后退，哥特式的建筑物一栋一栋离开了我们的视线。

何惜惜回过头，下定决心一般对我说："姜河，我要结婚了。"

"噗——"

简直是晴天霹雳，我被惊得嘴里的鸡肉全部喷了出去，差点没被赵一玫揍死。

赵一玫十分愤怒："都说了告诉她，她一准会喷！"

"结婚？和谁？"

在我心中，何惜惜是绝对的异性绝缘体，我一直以为，等以后，赵一玫闪婚闪离无数次后，何惜惜都应该还是单身的。

不对，电光石火间，我忽然想起几年前的那个雨夜，我在宿舍楼下看到的那一幕，匆匆一瞥的男生的侧脸，她独自在雨中站了好久。

那时候，江海就站在我身边。陪我一起逛了超市，帮没带钱包的我付了卫生巾的钱，给我讲State Quarter，还送了我一枚印有加州州徽的二十五美分硬币。

现在回想起来，往事一幕幕，已是恍若隔世。我原以为我早已忘记，原来一切只是自欺欺人，关于江海，每一个细节我都记得清清楚楚。

"姜河？"何惜惜皱眉叫我。

我这才回过神来，知道刚刚自己的表情一定很难看，于是我赶忙若无其事地大腿一拍："哦哦哦，我知道了，是不是那个玛莎拉蒂？"

车内一下子陷入沉默。

我不知道自己说错了什么，隔了良久，何惜惜才开口："你怎么知道？"

"我看到过一次。"

何惜惜惨淡地笑了笑："那都是多早的事情了，一个同学而已，那天下雨，他正好送我回去。"

唬谁呢，我在心底想，一个同学，他走了你在雨中呆呆地淋了一个小时的雨，一个同学，我一说送你，你就知道是下雨的那天。

我装模作样地"嗯"了一声："那你要和谁结婚？"

何惜惜的未婚夫叫John（约翰），是美国一家连锁酒店的继承人，也是斯坦福毕业，喜欢打橄榄球和射箭。何惜惜在手机找了老半天，才好不容易找到一张他的照片给我看，金发碧眼，五官立体深邃，足够勾魂。

我倒吸一口凉气:"上等货啊!"

何惜惜没说话,倒是赵一玫将我脑袋一拍:"会不会说话,这哪只是上等货?极品中的极品好吗。"

说得没错,他是美国人,何惜惜嫁了他就能申请绿卡和美国公民身份。我们都知道,何惜惜从事的是制药业,要不是因为她名校毕业,根本连最廉价的职位也找不到,有了绿卡以后,她的发展空间可以大很多。

再说了,人帅得跟好莱坞明星一样,身价上亿,这好事打着灯笼也找不到啊。

我这么一分析,一下子对何惜惜肃然起敬:"活生生的童话故事啊,言情小说都不敢这么写的!"

何惜惜一只鸡腿塞我嘴里:"别贫。"

我接过鸡腿,咬了一大口:"你们怎么认识的?"

怎么认识的?

三月的旧金山下了一场雨。她在路边的书店里躲雨,年轻英俊的服务员主动给她送上热茶和可可蛋糕,她惊讶地抬起头,他笑着冲他绅士地鞠了一躬:"For your beauty.(为你的美丽。)"

那似乎是她这一生,第一次被人称赞说她美丽,何况对方蓝色的眼眸是如此的真诚。

她一口蛋糕,一口热茶,惬意地坐在书店里享受着难得的宁静。外面雨水如帘落下,路过的车辆将水溅到人行道上,可是那与她无关,书店里的歌不知何时被他换成了一曲舒缓的小提琴。

走的时候她执意要买单,找的零钞给他做小费,他不收,她放在桌子上,一溜烟跑了。

下一周周末,她习惯性吃完饭后散散步,不知不觉又走到那家店里,他穿着藏绿色的店员服,大大地松了口气,笑着说,你终于来了。

她这才知道,他等了她足足一周。

她向他解释,自己平时开车上班,只有周末才会步行经过这条街。他笑着点点头。

何惜惜没有事情做,便随便找了一本书来看,他依然送上热茶和可可蛋糕。后来渐渐地,她养成了习惯,每到周末都会去那家书店。

他们也开始聊天，多半都是他听她说。她说自己来自中国，她的故乡也临海，但是和旧金山大不相同，码头不像渔人码头那样浪漫与诗意，那里全是打鱼的船只。

她还跟他聊过汉字。

"'川'你知道吗？"她笑着问他，用手指在木桌上写，撇，竖，再一竖，就是一个汉字了。

他觉得惊讶，问她这是什么意思。

"River（河），"她想了想，又觉得无论用什么语言也无法描述出这个字真正的意思，于是用手机找来一幅水墨画，指着上面勾勒出的江川给他看，"这就是'川'。"

后来有一次，公司临时放假，她不想太早回家，便开着车去了一趟书店，服务生已经换人，戴着奇怪帽子的年轻人说："我是这里的店长，也是唯一的店员。"

她奇怪地说："How about John（那约翰呢）？"

对方笑起来，露出一口白牙，说原来你就是那个女孩。

何惜惜这才知道，John其实并非这里的店员，只是店长前段时间失恋，待在家里不肯出门，作为朋友John正好没事，过来玩玩，顺便帮忙打理店铺。

"因为你的原因，他现在每周都要过来工作。我还得给他付薪水呢。"真正的店长开着玩笑抱怨地说。

只是那时候何惜惜依然不知道John身世显赫，他们从未在书店以外的地方见过面，他有一次无意间说知道一家好吃的湖边餐厅，问她要不要一起去试试。

她笑着拒绝了，说自己习惯一个人用餐。

就这样过了一年，她因为身份问题工作受到牵连，自己一个人躲在家里哭，忘了那是个周日。不知道过了多久，听到有人在窗外叫她的名字。

她推开阳台的门，看到他站在那里，穿着酒红色的衬衫，他冲她笑了笑，他其实是个非典型性的美国人。

何惜惜十分吃惊，问他为什么知道自己的住址。

他没有回答，只是问她发生了什么事。

她习惯于将心事郁积在心底，那一天也不知道为什么，就全部说了出来。

等她说完最后一个字，抬起头发现对方认真地看着自己，说，你可以嫁给我吗？

何惜惜以为自己听错了，他或许说的是"merry（愉快的）"或者"Mary（玛丽）"，但绝不可能是"marry（结婚）"。

是的，没有身份，她就要丢掉饭碗，找不到工作，她就得回国，这个国家，天天叫嚣着人权和平等，其实是世界上最看重阶级的地方，她需要一张绿卡，发了疯地想要，可是不是这样的，她嫁给他？

简直是天方夜谭。她甚至不知道他的Family Name（姓氏），他亦不知道她的中文名叫何惜惜。

况且即便她在这个国家待了六年，每天和来自不同国家的人打交道，必要的时候，她甚至能将口音切换成印度或者英国，但是她从未想过，要找一个不同颜色皮肤的人结婚。

于是她摇摇头，正准备拒绝，他忽然开口说："Because I love you.（因为我爱你。）"

不是为了帮她，不是可怜或者同情。

听完何惜惜的故事之后，我目瞪口呆，这样算下来，我果然是最丢人的一个，追在人家屁股后面跑了十年，手都没牵到，就输得渣渣都不剩，连滚带爬地跑去了波士顿。

"没有想到，你竟然是我们之中最早结婚的。"

我明明很为她开心，但是又莫名其妙地有一点伤感，我也不懂这是为什么。

大概这就是成长吧，眼睁睁看着陪你哭过笑过的朋友渐渐走远。

这天以前，我一直还天真地觉得自己是个小女孩，从初中开始，我就比周围的人小，所有人都叫我小妹妹，所以我理所应当地也认为自己是个小妹妹，一晃，十年过去，周围的人都开始讨论着找工作、买车、移民，我还未从梦中惊醒。

直到我最好的朋友要结婚了。

何惜惜又倒了一杯酒，酒杯贴在唇间，她的样子看起来很落寞，我正

准备张口再问她一句话,

"那你……"

就在这时候,车子忽然停下来。

一路沉默的顾辛烈终于咳嗽了两声:"我们到了。"

我朝车外望去,按照行程安排,我们现在抵达的是爱达荷福尔斯著名的MESA(梅萨)瀑布。七色彩虹跨在水中央,宛如在半空中开出的花。

下了车后,我不满地走到顾辛烈旁边,低着头踢了踢他的鞋子:"我话还没说完呢。"

他侧过头来看我,想了想,说:"你站那边去,嗯,瀑布正面,我给你拍照。"

我不满意地瞪了他一眼,还是不情不愿地走到了他对面。

顾辛烈打开相机,找了找角度,然后冲我比了一个"OK"的手势,"姜河,笑一个。"

我才不笑!我伸出手,拉开下眼睑,吐出舌头扮了一个鬼脸。

顾辛烈也笑眯眯的,怎么丑怎么给我拍了一组照。我走过来嚷嚷着要删掉,我们凑得很近,风将我的衣摆吹在他的身上。

他忽然轻声说:"别问。"

我疑惑地抬头看他。

他说:"你刚刚想要问她的话,不要问。"

我瞪圆了眼睛:"你怎么知道……"

"我就是知道,"顾辛烈斜睨我一眼,"总之你别问。"

是的,在顾辛烈突然停车前一秒,我想要问何惜惜:"那你幸福吗?"

这一句没有问出口的话,没想到三年后换成何惜惜问我,她问:"姜河,你幸福吗?"

直到那时候,我才真正明白当初顾辛烈为什么让我不要问。

它是一把利刀,刻在心上,刺出血来。

命运究竟是什么,它永远只让很小很小的一部分人幸福,更小更小的一部分人一直幸福。

赵一玫站在悬崖边上，风吹得她的风衣猎猎飞舞，她一个人站在荒芜的杂草之间，忽然放声大喊："沈放——沈放——"

空旷的山谷无人回答，我走过去，拉了拉她的衣服。

赵一玫转过头看我，笑了笑："我没事。"

我绞尽脑汁，想要安慰她几句："你可以试着每天欺骗自己，我已经忘记他了。"

"那你做到了吗？"

我笑了笑，故作深沉地说："你知道吗，其实每一段感情，无论是两情相悦还是一厢情愿，到了最后，都会留下一点后遗症。"

赵一玫愣愣地看着我："其实江海……"

我将手指伸到嘴边，比了一个"嘘"的姿势。顾辛烈就在不远处，我总觉得，当着他的面讨论江海，是对他的一种伤害，我不能总是肆无忌惮地伤害他。

等了一会儿，我走到顾辛烈身边，他皱着眉头悄声问我："你的朋友，怎么一个比一个伤情？"

我瞪了他一眼，指了指自己闷声回答："最伤情的在这儿呢。"

顾辛烈回瞪我一眼，不说话了。

离开MESA瀑布后，我们径直来到传说中的黄石国家公园。

在我的强烈要求下，我们是带着帐篷来露营的，顾辛烈提前预订了帐篷区的位置，这才得以住下。

这是我第一次住野外帐篷，吃过晚饭以后，我正躺在帐篷里发呆，顾辛烈就在外面叫我："姜河，出不出来看星星。"

星星有什么好看，虽然腹诽着，我还是爬了起来，用帐篷的门帘将自己裹住，探出一个脑袋。

顾辛烈没好气地白了我一眼，手臂上挂着的黑色羽绒服丢在了我的头上。

"不是让你带厚衣服了吗？"

"箱子里，还没拿出来。"

走出帐篷，我抬起头，才明白顾辛烈为什么要叫我出来看星星。

皓月当空，星辰罗列，垂得极静极静，手可摘星辰，原来是这样。望着浩瀚天空，我忽然深深地感觉，我们所经历的一切，无论是痛苦还是绝望，在大自然的面前都是那样的渺小，那样的不值一提。

我终于鼓起勇气："顾辛烈。"

"嗯？"他回过头看我。

我正准备问他，那颗玻璃珠背后究竟是怎样的往事，忽然不远处有人惊呼，我和顾辛烈一同抬起头，才发现一颗流星划过。

大自然的美丽是同时间无关的。就这样不经意间，流星一颗一颗划下来，我张大嘴痴痴地望着，顾辛烈拍了拍我的头："笨蛋，快许愿。"

"啊？哦。"

我后知后觉地反应过来，合上十指闭上眼睛，一瞬间却不知道该许什么愿。

那么，我在心底想，就让我的家人朋友平安喜乐，健康无忧。

……至于江海，想到这里，我的心又开始疼，仿佛有千万细针，密密麻麻地扎在上面，我最后只能屏住呼吸，麻痹自己，仿佛让时间和疼痛在这一刻都静止。

但愿江海，我心爱的男孩啊，他永生都不必体会我此时此刻的这种痛。

"姜河？"顾辛烈的声音轻轻从我身边响起。

我张开眼睛："嗯？"

"许好了吗？"

"嗯。"

"回去吧，"他将手插在裤子兜里，随意地踢了踢地上的石头，"明天见。"

回去之后，我却翻来覆去地睡不着觉。干脆摸出手机来刷邮件。等了一会儿，我的浏览器有新的消息提示，因为我的手机和笔记本浏览器是同一个账号，所以我随意地点开收藏夹，本来是想看我收藏的连衣裙有没有打折，结果第一眼就看到了不久前那个叫"江河湖海"的博客。

没有想到博主竟然给我回话："不必。"

冷漠的语气反而激发了我心中的不满，大概也是因为闲得慌，我披着"日月星辰"的ID敲着手机回过去："江河湖海，终有流尽的那一日。"

然后我才点开我的心心念念已久的连衣裙,依旧没有打折,我有点惆怅,或许在打折之前它会先卖断货。

"要不要一咬牙买了呢,"我在心底纠结。

双子座最纠结了,我真是烦透了自己,可是认识赵一玫后,她告诉我,所有的选择综合征,只是因为穷。

"这样好了,如果这个人能够把博客名字改了,我就送给自己一条连衣裙。"

这样想着,我才心满意足地关掉手机准备睡觉。寂寞的女人真是可怕。

第二天我从帐篷里爬出来,才发现外面下雪了。

"再晚一点,黄石就要锁园了。"

"我们运气不错。"

我们在风中前行,黄石风景绝美,处处都可以入画。路上有松鼠跑到路中央,歪着头打量我们。我蹲下身,伸出手,它便爬到了我的大腿上站着,我们三个女生的心都要被它融化了,想要叫又怕吓到它。

顾辛烈笑着举起单反,冲它说:"来,笑一个。"

它不理顾辛烈,还是扭着头到处转,我笑话他:"笨蛋,它是美国长大的,听不懂中文,你要说'cheese'——"

不知道是不是巧合,我话音刚落,那只可爱的小松鼠真的就转过头去,盯着黑黢黢的镜头,顾辛烈眼疾手快,咔嚓按下快门,给它来了个特写。

拍了照,它还不肯走,它不走,我们三个也舍不得走。

"我们能不能偷一只带回去?"赵一玫忍不住说。

没有人理她,我抱着手上的松鼠不肯撒手。

我鼻子一抽:"我的马,我的河川,我好想它——"

"放心吧,它在马场好吃好喝地伺候着,日子过得比你舒坦多了。"

"不!它肯定特别想我,茶不思饭不想的,也不知道瘦成什么样子了。"我越说越难过。

顾辛烈哭笑不得:"那这样吧,我们和她们一起去旧金山,看一眼你的爱马再飞回去，顶多耽误一天的时间。"

我愣了愣，认真地思考了一下这个计划的可能性，最后摇摇头："算了，这样你得翘一天的课。"

"没事的。"他轻描淡写地说。

我摇摇头。

赵一玫在一旁捶了一下我的头："没出息的。"

一朝被蛇咬，十年怕井绳。

隔了一会儿，路边又跑出三只松鼠，我们面前那只松鼠便一溜烟地跟着跑了。

我们只得继续前行，除了松鼠外，一路上还遇到黄石最常见的野牛和麋鹿。一路走到山顶，向下俯瞰，整座山谷尽收眼底，气吞山河也不过如此。

雪越下越大，筋疲力尽之后我们找了一家客栈住下，老板提供的自助晚餐被我们吃得干干净净。

我们和老板闲聊了几句，他建议我们再停留几日，那时候便不能再开车进山，可以去租雪地摩托，方圆千米全是茫茫的雪，别有一番滋味。

我们的行程并不紧凑，在商量一番后决定感受一下雪地摩托的魅力。况且这家客栈的烤松饼实在太好吃，老板答应接下来的几天会亲自教我做。

过了几天，大雪封山，我们准备去租雪地摩托的时候，被告知今天公司还有拉雪橇的名额，大小姐赵一玫当机叛变，丢掉雪地摩托就去找雪橇。

最后分好组，赵一玫和何惜惜一车，我同顾辛烈一车，一车需要八只雪橇狗，一见到我们，体型庞大的狗们就扑上来，像狼一样嗷嗷叫着将我们扑倒在地，工作人员费了好的大劲儿才将它们拉回去。

"这是哈士奇吗？"我疑惑地问，"怎么这么胖？"

"哈哈哈，这不是哈士奇，是阿拉斯加雪橇犬，它们比哈士奇适合在雪地里行进，耐力更好。"工作人员哈哈大笑着给我解释。

"我就说嘛，哈士奇哪有这么胖。"我一边说着，一边不由自主地瞟了顾辛烈一眼。

顾辛烈满脸问号，"你看我干什么？"

我这才想起他并不知道我偷偷在心底给他取绰号哈士奇的事情，于是一本正经地咳嗽了两声："你不觉得，你和哈士奇，有点，神似？"

"哪里神似了啊！"顾辛烈抓狂。

"你知道什么叫神似吗？"我十分耐心地给他解释，"就是精神层面特别相似。"

我差点被顾大少单手扔下雪橇去。

雪橇犬在山中驰骋，这里是属于它们的辽阔天地，在最窄的弯道转弯的时候，狗狗们兴奋地大叫一声，向前一扑，我坐在雪橇里差点被甩出去，我被吓得"啊"的一声大叫出来，顾辛烈眼疾手快，双手伸出来一把搂住我。

驾驶雪橇的大叔好不容易用力拉住极速奔跑的雪橇犬，转过头担心地看我："你没事吧？有没有受伤？"

我摇摇头，我同顾辛烈面面相觑，他这才不好意思地松开了手，别过头去。等了一会儿才闷声问："你没事吧？"

我在心底翻了个白眼，我们这里三层外三层裹得跟粽子似的，你又占不了便宜，一个人在那边害羞个什么劲儿啊。

大叔再三确认我并未受伤后才驾驶着雪橇继续出发，我拍了拍顾辛烈的头："刚才谢谢你。"

他这才回过头来看了我一眼。他带着褐色的眼眸看着我，就这么样一眼，我忽然愣住，刚才转弯时险些跌落在雪地里的惊险感，和他紧紧抱住我的安全感，以及由此而萌生的什么东西在我心底如破土春笋一般疯狂地长了出来。

一颗原本就不大的心，此时此刻，竟然被塞得满满当当。

说些什么，我在心底提醒自己，快说些什么。

没想到，顾辛烈却先开口了，他蹙着眉头："你为什么从马上摔下来？"

啊？我被问住，顿了一下，没想到他还记得这件事，我有些无奈地摊开手："不是说了嘛，不小心摔下来的。"

仿佛不信任似的，他又看了我几眼，伸出手哈了几口气："我就是又突然想起来了,你别介意。以后小心点。"

"嗯,"我看着前方,树林已经被大雪覆盖,叶子下凝结出晶莹的冰,我轻声说,"不会有下次了。"

我们从黄石国家公园离开的时候,园区已经放出即将关闭的消息。顾辛烈在暴风雪中连续驾车十几个小时,终于把我们带出了那片风雪交加人迹罕至的地区。

他趴在方向盘上休息,一路上我们多次提出同他交换,我们也持有驾照,他都是苦笑着摇摇头。我偏偏不信,一屁股将他挤走,可是车子才刚上路没开几米,我就不敢走了。山区路多崎岖,在这样的暴雪中,雨刷根本没有用,看不清前方的路,我握着方向盘的手都在打抖,一松开来,上面全是汗水。

所以在看到阳光穿破乌云射到我们眼中的那一刹那,我们都忍不住惊呼起来。

我同一玫和惜惜在盐湖城分别,临走的时候我抱着何惜惜不肯松手,最后是被赵一玫硬生生扯开的:"又不是见不到,至于吗!"

说得也对,我还是忍不住说:"婚礼的时候一定要请我啊!美国结婚,不知道要不要伴娘啊?"

"要的,"何惜惜笑着摸了摸我的头,"我还想再看一次你穿礼服的样子。"

送走她们后,我和顾辛烈也进入了候机厅。因为盐湖城航班班次不合适,我们最终决定先在纽约停留,转机回到波士顿。

美国中部和东部有一个小时的时差,我们抵达纽约已经是黄昏。

"诶!你说,我们俩这算不算乡下人进城啊?你看看这楼多高啊,能赶上上海了吧,再看看这人挤人的,和北京有得一拼了,还有这地铁,哎哟,怎么说也是个小广州啊。"

顾辛烈笑得肩膀一耸一耸:"姜河,你积点口德吧。"

"你知道吗,"我背着背包站在人来人往的纽约马路上,"这里是纽约,世界之都,它打一个喷嚏都能惊动整个世界,可是我忽然发现,我一点也不爱它。"

我曾经是爱过它的，并且我相信每一个看过《穿PRADA的女魔头》的女孩子，都曾经向往过纽约。拎着高跟鞋在纽约大街上狂奔，这里的时间必须得以秒来计算。

　　"现在的我，宁愿窝在一个人烟稀少的小镇上，看看书，听听歌，没事的时候出门散散步，对一条街的邻居都笑说你好。"

　　顾辛烈笑了笑，说："纽约没有变，变的是你。"

　　纽约一共有66家米其林餐厅，名副其实的全世界最好吃的城市之一，不得不说，就这一点来说，至少纽约仍然吸引着我的胃。

　　我们选择的餐厅在五十层的高楼上，隔着身旁巨大的落地窗可以眺望繁华的纽约城，在一座座高耸入云的摩天大楼的压迫下，行进的车辆和人流显得是那样的苍白渺小。

　　"我有一个朋友在纽约读金融，他们学校就坐落在曼哈顿的中心，"顾辛烈收回目光，慢慢地说，"那里才是真正的寸土寸金，房租太贵，他们住在纽约城边上，六个留学生挤一间房间，即便如此，每个月生活费也要一千多美刀，每天四点起床，花费三个小时的时间抵达学校。我问他累不累，他说，为了梦想。"

　　梦想这个词，没有为之奋斗过的人，是不会知道它的美丽的。

　　酒足饭饱之后，我觉得疲惫一扫而光，摸了摸自己圆鼓鼓的肚子，惬意地眯起眼睛。

　　顾辛烈笑着问我："你是不是觉得自己又重新爱上纽约了？"

　　"我是意志那么不坚定的人吗？"我瞪他，"离飞机起飞还有好久，我们接下来去哪里逛逛？"

　　他站在我面前，冲我十分绅士地鞠了一躬，然后伸出手："跟我来。"

　　最后我们竟然在帝国大厦的对面停下来。

　　大部分的人知道帝国大厦都是因为两部久负盛名的电影，《西雅图夜未眠》和《金刚》。黑色的夜空下，这栋102层高的摩天大楼静静矗立，高挺入云，仿佛可以只手摘星，它不仅是纽约的地标，亦是这个国家的地标。

　　隔着宽阔的East River（东河），被黑暗包裹的帝国大厦显得更加雄伟，像是一个遥不可及的梦。

"你知道为什么爱情电影里，总会一次次地出现帝国大厦吗？"

我摇摇头，转过头看向顾辛烈。

他眺望着对岸如鬼魅般的帝国大厦，轻声说："天地玄黄，宇宙洪荒，几十亿年的时光足以将一切都冲刷得干干净净，最后能够永恒的，只有相爱的一刹那。"

我莫名其妙地觉得心口微痛，我不知道该说什么，顾辛烈却轻松地笑了笑，好似什么都没发生过，他抬起头指着帝国大厦问我："你还记不记得，《西雅图夜未眠》里亮了多少盏灯？"

"不知道，谁会记得这个，可是灯的形状构成了一颗爱心，"我摇摇头，然后在脑子里飞快地计算，"75×2，150盏，对吗？"

顾辛烈弯起眼睛笑了笑："你不会让它亮起来给你数啊。"

"我又不是魔法师，难道我说'亮'，它就会亮起来吗！"我怒目圆睁。

顾辛烈不说话，只是一直一直笑着凝视我的眼睛。

我挪不开眼睛，忽然，我的心怦怦怦地狂跳起来，然后一个不可思议的念头疯狂地从脑海里冒了出来。

他的眼睛是那样的深邃温柔，仿佛能倾倒一整片海洋。

我摇摇头，不敢相信地说："这不可能。"

顾辛烈轻声开口："为什么不可能呢。"

我回过头，对着静静流淌的东河对面的帝国大厦，轻轻地说："亮。"

这一刻，一百五十盏红色的灯一齐亮了起来，在灿烂的星空之下，构成了一个完美的心形。

这一刻，我听到了整座城市的惊呼声，为着这因为爱而璀璨重生的帝国大厦。

我的泪水顷刻之间如大雨落下。

"姜河，"顾辛烈依然凝视着我的眼睛，他的眼中有跌落的星光，他说，"我爱你。"

相识十五年，这竟然是他第一次对我说，我爱你。这十五年来，我们聚少离多，可是每一次，每一次，他都会跋山涉水，来到我的身边，为了点亮一盏灯。

为什么明明知道，永恒并不存在，我们却还要一次次地去追寻它？

因为我们每一个人，都是因为爱才来到这个世界上啊。

第八章 我们的一生,远远比我们想象中还要长

纵使有一天,它们会被海水腐蚀,会被时间磨平,可是谁也不能否认,它们曾那样真实地存在过。

等到波士顿已经冷到就算是在连衣裙外套羽绒服都不可能的时候,那位博主还是没有答应我换掉博客名字的要求。

他在我的留言下回复:你在波士顿?

我指责他:你怎么可以偷查我IP!

这一次他大概正在电脑前,很快回复了我,并且善意地提醒:是你先破解我的密码。

对方用"破解"这词其实太礼貌了,我分明是,非法入侵。

我只好认栽:是的,我在波士顿。

回完之后我也没有在意这件事,用实验室的电脑做实验去了。下午放学的时候才想起来收自己的笔记本,网页上有新的留言,他问我:波士顿的天气如何?

天气如何不知道自己上网查啊,我在心里默默地吐槽,却还是回答了他:不下雪的时候天气还挺好。

他再一次很快回复了我:谢谢。

我这个人其实没什么脾气,他一对我客气,我立刻就觉得特别愧疚,偷偷翻人家博客,虽然什么也看不懂,但是我的行为也挺过分的。

"抱歉,"我立刻回复,"我不应该侵入你的博客。"

"没关系,反正你也看不懂。"

对方这样回答我。我的愧疚感登时嗖的一下荡然无存。说话果然是一门艺术啊,很显然,隔着互联网,我对面的那位同学就不怎么懂这项

艺术。

"你给我等着!"

对方似乎并没有把我的话放在眼里,他改了话题,问我:"你为什么非要我改博客名字?"

我想了想,回答他:"因为我想要买一条连衣裙。"

对方没有再回我,估计把我当成了神经病。我伸了伸懒腰,天色不早了,也该回家了。

我晚上回去的时候顾辛烈已经在书房里做设计图了,一大张纸摊开来,戴着我的黑色发圈,咬着铅笔搔首弄姿。

我去冰箱里拿汽水,忍不住隔着一条走廊都要嘲讽他:"都什么年代了还手绘?不知道么,科技使人进步。"

"姜河,"他疑惑地抬起头,"你今天怎么了,吃火药了?"

我有这么明显?我不好意思地低下头看自己的脚尖,然后想了想:"遇到一个神经病,棋逢对手。"

见我没事,顾辛烈又重新低下头去画设计图,我有些好奇:"你在做什么?作业吗?"

"唔,"他咬着铅笔,"不是。"

见他遮遮掩掩,我也懒得打听,换了拖鞋上楼去了,走到一半想起一件事:"周末我们在家吃火锅成吗?"

"可以,"他先点了点头,"锅和电磁炉前几天借给玲珑了,我让她明天带去学校给我。"

"这样吧,"我想了想,"你把她也一起叫上吧,美人总是养眼的,火锅人多才热闹。"

"行。"

回了房间后我躺在床上,回味了一下我和顾辛烈之间的对话。纽约那一夜的记忆还历历在目,

波光粼粼的河面,璀璨万丈的帝国大厦,漫天的星光,和星光下他深情的眼眸。

我不知道该如何回应他的表白,他却笑了起来:"姜河,你不要觉得

为难，我告诉你，不是想要得到你的答复，我只是想让你知道这件事。姜河，笑一笑。"

回答他的，是我努力绽放出来的笑容，那是我认为的，最美的一个笑容。

才担得起他如此深情。

他皱起眉头，嫌弃地看我："丑死了，不行，重新笑一个。"

我冲他扬起拳头："找死哦？"

他笑嘻嘻地捂住头，装出一副很害怕的样子。什么都没有变，我想，唯一变的，可能是我那颗越来越柔软的心。

爱与被爱，都会让我们变得更加温柔和透彻。

周末的时候，许玲珑还没有来之前，我和顾辛烈已经去超市买来一大筐食材，虽然自制火锅比不上国内的火锅，但是在美国，每一次吃火锅对我来说都是惊天动地的大事。

我一边切着土豆片一边哼着："你走路姿态，微笑的神态，潜意识那才是我真爱……"

顾辛烈在一边剥蒜，肩膀一耸一耸："姜河，你唱歌真是从来不走音，因为都没有在调上过。"

我斜睨他："说话注意点儿宝贝，我手上拿的可是菜刀。"

顾辛烈小怨妇一样幽怨地看了我一眼，然后埋下头继续剥蒜。许玲珑到的时候我们正好做完准备工作，她直接抱了一个纸箱子来，里面装着她做的炸酥肉、三文鱼寿司、烤蛋糕和香肠。

我一边乐呵一边客套："哎呀，这么客气干什么多不好意思啊。"

然后瞪一眼顾辛烈："看看人家做的蛋糕！"

顾辛烈瘪瘪嘴："差不多嘛。"

许玲珑好奇地问："什么差不多？"

顾辛烈开始给我挤眉弄眼，一个劲儿地眨眼睛，我没理，脱口而出："哎，别听他瞎说，他做的蛋糕和烂泥巴没什么实质性的区别。"

许玲珑惊讶地瞪大了眼睛："顾辛烈？你还会做蛋糕？"

顾辛烈使劲地瞪了我一眼，大概是想表达"让你别说为什么你非要说"，然后他沮丧地垂下头，没精打采："那，那又怎样！"

许玲珑轻轻摇了摇头，笑着问："那你下次可以带来学校也请我吃一点吗？"

她笑起来脸颊有酒窝，活泼动人。她这天穿着白色的翻领羊毛大衣，头发随意地扎起来，整个人显得神采奕奕，一笑一颦都能入画。连我都不由得看得呆住，心想上帝是如此的不公平，一股脑地把所有的美都献给了她。

可是顾辛烈不甚在意，摇了摇头，满不在乎地拒绝了："你不是会做吗。"

她又笑了笑，好像早就知道对方会有这样的反应。

每一次看到她笑，我就油然而生一种自卑，觉得自己头发好像还没洗，指甲也没剪，为自己的邋遢感到局促和愧疚。我看了一眼自己身上被洗得褪色的套头衫，偷偷地跑回房间里，一件一件衣服地选起来，要是赵一玫在就好了，我看着自己一衣柜的休闲装，绝望地想。

见我许久都不出来，顾辛烈在门外问："姜河，你干吗呢？"

"没事！"

我慌手忙脚地找了一件与季节不符合的牛仔裙套在身上，打开了房门。

顾辛烈愣了愣："你干吗……"

话还没说完，我就尴尬地打断了他："快点吃饭吧，我饿死了。"

走到客厅，许玲珑看到我的打扮，先是一愣，然后回过神笑了笑："很好看。"

我十分不好意思地低下头，我知道我其实是在东施效颦。

许玲珑就连吃饭都特别好看，她不会故意装作特别优雅，涮好牛肉也是和我一样大口吹气将它吹冷，一大口吃下去，可是就是说不出来的好看。我和顾辛烈一如既往地喜欢抢对方喜欢的东西来吃，在她的衬托下，我觉得自己简直就是一件起球的劣质毛衣。

她笑着给我夹了一块牛肉："这里还很多。"

我不好意思地收回放在锅里的筷子："谢谢。"

"别理她，她就是觉得抢着吃才香。"顾辛烈一点面子都不给我留。

我脚放在桌子下，狠狠地踩向他。

吃火锅果然是人多更热闹，我们放了很多墨西哥青椒进去，我被辣得嘴唇通红，一把鼻涕一把泪，顾辛烈一直在给我倒饮料，还不忘数落我："能不那么丢人吗。"

我眯着眼睛笑了笑，又瞟了一眼许玲珑，她面不改色，无比镇定地继续涮着红油，我脆弱的小心灵又被严重打击了。

吃完火锅后顾辛烈被我留在厨房里收拾桌面和洗碗，许玲珑不好意思，一直说着要帮忙，我笑着拍了拍她的肩膀："没关系啦，走，我送你出去。"

打开家门，一阵寒风灌进来，我被冷得打了个哆嗦，许玲珑问我有没有事，我笑着摆摆手。

她犹豫了一下，问我："你们平时都是这样相处的吗？"

"我们？你说我和顾辛烈，"我疑惑地点点头，"对啊，还能怎样。"

"我不是这个意思，我是说，"她顿了顿，大概是在找合适的句子，"他平时和我们一起不是这个样子的。"

"那是什么样子？还能比这更蠢？"

许玲珑笑了笑，"我们这群人里，他总是为首的那一个，大家都围着他，不敢惹他。所以上一次才专门叫你过来。"

"哈哈，"我乐不可支，"我们说的是同一个人吗？"

许玲珑没有再说话，她走到车边，打开门坐进去，我向她挥手："一路小心。"

她看着我欲言又止，最后还是摇下了车窗，她看着我的眼睛，她说："你真的不知道为什么吗？"

"因为对他来说，你是最特别的啊。"

说完，她自嘲地笑了笑，摇上车窗，轰地一脚油门踩下去，车身如离弦的箭一般飞了出去。

我独自在原地站了一会儿，直到一阵夜风吹来，我被冷醒，叹了口气，呵出来的气在空中凝结成了霜，我抱着手臂一蹦一跳地回去了。

回去的时候顾辛烈正戴着我的枚红色手套洗锅,他瞥了一眼鼻子被冻得通红的我:"叫你不多穿点。"

我笑着跺跺脚,驱走寒气。我回到屋子里又重新换上我的珊瑚绒睡衣,顾辛烈瞥我一眼,"换来换去,你不嫌麻烦吗?"

我整个人都挂在沙发上感叹:"她好美啊。"

"是挺美的,"顾辛烈一副公事公办的语气评价道,"但是,世界上美丽的人太多了——"

我斜睨他。

他脸不红心不跳大气不喘一本正经地继续说:"比如我。"

"找死啊。"我笑得差点从沙发上摔下来。

看着我恢复正常,他才松了一口气,认真地说:"姜河,你很好,真的。"

"知道了知道了。"我有些不好意思,别过头去换电视节目。

没过几天,收到赵一玫的短信,她跟我说她要回国一段时间,我如果要联系她的话,等她回国之后开通了全球漫游再同我说手机号码。

我十分惊讶,因为最近并没有假期,我连忙给她把电话拨过去:"你怎么了?"

"没,"电话里她语气十分轻快,"就是回去一阵子。"

我直觉不对劲:"到底怎么回事?"

赵一玫握着电话,沉默了十几秒,然后她忽然大声地哭了起来,撕心裂肺,像是个无助的小孩。

我静静地等她哭完,也不知道过了多久,她才慢慢镇定一点,跟我说:"我妈得了癌症。"

我一下子握紧了电话,不知道该说什么。

她慢慢地说:"是晚期,癌细胞扩散非常厉害,上午沈放打电话给我我才知道,我买了今天晚上的飞机,我现在都在机场了。"

我一下子变得口拙,只能干巴巴地安慰她:"没关系的,你别担心。"

每次到了这种时候,我就特别痛恨自己,要是我能够帮她承担痛苦就好了，就不必说那些苍白无力，听起来又假又客套的话了。

"我好害怕啊，姜河，你不知道，我真的好害怕……"她一直在电话那头哭，"我现在特别痛恨自己，我以前老是惹她生气，不肯对她好一点，只顾着自己活得痛快开心……我好后悔……"

她翻来覆去地责备着自己。

我舔了舔干燥的嘴唇："肯定没事的，伯母吉人自有天相。"

她不再说话，只是一直哭。我握着电话，默默地陪她。

外面的天色一点点沉落，我忽然想到第一次见到赵一玫的时候，她从白色的雷克萨斯跑车里走出来，穿得金光闪闪，一尘不染，世界与她无关。

这让我再一次想起惜惜曾经问过的一句话，命运究竟是什么，它永远只让很小很小的一部分人幸福，更小更小的一部分人一直幸福。

"一玫……"

我们隔着大半个美国，她哭得如此伤心，直到她的手机没电，"嘟"的一声断掉。我走出房间的时候，顾辛烈已经回来了，他坐在椅子上削苹果，仔细地削成兔子状，插上牙签递给我。

我有些茫然地看着他，将赵一玫母亲生病的事情告诉他，"我应该怎么才能安慰她？"

他想了想，放下手里的水果刀看着我，认真地说："姜河，无论你愿不愿意承认，其实这一生，能陪我们走到最后的，都只有我们自己。"

我咬住下嘴唇，不说话。

生命的真相是如此的残忍。

我第二天醒来时收到赵一玫的邮件，说她已平安到达，勿念。

那天以后，我每天靠着一封邮件同赵一玫联系，大概是她不愿意让我听到她的声音，害我胡乱担心。

她在邮件里总是回复说，她很好，可是她的母亲不太好，瘦了很多，吃不了东西，每一次做化疗都很痛苦，她妈很坚强，从来不吭声说痛，她也装作若无其事，每次想哭就跑到外面的走廊。她亲自照顾母亲，什么事都不让护工来做，好像这样子，她妈妈才能好起来。

她也会提到沈放，说还好有沈放，他几乎每天都来陪她，帮她照顾着母亲，也只有他在的时候，她才能安心睡一会儿觉。

沈放的父亲也每天都来，他其实比赵一玫还要累。一有空就坐在她母亲面前同她讲他们过去的故事，一边回忆一边讲，有些时候两个人的记忆不一样，赵一玫的母亲摇摇头，他就笑呵呵地说："好好好，是我错了。"

赵一玫在邮件里写道：整层楼的护士都拉着我说真羡慕你爸和你妈之间的感情，我都不知道应该怎么回答。他们之间是真正的感情，可以相濡以沫陪伴一生，我相信如果此时让沈叔叔倾家荡产来救我母亲，他也是愿意的。

收到这年赵一玫给我的倒数第三封邮件的时候，我正在超市里买水果，不知道为什么，这里冬天竟然还有西瓜卖，虽然价格贵得出奇。

可是珍贵珍贵，因为珍稀，所以昂贵。

在寒冷的冬天里，它显得如此的不合时宜，我咬了咬牙，买了一个回家。

回到家里，顾辛烈还没回来，我慢慢将西瓜切开，吃了一口，只那么一口，我忽然放声哭了起来。

因为我想起六年前，我出国前的那个夏天，我爸瞪了我一眼，说："美国的西瓜哪有家里的好吃。"

我爸说得对，美国的西瓜，哪有家里的好吃。

手机里躺着的那一封来自赵一玫的邮件，她告诉我，她母亲去世了。

赵一玫母亲去世前，赶走了其他人，只留下赵一玫在她的身边。

她最后一个要求，她对赵一玫说："你答应我，离开沈放，今生今世，都不再爱他。"

赵一玫十分震惊，呆呆地看着自己的母亲。她曾经美丽而高贵，如今却被病痛折磨得奄奄一息。

她缓缓地开口："原谅我，是一个自私的母亲。"

这是她欠了沈放母亲的，她唯一的一次自私，没有想到最后却要用自己女儿的一生来偿还。

"妈，你不要走，"赵一玫的眼泪大滴大滴落下，绝望地喃喃，"求你了，我答应你，我什么都答应你,不要丢下我一个人,妈妈、妈妈……"

回答她的,只剩下一室的空空荡荡,有风吹过,窗帘在阳光下飞舞。

我想了很久该如何回复她,在命运面前,一切语言都显得苍白荒唐。

最后我只能写:你要相信,我们的一生,远远比我们想象中还要长。

我想她一定知道我未说出的话——长到足以让我们忘却这些伤痛,和奋不顾身爱过的那个人。

一个星期后,我接到一通来自中国的陌生电话,我疑惑地接起来。

"姜河你好,我是沈放,"他说,"我们见过一面。"

我很诧异,将听筒拿得再近一点:"嗯,你好。"

他问我,知不知道赵一玫去了哪里。

我这才知道,在赵一玫母亲的葬礼结束后,赵一玫就失踪不见了。手机关机,哪里都找不到她,沈放通过多年前的新闻找到报社,得知我父母的电话,才联系上我。

"不见了?什么叫不见了!这么大一个人,说不见就不见吗!"

我失去理智、气急败坏地冲着电话大喊。

"姜河,"顾辛烈虽然不知道发生了什么,却还是出声提醒我,"冷静点。"

对面的沈放声音很低沉,听起来十分疲惫,可是他还是耐心地对我说:"抱歉,请问她上一次联系你是多久以前?"

"一周前,她母亲去世那天,她给我发了一封邮件。"

他追问:"她在邮件里说了什么?"

"她告诉我她母亲去世了,然后……"回想到赵一玫母亲的遗言,我开始犹豫,不知道要不要说出来。

"可以请你告诉我吗?我和父亲都很担心她。"

这件事本来也与我无关,我叹了口气,说:"她母亲让她答应自己,不要再爱你。"

我等了很久,沈放都没有说话。

我甚至以为他已经没有在电话前了,忍不住开口:"你……"

这时,他才轻轻地说:"还有呢?"

"没有了。"我回答。

"这样，谢谢你。"

"不用谢，联系到一玫请一定要通知我。"

他答应后挂掉了电话。

我放下电话，第一反应就是给何惜惜打电话，她也被吓了一跳。

"也不知道她现在心里难过成什么样了。"

"你别着急，"何惜惜安慰我，"她毕竟二十四五岁的人了，没有你想象中那么糟糕，虽然她做事冲动，但是赵一玫其实是个很独立的人，她能够照顾好自己。"

"谁知道呢，她到底跑哪里去了。"

何惜惜想了想，换了一种方式安慰我："至少她身上有很多钱。"

被她这样一说，我顿时觉得心头真的好受了许多。赵一玫从来不会亏待自己，既然她身上有钱，那就不用风餐露宿，也不用为了贪图小便宜而被坏人拐卖。

"我明天下班之后去她家里看看吧。"

"嗯。"我这样答应着，心里却想到了另外一个人。

挂掉惜惜的电话后，我握着手机犹豫了三十秒，然后叹了口气，在拨号盘上拨出一串熟悉得不能再熟悉的号码，也不知道时隔两年，他有没有换掉号码。

嘟了三声以后，他接了起来："姜河。"

忽然听到江海的声音，我觉得有点像是在做梦。我其实并没有想象中那么五味杂陈或者是心痛，萦绕在心头的那种感觉，就像是，我想了想，就像是窗外忽然下起了雪。

我走神片刻，江海也不催我，静静地等着我。

"抱歉突然打扰你，是这样的，"我故作镇定地说，"赵一玫你还记得吗？我最近联系不上她了，能麻烦你明天去学校的时候，帮我去她导师那里问问有她的情况吗？我知道可能性不太大，但是还是想试试……"

说起赵一玫，我说话又开始颠三倒四起来。

"姜河，"他温柔地打断了我，"没事的。"

"嗯，"我握着手机，"麻烦你了。"

他轻声地笑了笑,听起来有点像是讽刺,我不太明白,他说:"好的。"

然后我挂掉了电话。我觉得心里十分难受,一动不动地坐着,不知道是因为赵一玫,还是因为刚才的那通电话。

顾辛烈走上前,递给我一杯热水:"姜河,你没事吧?"

我双眼通红,赵一玫失踪的事情,想必他在一旁也听到了不少。

"你说她会去哪里?她回旧金山了吗?她回来为什么不联系我?"

顾辛烈想了想,认真地问我:"姜河,如果是你,当你不能够再去爱你所爱的人的时候,你会想要去哪里?"

去哪里?

我回忆起两年前的夏天,我从马背上狠狠摔下来,我在人来人往的机场同江海说再见,飞机在波士顿缓缓降落。

"我会想要去一个,我们差一点点,就能一起去的地方。"

"对,一定是这样!"

我兴奋地拿起手机,回拨沈放的电话,将我刚刚的话重复给了他。

"你们曾经有没有约定过,要一起去什么地方?又或者是,有过回忆的地方?"

挂掉电话,我笑着对顾辛烈说:"谢谢你。"

他却保持着刚刚的姿势,一动也不动。

"你怎么了?"我问他。

他这才缓缓回过头来,怔怔地看着我,然后他轻声问:"这才是你来波士顿的原因,是吗?"

看着他难过的样子,我忽然一句话都说不出来了。

我曾经问过江海:"如果旧金山没有金门大桥,你会选择哪个城市?"

"波士顿。"他说。

可是旧金山怎么会没有金门大桥,所以他还是会去旧金山,爱上田夏天,最后我离开他。这一切都是命中注定。

"对不起。"我说。

三天后,我接到了赵一玫从里约热内卢打来的电话。

139

她说，这里同我们生长的国度晨昏颠倒，几乎是另外一个世界。

"一玫，"我紧紧地握着电话，生怕她就此溜走，我说，"你回来好不好？"

她静了一会儿，才重新开口："姜河，抱歉，让你担心了。"

我眼睛已经通红。

她这才慌张起来，急忙给我解释，她母亲的葬礼后，她护照上还有美国的签证，于是她由中国直接飞往加拿大，转机去往墨西哥，再飞到了巴西。

"我母亲给我留了很大一笔钱，够我衣食无忧一辈子了，她不想让我再同沈家有任何联系。至于我，我很好，我其实从小就梦想着环游世界，每天都在旅途中奔波，在陌生的环境里，我会觉得没有那么难过。这让我感觉现在同前几年没有什么区别，我在国外，我妈妈还在国内，我们总是聚少离多。"

"你疯了！那你的学业呢？"

"噢宝贝儿，"她在电话那头笑起来，我甚至能想象出她眉飞色舞的样子，"好歹我也是斯坦福大学本科毕业。"

"那你要这样漂泊到什么时候？不会真的想环游世界吧？"

她淡淡地笑："直到我不再爱他的那一日。"

短短几个月内，她变了好多，又似乎什么都没有变，依然是那个为爱痴狂，在夜里抱着我和惜惜放声大哭的赵一玫。

最后，我告诉赵一玫，沈放和他的父亲都在找她。

赵一玫沉默了一会儿，然后拜托我传话给沈放。告诉他们她已经回到美国，只是心情不佳。既然她的母亲已经辞世，那么她也不想再与他们有什么关系，谢谢他们的关心，望珍重。

我将这些话，一字不动地照搬给沈放听，听完后他平静地点点头："哦，好的。"

然后我忍不住多嘴地问了一句："你还恨她和伯母吗？"

他没有回答我的问题，挂掉了电话。

我十分不爽，晚上吃饭的时候忍不住向顾辛烈吐槽。

"姜河，"顾辛烈奇怪地抬头看了我一眼，"赵一玫是当事人，蠢点就算了，你一个旁观者，怎么也这么笨？"

"乱说！我哪里笨？"

"你竟然没看出来，他有多爱赵一玫。"

"什么？"我被冬瓜汤呛住，止不住地咳嗽，瞪大了眼睛看着顾辛烈，"你是说……"

顾辛烈叹了口气，用"你怎么这么笨"的眼神看我，"如果不是因为看出来了沈放的感情，为什么赵一玫的母亲去世前让她答应自己不要再爱沈放后，还要向赵一玫道歉？如果沈放不爱赵一玫，那么她所做的，只是希望自己女儿能够放下执念，获得幸福。这是每个母亲都会做的事情，哪里需要道歉？"

我愣住，想起沈放在电话里那次长久的沉默，一切都豁然开朗。

可是这迟来的真相，却让我觉得更加难过，仿佛有什么东西堵在心尖，密密匝匝地向我刺来。

"为什么，会这样……"

我仿佛又一次看到了二十三岁的赵一玫，她在旧金山的夜空下，紧紧抱着自己心爱的男孩儿号啕大哭。

而他一脸疲惫，风尘仆仆，低下头，无奈地看着她。

如今回想起来，那竟然是他们之间，最美好的时光了。

珍贵，珍贵，因为珍稀，所以昂贵。

——他们已经为此，付出了一生的代价。

当时年少春衫薄，骑马倚斜桥，满楼红袖招。

年少的时候，我们总以为春衫鲜亮，何曾想过，穿起来，却是如此薄凉。

晚上睡觉前，我想了想，还是给江海发了一条短信：我联系上赵一玫了，前几天麻烦你了。

波士顿和旧金山有时差，他大概傍晚，他回复我：没事。

客套而疏离，便是此时的我与他。

我觉得心底很难受，那种难受，同当初看到他和田夏天一起合奏钢琴曲时的难受是不一样的，那时候的痛，是痛彻心扉。而现在留下来的，就像是海浪冲洗过沙滩后的痕迹。

经年的岁月在心头掠过，我们曾一起共度的韶韶年华，和我对他的爱意，都是真实存在过的。

纵使有一天，它们会被海水腐蚀，会被时间磨平，可是谁也不能否认，它们曾那样真实地存在过。

赵一玫给她的博士生导师打电话，为她的中途退学表示歉意。对方知道她母亲辞世的消息，知道她心里难过，竟然没有责怪她。

她托何惜惜退掉她在美国租的房子，考虑到惜惜即将结婚，我让惜惜将赵一玫重要的东西全部给我打包寄来。

惜惜给她打电话，一样东西一样东西地扔，后来惜惜向我感叹，说她丢掉的东西比她一年工资还多。

丢到最后，只剩下一双银色的高跟鞋，那是当年她母亲和沈放的父亲送给她的毕业礼物。

收到快递后，我将包裹拆开来，那双鞋同两年前一样闪闪发亮，璀璨夺目，怪不得每个女生都爱钻石。

我在电话里给赵一玫说："它依然美丽，胜过水晶鞋。"

赵一玫轻声一笑："可是我不再是公主了。"

我问过顾辛烈，要不要告诉赵一玫，沈放是爱她的。

"告诉她又有什么用？"顾辛烈反问我，"十二年了，他没有告诉她，就是因为他知道，这只会让彼此更加痛苦。"

我想了想，遗憾地说："可是，爱了她那么多年，却不让她知道。"

"其实很多时候，爱是不必说出口的。如果是我，我也不会告诉她。我宁愿她忘记我，总好过同心而离居，忧伤以终老，"顾辛烈静静地看着我的眼睛，"那首歌不是唱了吗——不打扰是我的温柔，我给你全部、全部、全部、全部自由。"

第九章　我是夸父，你是我追逐一生的太阳

轻轻的一个吻，已经打动我的心，深深的一段情，教我思念到如今。

第二年的三月，波士顿的春天还没有正式来临。美国的东北部还沉睡在料峭的春寒中。

这一天后来被载入史册，只是在这天的开始，我们每个人都同往常一样从睡梦中醒来，拉开窗帘看到窗外一片雾色茫茫的时候，谁都没有想过这一天会有什么不同。

我早餐吃了一个炸得金黄的荷包蛋，配上一杯牛奶和两个华夫饼，有点意犹未尽，依依不舍地放下杯子，心想中午去吃鸡翅好了。

我开着车慢悠悠地晃到学校里，停车的时候旁边的帅哥将空位留给了我，冲我笑了笑。

上午十点的时候，我去星巴克买了两杯拿铁，一杯带去办公室给我的导师。我即将硕士毕业，想要同他商量接下来我升为博士生的事情，科研方向、经费、奖学金，走在麻省理工同斯坦福全然不同，十分新奇和现代化的建筑物之中，我忽然有点惆怅。

下一个三年，好似就这样尘埃落定。

我才同我的导师说了最近的作业，还没来得及切入正题，大地开始晃动。我愣住，放在面前桌子上的咖啡不停地晃，然后全部倒在了我的身上，我下意识地大叫了一声。

我的导师原本靠在软绵绵的椅子上，晃动的感觉比我轻微，直到我叫出这声以后，他才立刻回过神来，大声喊着让我蹲下。

震感越来越强烈，窗户玻璃哗啦哗啦，我们像是站在沉睡的巨鲸的宽

阔的背上,此时它愤怒地将身体一甩,我们便失去了立身之处。我觉得自己整个人都快被掀起来了,我一个趔趄,倒在了墙边。

"抱住头!躲在桌子下面来!"他继续喊。

这是我人生第一次经历地震,我整个人都呆若木鸡,这才后知后觉地听到导师的话,机械地按照他说的做,连滚带爬地蹲进了书桌下面。

大地越晃越厉害,吊灯在天花板上摇摇欲坠,噼里啪啦地响着,导师桌面上的书和电脑都哗啦全部滚落到了地上,他的玻璃相框清脆地响了一声,散落一地的残骸。

一整栋楼全是尖叫声,美国女孩子的声音真是又尖又刺耳,怪不得那么多海豚音。

我已经不太清楚这阵突如其来的灾难持续了多久,外面的尖叫声越来越小,那一刻,我的脑海里浮现出很多画面,许多过往的人事如剪辑过的电影般一帧帧翻过去。

"顾辛烈……"我失神地喃喃道。

奔腾的查尔斯河将我们分隔在这座城市的两边。

"顾辛烈……"

他不会有事的。

等我拿出手机,哆哆嗦嗦地拨打顾辛烈的电话的时候,地震也终于慢慢平息。波士顿的通信信号在这一刻彻底崩塌,顾辛烈的手机根本没有办法打通。我不死心,挂掉又重新再打一次。

我的导师走到我面前,他的办公室已经一片狼藉。他弯下身将地上那张珍贵的照片捡起来,玻璃已碎,可是照片却完好,上面是一家四口,笑得阳光灿烂,他凝视着照片上的人,沉重地叹了一口气。

我依然在不停地打电话。

"姜河,"他关切地问我,"你还好吗?"

"我没事,"我点点头,从桌子下方钻出来,"很抱歉老师,我现在需要去找一个人。"

然后我一把抓起车钥匙,头也不回地往外大步跑。

他的声音被我抛在了耳后,他说:"注意安全!还会有余震!"

说来就来,在我跑到停车场时,第一波余震开始袭来。停车场的车子倒了一片，比我先来一步的人在前方给我打着手势让我回去，地震发生的时候，开车逃逸是个十分愚蠢的行为。可是我哪里还顾得上那么多，一口气跑到我的车前，解开锁一屁股坐上去，发动油门的时候，我又给顾辛烈打了一通电话。

依然占线。

我干脆将手机开了功放扔在副驾驶座位上，一边开车一边不时伸过手去摁重拨。

急促的忙音让我心烦意乱。

汽车在波士顿宽阔的大道上飞驰，虽然不知道震源在哪里，但是震感如此强烈，这次地震的等级一定不会低，但也没有见到房屋坍塌。

一路上横腰而断的树木和广告招牌有许多，校园人口密度大，摆设物和雕塑太多，我忍不住地担心。

我在汽车的轰鸣声中，穿越了大半个波士顿。余震一波接一波地袭来，我精神状态很差，死死地握住方向盘，口中一直念念有词地希望顾辛烈没事，下一个路口，我转弯太厉害，汽车又一次直挺挺地撞上了一棵大树。

轰的一声，整辆车被撞得熄火了。

我十分焦躁地坐在驾驶座上狠狠踢了它一脚。

我忽然想起上一次，我撞上路旁的树，打电话给顾辛烈，他第一时间赶来。我笑着告诉他赵一玫和南风的故事，周杰伦十年如一日地唱，我想就这样牵着你的手不放开，爱可不可以简简单单没有伤害。

我低声咒骂了一句，扭动车钥匙，打火，带着被撞得凹下去的保险杠继续飞驰。

连续拐错三次弯，有巡警举着手臂试图叫停我，我统统视而不见，加快速度从他身边呼啸而过。

我去过两三次顾辛烈的学校，顾辛烈学的是艺术设计，固定上课的那栋楼我认得，可是当我将车开到楼前时，却发现自己已经不再认得它。

因为是老式的建筑物，由学生自己设计，当年未曾考虑防震，一栋楼房已经坍塌一半，支离破碎的大理石和水泥遍地都是。

有人员受伤，血浸染在地上，救护车就停在一旁，红色的警报器一直作响。

周围围了很多人,大家都在尽自己的可能帮忙,我冲上去,拉住一个男生焦虑地问他:"你有没有看到一个亚洲男生,大概比你高一点点。"

他想了想,摇摇头遗憾地对我说:"抱歉。"

我不知道应该开心还是难过,我继续追问:"那受伤的人中呢?有没有亚裔的面孔?"

他还是摇摇头。

然后他试图安慰我,不要担心。

我怎么可能不担心?我给顾辛烈打了几十个电话都无法接通,现场一片混乱,大家都在找人,各国的语言夹杂在其中,我穿梭在人群中,大声喊:"顾辛烈——顾辛烈——"

有女生开始哭,我转过头去看她,浅色的头发,看不出来是哪一国人,在灾难面前,我们不分国度。

我找不到顾辛烈,这才发现他的朋友我只认识许玲珑一个人,可是我也找不到她。我绝望至极,天空乌云密布,是大震过后总会伴随的骤雨,为了大家的安全,保安开始驱逐无关的人员。

我甚至不知道我是怎么将车开回家的。

一路上,我眼前全是崩塌的教学楼,被压在钢筋水泥中的学生,暗红色的血迹,哭泣的人群,几欲压城的乌云。

他曾经对我说过什么。

他曾经对我说过那么多、那么多话。

他说,我是夸父,你是我追逐一生的太阳。

他说,直到我追上你的脚步。

在大地咆哮的那一刻,他是我脑海中浮现的唯一。

我回到家时,天色已经完全暗沉下来,我在车库停好车,没有开灯,在一片黑暗中我仍然不断地拨打他的手机,我麻木地从连接客厅的侧门里进去。

我咯吱一声扭开侧门,忽然听到一阵急促的开门声,我愣住,握着门把站在原地,眼睁睁看着屋子的另一头,正门被打开,顾辛烈抬起头,看到我,也是一脸的错愕。

我们就这样呆呆地凝视着对方。

屋外，轰隆一声闷雷，劫后余生，这场大雨终于落了下来。

我的手臂垂下来，终于可以松开紧紧捏着的手机，它清脆的一声落在安静的屋子里，屏幕一闪一闪，隐约传来占线的忙音。

我们无声地彼此对立而站，顾辛烈喉结微动，几番欲言又止后才发出声音："你……"

下一秒，我已经奔跑起来，我发疯一样跑到他的面前，头埋在他的肩窝，死命地抱着他，将用力抱住不肯放手。

在我抱住他的那一刻，他全身骤然绷紧，然后又慢慢地、慢慢地放松下来，他的双手悬在半空中，过了好一阵子，才小心翼翼地抱住我。

他是这样的郑重其事，将我视为珍宝。

我终于忍不住哭出了声来。

所有的爱意在这一刻终于迸发出来。

"对不起、对不起……"

我紧紧地抱住他，我甚至不知道为什么要道歉，只是一直哭，一直说。

回应我的，是他更加强烈而沉默的拥抱。

这是我们相遇的第十五年。

这一天，波士顿地震。

这一场大雨下了整整三天三夜。

顾辛烈的手机在地震中被压坏，他向周围人借来手机给我打电话，一直显示我正在通话中。他万般无奈之下开车开往我的学校，我们大概曾在同一个街区擦肩而过，一人朝东，一人朝西。他几乎找遍了每一个角度，我们学校没有人员伤亡，他这才稍微放下心来。

然后和我几乎同时回家，他走前门，我走后门。

他面红耳赤地给我从冰箱里拿出牛奶和果汁，东张西望，装作不经意地问我要喝什么。

我脸上犹有泪痕，坐在沙发上，心跳还是快得要命，我觉得它随时有可能从胸膛蹦出来。我想我的脸红没比他好多少，我结结巴巴："随、随便。"

我装作低头看书，余光偷偷瞟他，他好像认真地想了想，把牛奶和果汁都放回冰箱，从柜子里重新拿出一瓶度数不算高的白葡萄酒，倒在杯子里，然后做了一个深呼吸，有点紧张、手脚摆动不太自然地朝我走来。

笨死了。我在心底偷偷笑话他。

他微微咳嗽了一声，然后将玻璃杯放在我面前："压压惊。"

"我才不惊！"我欲盖弥彰地大声嚷嚷，同时将书举得更高了，让它挡住了我的脸，试图挡住我一脸的绯红和不知所措。

他笑了笑，挑挑眉毛："书拿反了。"

我赶忙把书转了一圈，然后眨眨眼睛，发现这样才是反着的。

我恼羞成怒地将书啪一声合上，"大骗子！"

我因为害羞而通红的脸暴露在他的面前，刚刚哭过的眼睛已经肿起来，一定丑死了，我在心中暗暗伤感地想。

"姜河。"顾辛烈忽然轻声开口叫我。

我不明所以地抬头看向他。

他冲我眨了眨眼睛。

然后他俯身过来，吻住了我的唇。

这突如其来的一吻，让我的心脏像是要炸开一样开始狂跳，我手忙脚乱，双手不知道应该放在哪里，我觉得那一瞬间实在是太短暂了，他离开了我的唇，然后满脸通红地用手捂住了自己的嘴巴。

窗外大雨依旧滂沱，黑云压城，寒风猎猎地敲打着玻璃。

我们却都没有说话，只是不好意思地、别扭地凝视着对方。

刚刚的那一瞬间，我们都忘记了要闭上眼睛，我在他棕褐色的眼眸里，看到了自己的眼睛。

顾辛烈的脸越来越红，耳垂也跟着红起来，我终于忍不住，和他同时傻笑起来。

"顾二蠢！"我笑着叫他。

"顾笨蛋！"

"顾呆子！"

"顾傻子！"

他无可奈何地看着我。

我笑嘻嘻地，探出身，踮起脚尖，飞快地在他唇上重新掠过一吻。

"顾辛烈。"

轻轻的一个吻，已经打动我的心，深深的一段情，教我思念到如今。

可是这一瞬间，又是那样的长，长到足以弥补我后半生所有的遗憾与不甘。

没过多久，这座城市的人就很快从地震中重新站了起来。

顾辛烈他们学校更是厉害，教学楼垮了，没关系，咱们重新建一个就好了。于是穿着沙滩裤的校长一脸笑容地对顾辛烈他们说："小伙子们，好好干，争取早日回到宽敞明亮的教室里学习。"

接下来就发生了让许多本科生刻骨铭心的一幕，一栋楼的学生从此开始了奔放自由亲近大自然的美好生活。上课的时间，他们坐在草坪上听老师讲课，每个人膝盖上都放一台MAC（苹果电脑），只是他们的每日作业也自此变成了搬砖盖楼房。这一次，他们再也不去追求什么现代化的、具有象征意义的房屋建筑。

你说这人吧，为什么总得是吃了教训之后才能明白，平平凡凡就是真。

听完，我瞠目结舌，不禁竖起了大拇指感叹："学艺术的，就是与众不同。"

顾辛烈瞪我，他穿一件牛仔外套，扣上一顶黑色的鸭舌帽，衣袖挽起来，可以看到手臂上流畅的弧线。

我忍不住走上前，隔着T恤戳了戳他的肚子："有腹肌吗？"

他斜着眼睛，挑了挑眉毛，似笑非笑地看着我。

我的脸唰地一下红了，咬住下嘴唇踩了他一脚，装作十分镇定地昂首挺胸，转过身走了。

转眼已是四月，我的导师出差回来，主动找到我，同我谈起继续读博的事情，和同组的师兄一样的工资。我的导师名声不错，学术界大牛，连草稿都能被人拿来膜拜，他人很随和，感恩节还会邀请我去他家里吃火鸡。

我开车回家的时候，顾辛烈正在做晚饭。他的厨艺一点点地长进，偶尔有几道菜，还能让人吃出惊艳，只是偶尔也会有那么一些菜，让人实在难以下咽。

顾辛烈今晚颇为自信地尝试了一道蟹黄豆腐，原本又嫩又白的豆腐被他铲得四分五裂，他沮丧地看着我，我笑着接过来，舀了好几大勺放进我的碗里，就着米饭大口吃起来。

"你今天心情不错啊。"顾辛烈也不拿筷子，就坐在对面看着我吃。

"嗯，"我想了想，喝了口水，放下碗筷，认真地告诉他，"今天导师找我谈读博的事情，我拒绝了。"

顾辛烈愣住，过了好几秒才反应过来："你怎么……"

我微笑着看着他的眼睛。

我曾经以为我和江海是世界上最默契的搭档，因为我们脑电波处于同一个频率。可是在我重新遇见顾辛烈之后，我渐渐地明白，相爱的本质，只是一个眼神。

我们看着彼此的眼睛，我想起下午我在办公室里对导师说出的话。

我说："我很高兴能认识您，也很感谢您这两年来对我的照顾，可是很抱歉，我不能继续做您的学生，我想我的学生生涯到此为止就可以了。我明年将要回到我的祖国，因为明年，我喜欢的人就要毕业了。"

导师有些惋惜地摇摇头，然后对我说祝你幸福。

这个国家的伟大之处在于，他们给爱最大的自由。

我开口打断顾辛烈的话，我说："我只是不想读博而已。"

"姜河，"顾辛烈怔怔地开口，"如果你是为了我……"

"少自作多情了，"我冲他翻了翻白眼，"谁说我是为了你？"

他闷闷地"哦"了一声，然后又不放弃地继续追问："那你为什么突然不想读了？"

"哪有那么多为什么，快点吃饭。"

顾辛烈却不依不饶，他认真地说："姜河，其实你不必这样，我也可以为了你留在美国，我也可以回国等你，大不了……大不了，我也读研好了。"

我扑哧一声笑出来："别逗了，你压根就不是读书的料。"

他幽怨地看了我一眼："好歹是我满腔热情……"

我继续笑，夹了一块肉堵住了他的嘴。

我不知道该如何告诉他。

我也想要为他做一些什么，就像他一直那样努力地爱着我一样，我也努力地想要回应他。

想要将自己的心摆出来给他看，喏，它在这里。

吃过饭后，我和惜惜在网上聊天。我给她说了我放弃读博的时候，我笑着打字说，"你看，我人生两次放弃读博，两次竟然都是为了爱情。"

隔了很久，她的头像才重新亮起来，她问："你会后悔吗？"

我想了想，回答她："我唯一后悔的事情，就是，让他等了那么多年。"

"那你还爱江海吗？"

还爱他吗？

我手指停留在键盘上许久，不知道要如何去表达。

"顾辛烈曾经对我说，对他来说，我就像是太阳。其实对我来说，江海也是一样的。他就是太阳，普照我一生。因为他的出现，我的一生都被改变了，这是比爱情还要深刻的羁绊。

我们在一起十年，他就是我的整个青春、全部的信仰，我一直跟随他的脚步，我仰慕他、崇拜他、喜欢他。有一天，我发现他属于了别人，我所祈求过的全部美好，他都给了别人。我真的整个人都崩溃了，觉得全世界都灰暗了。

我花了很长很长的时间来忘记他，其实我一直在想，如果那个人不是顾辛烈，那么我恐怕这一生都没有办法忘记江海了。因为在我心中，江海是日月星辰，其他人都是淤泥尘埃。我要上哪里再去找一个，像他一样会发光的人呢？

他是我年少时候一直追逐的一个梦，唯一的梦啊。"

打到这里，我觉得心头难受得厉害，堵得慌，可是又哭不出来。

见我停下来，何惜惜才缓缓地替我说出心中的那句话："有些时候，我们怀念一个人，也许只是在怀念一段岁月，一段再也回不去的时光。以及……一种再也无法实现的人生。"

"但是顾辛烈不一样,他给我带来了很多很多的快乐和感动。他是个很浪漫很深情的人,就像是一个深渊或者无底洞。你知道,其实浪漫本身就是一种爱情。他让我,心动,很心动。就是那种非常强烈的觉得,自己在活着。"

这一次,何惜惜回得很快:"恭喜你。"

我想了想,觉得自己的人生真的很幸运,上天待我不薄。

"希望有一天,赵一玫也能够想通。"她说。

我本来想说"我和赵一玫的感情不一样",但是想了想,这不是废话么,世界上本就没有完全相同的感情。而且我们煽情煽这么久,我都有点不好意思了,赶忙说:"她才是真人生赢家好吗,斯坦福博士辍学,现在正在阿根廷享受美男和海滩吧,你看我,拼死拼活才有个硕士学位。"

她打了一连串的省略号过来。

我又感叹了一番,这才是坦荡荡的人生啊。然后又问惜惜婚期定在什么时候。

"婚纱正在定制,再等几个月吧。"

我开心地揶揄她,"从此以后,你就是上流阶级的人了。"

"姜河,"她问我,"你喜欢美国吗?"

我明了她想要问什么,我回答:"我喜欢这里,我在这里待了六年,爱也罢,恨也罢,哭过笑过,和青春有关的回忆都留在了这里。可是我仍然觉得我不属于这里,这里不是我的家。我和你,和赵一玫都不一样。赵一玫追求的是爱情,你反抗的是命运,而我,直到现在,我也不知道自己想要的是什么。"

她说:"无欲则刚。"

我笑了笑:"我并非无欲,只是每个人觉得重要的东西不一样罢了。我只想活得明明白白,不悔此生。"

然后她慢慢地打出了一段话:"我其实一点也不喜欢美国。"

我黯然沉默,是的,她反抗命运。正是因为她的人生,从来都由不得她做主。

第二天上午,我起床迟了,开着车一路狂奔到学校。学校停车场的两边种满了橡树，这是一种在波士顿很常见的树，特别是公园里，简直遮天蔽日。刚刚来这里的时候，我会想念加州的棕榈树，时间长了，便也习惯了橡树的美。

我拿着车钥匙走出来，忽然整个人愣住。

远处的路上，站着一个人，只是一个模糊的侧影，可是看起来却像极了江海。

我知道这不可能，江海此时应该在旧金山才对。

就在我犹豫的时候，几辆车飞驰而过，挡住了我的视线。我一脚缩回来，等它们都驶过，对面果然已经空无一人。

肯定是我看错了，我在心底想，昨天才和惜惜聊到他，今天受了点影响吧。

毕竟，无论有一千种还是一万种理由，江海此时都不应该出现在这里。

我拍了拍自己的脸，试图让自己清醒一些，然后摸出耳机，听着歌继续走。MP3里全是已经过时的中文歌，来美国六年，我依然不能戒掉两样东西，一样是家乡的胃，一样是中文的歌。

我还是同往常一样带着两杯拿铁去找我的导师。虽然不能继续读博，但是我课余时间依然在实验室给老板打工赚取生活费。他最近在研究密码通信，也顺便丢了几本书给我。

他问我："你学过数论吗？"

我点点头，背出了高斯那句名言，数学是科学的皇后，数论是数学的皇后。

他笑了笑，说："数论是一项伟大的学科。"

下午没课的时候，我去了一趟图书馆，找了一些数论的资料，重点研究了一下导帅所说的密码通信。

密码学起源早在几千年前，在第二次世界大战中更是起到了决定性的作用，我被这段历史所吸引，决定找一点这方面的记载。

我的电脑开着，不小心点开历史记录，"江河湖海"的博客弹了出来。

自从上一次他问我"为什么要改名字"之后，我们便没有再联系。

我点开来,发现他更新了两条日志,依然是我看不懂的乱码。他还给我留言,说:"波士顿地震,祝平安无事。"

我有些感动,觉得这应该是一个外冷心热的人,很细心,也很善良。

这时候已经距离他留言的时间过了好几天了,我还是回复了他:"平安无事,谢谢关心。"

这次他回复得依然很快:"不必客气。我决定改博客的名字了。"

下一条消息紧接着弹了出来:"恭喜你,可以买一条新裙子了。"

我愣了愣,登时又是一阵愧疚感,我其实都只是随口开玩笑,没有想到他会当真。

"不不不,不用,这个名字挺好的,为什么要改啊?"

他没有回答我,我五分钟以后再刷新页面,发现他的博客名已经换成了:此情可待,就连背景图片也一起换了。原本波涛汹涌的海底换成了平静的海面,阳光照射下来,一片波光粼粼、

我很惋惜:"好端端的,改了怪可惜的。"

他善意地提醒我:"你的裙子。"

我这才想起来,赶忙点开收藏夹,才发现这条我心心念念大半年的裙子已经下架。我呆呆地看着灰色标记的"SOLD OUT(售罄)",恍惚中,才意识到春夏秋冬已经又转了一转了。

其实感情也是一样的,有多少人是在犹豫不决和踟蹰不前间,就失去了它呢。

我有点多愁善感地回到对方的博客里,沮丧地告诉他我失去了那条裙子。

他或许是想安慰我,他说:"或许那条裙子并不适合你。"

"可是我喜欢了它很长时间!"

"那又如何?"

看到这傲慢的四个字,我不禁又想掀桌子了,我想对面一定是一位男士,他不懂对女生来说,失去一条心爱的裙子是多么大的痛。

我不满地关掉网页,决定不再理会这个神经病。

密码学是一门很有意思的学科,让我想起了小时候玩的游戏。那时候

因为我不愿意和周围的小孩子玩，我通常都是自己和自己玩。画一些只有自己能看懂的画，自己创造文字，自己同自己讲话。

顾辛烈把菜端上饭桌的时候，我还在一旁看着密码学，头发胡乱地扎起来，刘海也不管形象地别过额头。

他弹了弹我的脑门："在写什么呢？明文，密文，密钥？什么乱七八糟？"

我便讲给他听："呆子，来，姐姐给你解释。这是密码学，明文密文你知道吗？简单来说，明文就是表面上看到的信息，密文就是经过破密之后，真正想要呈现的信息。而密钥，就是将明文转换成密文的算法。"

"那，"顾辛烈一脸迷茫地指了指我草稿纸上的一连串字母，"这个是明文吧？怎么就转换成了这一串，唔，密文了呢？"

我冲他勾了勾手指。

他伸过头来。

我脑门冲他脑门响亮地一撞。

他立刻泪眼汪汪地看着我，我得意地笑，开心过后便继续给他解释："这个是最简单的凯撒密码。凯撒密码是世界上最古老的密码之一。它采取的是最简单的移位，比如，'YOU'，如果规定移动三位，就成了，'BRX'。"

"那你说的密钥呢？"

"可以用来加密的密码种类太多了，还是拿凯撒密码举例吧，改进过后的凯撒密码叫作维尼吉亚密码，这是一种需要密钥的密码。"我一边说一边在纸上写，"因为有了密钥，所以通常写出来的明文就会杂乱无章，像是一连串的乱码——"

我的声音戛然而止。

顾辛烈疑惑地看向我，一时间，无数的混乱的字母在我脑海飞过。

我一把抓住一旁的鼠标，唤醒休眠状态的笔记本，点开网页，找到那个我一篇日志都看不懂的博客。

我飞快地将上面的字母在纸上抄下来，然后用书翻开到维尼吉亚的凯撒密码表，口中念念有词，眼睛和手飞快地查阅和记录下来。

没用多久，我就破解出了这一行字。

他最新的一条博客，CHOXZLTMFOVAR GWR VMGHKHM-HLVA，如果采取他的博客名字的简写，JHHH（江河湖海）作为对称密钥的话——

密钥：JHHH JHHH JHHH JHHH JHHH JHHH JHH
明文：CHOX ZLTM FOVA RGWR VMGH KHMH LVA
密文：LOVE ISAT OUCH ANDY ETNO TATO UCH

——love is a touch and yet not a touch.（爱是想触碰又收回手。）

我看着纸上的这一行字，久久说不出话来。

我曾经听过这句话。

那是十几岁的时候，我读了塞林格先生的名著《麦田里的守望者》，很喜欢里面的一句话："Remember what should be remembered, and forget what should be forgotten. After what is changeable, and accept what is mutable.（记住该记住的，忘记该忘记的，改变能改变的，接受不能改变的。）"

我兴致勃勃地将这本书推荐给了江海，谁知他只是微微一笑，告诉我他已经看过这本书，并且塞林格先生还写过一本《破碎故事之心》。

他一边回忆，一边背出了这段话："有人认为爱是性、是婚姻、是清晨六点的吻、是一堆孩子，也许是这样的，莱斯特小姐。但你知道我怎么想吗？我觉得爱是想触碰又收回手。"

"姜河？"身后传来顾辛烈担心的声音，打断了我的回忆。

一个毫无根据，却又无比笃定的念头在我脑海一闪而过。

我垂下眼眸，力气耗尽般松开鼠标，喃喃出声道："这是江海的博客。"

江河湖海，我早该想到，他迷恋的，从来都是最古老而经典的东西。

第十章　我不愿让你一个人

我渴望见他，可是又不知道该如何去面对他。

五月的时候，我在美国第二次毕业了。

整个礼堂掌声隆隆，上千人一齐将学位帽往天空高高抛起来，来自不同国家、不同民族的年轻人，在这一刻仿佛重生。

顾辛烈来给我拍毕业照，专门换了一个很贵的单反，煞有介事地比画着，结果拍出来的照片还不如手机。

"你为什么要把我拍这么矮！"我愤怒地哭诉。

"本来就矮么。"顾辛烈瞟了一眼相机里的照片，风轻云淡地说。

"能不能把自己女朋友拍好看是检验好男友的唯一标准！"我继续愤怒，"知道不知道！"

顾辛烈愣了愣，盯着我："你刚刚说什么？"

我被他一盯，也愣住了："……知道不知道。"

"不是，上一句。"

上一句？我想了想："……能不能把自己女朋友拍好看是检验好男友的唯一标准？这个？"

顾辛烈不说话了，心情很好的样子，嘴角翘起来笑。

我一脸迷茫："你笑什么？"

"没什么。"

我一个人回味了一下，看着顾辛烈偷偷乐的模样，才反应过来。

我和顾辛烈，其实并没有正式地确认过恋爱关系。我们之间的关系，好像很自然地就变成了这样。吃过饭出去散步，他伸过来牵我的手，眼睛直直地盯着前方，我扯着嘴角偷偷笑。

所以这好像是我第一次承认自己是他的女朋友。

我心里一阵暖流，嘴里却还逞强，走上去踢了踢顾辛烈的脚后跟："笨死了。"

他回过头来，我双手搂上他的脖子，踮起脚尖，吻上他的唇。学位帽的边沿撞到他的头，从我头上落下去，我的头发在风中散开来，我闭上眼睛，闻到属于他的气味。

顾辛烈的嘴唇很软，软得让人舍不得挪开，我满脸通红，喘不过气来，放开他的脖子，看到他耳根已经彻底红了。

"顾辛烈，"我想了想，又说，"阿烈。"

他揉了揉我的头发，轻轻地"嗯"了一声。

"我们好像都没一起毕业过。"

"对啊，"顾辛烈无可奈何地笑了笑，"你太厉害了。"

我去找我的导师同我合照，他买了一支冰激凌给我，穿着学校发的纪念短袖，上面印着"MIT（麻省理工学院）"三个字母，像个顽皮的小老头。

离开的时候，他跟我说："姜河，不要停下来。"

我忽然内心千百种感慨，不知道如何表达。只能不停地眨眼睛，不停地点头。

那天傍晚，离开学校的时候，我觉得心头空空荡荡，顾辛烈没有将车开得很快，夕阳一直在我们的前方，不远也不近，却正好能盖满整片天空。

熟悉的街景慢慢后退，我闷闷地垂着头，过了好久才无比惆怅地说："我的学生生涯就这样结束了啊。"

顾辛烈转过来看我："别难过，你的人生才刚刚开始。"

怎么能不难过呢。我想起小时候同顾辛烈一起看动画片，《灌篮高手》，在翔阳输给湘北的时候，旁白静静地说："就这样，属于藤真的时代结束了。"

那时候我不明所以，只觉得心很痛。现在我终于明白了，那种无法用言语描绘的惆怅，叫作成长。

少年不识愁滋味，为赋新词强说愁。

六年如梦，转瞬即逝。我觉得两年前在斯坦福毕业的场景还清晰得如同昨日，我们穿着金黄色的校服，三个女孩子一起走在回家的路上，那一夜星光灿烂，赵一玫问我们有没有什么愿望。

她送给我的香水我还没拆封，只是一个眨眼，我们已经四散在天涯。

越想越难过，我鼻子开始发酸。顾辛烈左手握在方向盘上，右手伸过来，拉住我的手，放在他唇上轻轻吻了一下，他说："姜河，还有我呢。"

他的掌心十分温暖，我说："我觉得自己不再年轻了。"

顾辛烈挑着眉毛笑起来："不是还有我嘛，我陪你一起老。"

他笑起来很好看，俊朗的五官舒展开来，眉眼斜飞，霞光在他身上打出一圈好看的影。

他爱了我十余年。

"为什么？"我转过头凝视他，轻声问，"我到底……哪里好？"

顾辛烈皱起眉头，似乎是在认真地思考，然后他摇摇头，耸肩："不知道，就是好。"

晚上吃过饭，我心血来潮，拉着顾辛烈一起玩XBOX（一款电视游戏机），一人一个手柄，电视音响发出惊天动地的打斗声。过了一会儿，换游戏的时候，顾辛烈搁下手中的游戏手柄，挑着眉头侧过脸来看我。

暖橘色的灯光落下来，他嘴角噙着一丝笑。

"姜河，"他声音是让人着迷的磁性，"过来。"

我看着他的脸，有些发愣，不由自主地抱着怀中的抱枕走过去，他从我身后伸出手，环抱住我的腰。

我心跳立刻加速，扑腾到快要爆炸，脸也红透，我将脸埋入抱枕中。

"别动。"他低低地说，听起来也有些不好意思，"抱一会儿。"

我立马不懂了，大气都不敢出。

我们谁也没有说话，屋内只剩下彼此安静的呼吸声，一起一伏，十分均匀。

不知道过了多久，我觉得身体已经僵硬了，却还是舍不得动一动，顾辛烈搂着我腰的手终于松了松，他轻声笑："姜河。"

"嗯。"我用鼻音回答他。

"你就像是，"他顿了顿，"梦一样。"

我顿时觉得一阵心酸和难过，我眨了眨眼睛，脸依然埋在抱枕上："顾辛烈，我都想好了。我从明天就开始找工作，虽然OPT（Optional Practical Training实习期）有十个月的时间留在美国，但是既然是给我们找工作的，我就试试，也当积累经验，如果能找到有外派到中国的工作就最好了。然后十个月之后，我就先回国，反正那时你也差不多就快毕业了，我等你就是。"

听我说完，顾辛烈许久没有说话，只是用力抱着我。

我在心底偷偷嘲笑他，然后转过头，飞快地在他的唇上吻了一下，下一秒挣脱出他的怀抱，"咚咚咚"地光着脚跑回了自己的房间。

隔了五秒，我又把房间门打开，探出个脑袋："那，那就晚安了哈。"

第二天我难得地在非周末睡了一个懒觉，张开眼睛，眨了眨，才意识到自己毕业了。

我还差一个月满二十二岁，麻省理工电子系硕士毕业，有一个让我心动的男朋友，身体健康，父母平安，我忽然觉得自己这些年过得很对得起自己，自己那是一种很奇妙的自豪感，于是我第一反应是，闭上眼睛继续睡觉。

等我真的醒过来，已经快到中午，饭桌上还有顾辛烈给我留下的早餐，我将牛奶放进微波炉里加热，一边吃着吐司，一边打开电脑，准备开始写简历。

我想起以前收藏过一个Python（一种编程语言）的教学网站，用Python语言写出来的简历优雅漂亮，和Word（一种文字处理程序）一比，简直就是简历中的战斗机。点开收藏夹的时候，我再一次看到了那个已经被改名为"此情可待"的博客。

这是江海的博客。

我很平静地点击鼠标右键，将这个网址从我的收藏夹中删除了。我没有想到自己可以如此平静，因为刚刚破译出这个博客的那个夜晚，我的心情比现在复杂许多。

我其实一直不太相信缘分这个词，我崇尚科学，觉得它有些迷信。曾经我觉得，我和江海之所以能够一直在一起，是因为我非常自信，只有我一个人能够配得上他。后来田夏天出现了，一个我从来没有想到的、完全不具备任何竞争力的敌人，或许甚至根本称不上是敌人。

那时候我忽然觉得，或许田夏天和江海，就是所谓的缘分，而我和他，就只剩下有缘无分。

不然应该如何解释，并肩走了那么长的岁月，却只是一眨眼的工夫，就走丢了彼此。

可是如果真的有缘无分，那么上千万、上亿的搜索结果里，为什么我偏偏就点开了他的博客？

可是在短暂的感慨后，我的心情渐渐平复了下来，我没有猜测他最新一条日志里，"爱是想触碰又收回手"是什么意思，也没有再继续破译他的其他日志，我挪动鼠标关掉了网页。

顾辛烈还在我的对面坐着，他静静地看着我。我不知道他有没有听到我喃喃出的那句"这是江海的博客"。

我觉得有点乱七八糟，不知道该如何向他解释，他却先开口了："姜河，所以，所谓的密钥就像是开启一把锁的钥匙，是破解明文的关键？"

"嗯，"我看了一眼面前写满了字母表的草稿纸，随手将他们揉成一团扔进了垃圾桶，再回过头问顾辛烈，"差不多就是这样，你还有什么不懂的？"

"没有了，"顾辛烈耸耸肩，指了指面前的饭菜，"快点吃，都凉了。"

而现在，删除掉这个博客，就当是生活的一个小意外。我点开软件教程，选了一首钢琴曲，继续啃着面包开始敲代码制作自己的简历。

顾辛烈晚上放学回来的时候，我正好做完一份简历。他给我买了一只热狗，问我："怎么样？"

"不怎么样，"我接过热狗咬了一大口，番茄酱沾在了脸上，我有些恹恹地指了指屏幕，"东部沿海这边没什么IT公司，美国的硬件公司都在加州和德州。我想找偏软件一点的工作，硬件已经是夕阳行业了。"

"别开玩笑了，"顾辛烈哭笑不得，"你们电子是美国就业前景最好的专业TOP 5。"

"那得看和什么比，No code no job（不会写代码就没有工作）。在美国，十个就业机会里，七个软件，两个硬件，剩下的一个才是什么金融、会计、机械等等。"

"别在这里瞎哭，"顾辛烈拍了拍我的头，"斯坦福的本科加麻省理工硕士，姜河你要是找不到工作，我名字倒着给你写。"

"那倒不至于，"我扑哧笑了出来，"就是想认真考虑以后的就业方向，我就是觉得人生第一份工作很重要，算了你们这种学艺术的，说了也不懂。"

顾辛烈扯我头发："有什么不同，你们为科学服务，我们为灵魂服务。"

我忽然觉得他这句话有一种莫名的浪漫。

大千世界，三百六十行，其实都是在为生命服务。

我心情一下子好了许多，将剩下的那截热狗凑到顾辛烈面前，他顺势张口咬下去。

"你别管我，我就是刚刚心情有点微妙，昨天还是个学生，今天就要开始找工作了，一夜长大的感觉。"

顾辛烈似笑非笑："看不出来你还挺多愁善感。"

"嫌我麻烦了？"我斜着眼睛看着他。

"不敢。"他连忙举起双手投降。

然后他举着手，弯下腰，亲了亲我的额头。

毕业之后，我觉得日子反而过得比上学时候还快，我白天在网上投简历、刷题库，晚上和顾辛烈一起去游泳，我水性不太好，顾辛烈一连教我三天，我还只会狗刨。

"顾辛烈！"我瞪他，"你手往哪里放呢？"

他一脸无辜地将手从我的腰上挪开，结果他不松手还好，一松手我就身体往下沉，来不及扑腾两下，嘴里进水，呛得我两眼翻白。

顾辛烈乐不可支，上前抱着我的腰把我拉起来，我觉得他是故意的，我想去踩他的脚，结果没想到一脚踩下去，泳池里的水就没到了我的嘴巴，水面正好同我的鼻子齐平，咕噜咕噜的气泡往上冒。

顾辛烈笑得肩膀一颤一颤："姜河，你怎么这么逗啊？"

我干脆一口气憋住，沉下水里，在他腰上挠他痒痒，顾辛烈喜欢运动，常年锻炼，腰上的肌肉结实，但是又不会像外国人的腹肌一样吓人，是一种少年人的健康。泳池里蓝色的水在他身上萦绕，摸起来凉凉的，十分舒服。

顾辛烈一手将我拎了起来，似笑非笑："别闹。"

也看不出是不是真的被我挠得痒。

这一刻，我忽然十分强烈地感觉到，我很喜欢这个人，我想要抱一抱他，亲一亲他，我想要看到他一直这样笑着。

于是我伸出手，抚上他的眉头。

我们屋外院子里的桃树种子都已经开始发芽了。从土里破出一根纤细的芽，顾辛烈兴奋地拉着我出去看。

微风和煦，门外真的铺了一排树苗，长得歪歪斜斜的，看起来却让人十分有满足感。

"什么时候才能长成小树啊？"

"再等一年半吧。"顾辛烈说。

"那时候我们都回国了啊。"

"可以拜托小区的物业和邻居帮忙照顾一下，不过，"顾辛烈顿了顿，似笑非笑地看着我，"美国的旅游签证可不好办。"

想想也是，每年拒签高居不下。

我忧心忡忡："那怎么办？"

顾辛烈吹了声口哨，指了指自己："如果是已婚人士会方便很多哦。"

我顿时明白他的意思，羞得想拿铲子盖他的头。

我蹲在树苗前认真打量了它们许久，顾辛烈哭笑不得，问我："它们有我好看吗？"

我有些忧伤,不是都说男人的胸襟似海洋吗,为什么我对面这位,就连嫉妒心都可以跨越物种。

"走啦,"他说,"带你出去玩。"

一大早起来,我看到顾辛烈在镜子前整理衣服和头发的时候就想起来了。

"我不太想出去,"我蹲累了,就干脆坐在地上,"就在家里过吧。"

顾辛烈想了想:"好吧,你想要怎么过?"

"给我唱歌吧,"我说,"我好像没听过你唱歌。"

"没有吗?"他垂头丧气,"你读高中的时候有一年元旦晚会啊,我全校独唱好吗,姜河你真的一点都没长心么?"

我这才恍惚地想起来,好像是有这么一回事。

那年冬天算不上太冷,江海没有留下来参加元旦晚会,骑车先走了。我便也提不起兴致,端着凳子坐在班级队伍的最后面,偷偷看漫画书。舞蹈、魔术、武术、合唱……一个个节目过去,我一边打哈欠一边翻着书。

忽然全场静下来,灯光也暗下来,我正好看到女主角哭着跑开的一幕,吓了一跳,以为是停电了,愤怒地抬起头,就看到了舞台上的顾辛烈。

他穿着黑色的衬衫,黑色长裤,头发碎碎地斜下去,他拨了拨琴弦,开始唱。

"怎么去拥有一道彩虹,怎么去拥抱一夏天的风,天上的星星笑地上的人,总是不能懂不能觉得足够,如果我爱上你的笑容,要怎么收藏要怎么拥有……"

他垂着眼帘,看不清五官,但是就是给人一种帅到让人疯狂的感觉,或许这不仅仅只是感觉,因为真的有女生这样做了。

初中部的女生发了疯一样尖叫,此起彼伏:"顾辛烈,我爱你——"

高中部的人看不下去,吹起来倒喝彩的哨声,两队人马立刻掐起来,场面一时混乱起来,好好的一场晚会变成了闹剧。我暗自吐吐舌头,以防被误伤,我赶忙搬着我的凳子往外撤,离开后门的时候,我下意识地往舞台中看了一眼,顾辛烈抱着他的吉他静静地坐在那里,好像是在找谁。

晚会最后极其狼狈地收场,最开始闹事的女生在操场被罚站一整个上午,据说本来学生处主任也想找顾辛烈的麻烦,说他净是歪门邪道,但是反而被校长骂了个狗血淋头。

坐我前方的同学摇头晃脑地感叹,都说红颜祸水,原来这红颜和性别没关系,长得好看就行。

想到这里,我笑起来,我说:"顾辛烈,你看你,从小就爱惹是生非,招蜂引蝶。"

顾辛烈既无辜又幽怨地看了我一眼:"我那时候,还不是就为了博卿一笑。你呢,听到一半人都跑了。"

这么一说,我都有些不好意思了,于是我晃着他的胳膊央求他:"你再给我弹一次吧。"

"哼。"他睁一只眼闭一只眼地斜睨我。

"弹一次嘛。"我撒娇道。

这话一说,我忽然自己都鸡皮疙瘩落了一地。这是我第一次对男生撒娇,我对我爸都没这么黏糊过。

不过没想到顾辛烈对此好像挺受用,他一副有点不耐烦的样子,却已经站起了身,回到他屋里将吉他拿出来。

"要听什么?"他问我。

"上一次你唱的什么?《知足》?就这个吧。"

顾辛烈想了想,清了清嗓子,拨动琴弦,张口唱起来:"你说呢,明知你不在还是会问,空气却不能代替你出声……"

这不是《知足》,可是他看着我的眼睛,我忽然懂了他的意思。

"我不愿让你一个人,一个人在人海浮沉;我不愿你独自走过,风雨的时分;我不愿让你一个人,承受这世界的残忍;我不愿眼泪陪你到永恒……"

他眼睛动也不动地看着我,好像这些年的时光都凝结在了这一眼中。

他在楼下举着扩音喇叭大声喊我的名字。

他每天清晨偷偷塞到我抽屉里的温热牛奶;他举着篮球在操场上问我要不要学。

他站在高中部的楼下装作和我偶遇;他从我身后伸出手取下公告栏的海报。

他骑着自行车带我冲过一个长长的下坡路;他在我留学的第一年圣诞

节给我发来自己制作的贺卡。

他说:"我不愿让你一个人,承受这世界的残忍。"

那一刻,我被感动得心脏都开始疼。

我走上前,抱着他哭了起来。

这下轮到顾辛烈手忙脚乱了,他连忙把吉他一扔:"你别这样,我的礼物还没送呢……"

我声音闷闷地:"我不要了……"

顾辛烈哭笑不得:"真的?"

"真的,"我说,"感动太多,不要一次用光,我们慢慢来。等我们哪天吵架了,你再给我吧。"

"我们不会吵架的。"

"会。"

"不会。"

"会!"

"不会!"

"……你看,这不是吵起来了吗!"

顾辛烈被我气得笑了,揉了揉我的头发,吻上我的额头。

"顾辛烈,"我坐在地毯上,脚心相抵地坐着同他说话,"明年的新年,我们再去一趟纽约吧,去时代广场跨年。"

他动了动眉毛,抬起头看我。

"不觉得很浪漫吗,"我笑着看着他的眼睛,"时代广场又叫什么来着,世界的十字路口?万千人一起狂欢,也许真的会有一种站在世界中心的感觉。而且明年我们就要回国了,以后没有机会了,在美国的最后一个新年夜,总觉得这样过会比较浪漫。"

"好啊。"他笑着回答。

"不知道还能不能看到'世纪之吻'的雕塑啊[1]。"

---

1 1945年日本宣布投降,第二次世界大战胜利,美国举国欢庆,时代广场上一名美国水兵情不自禁抱住身边一名素不相识的女护士,热烈亲吻。这一幕被记录下来,成为二战时期最经典的照片之一,被称为"世纪之吻",后来被做成雕像纪念。

顾辛烈惊讶地看着我:"你没看过?你在加州的时候没去过圣地亚哥?世纪之吻的雕塑是那里的地标。"

"真的吗?"我睁大了眼睛,"我没过去圣地亚哥,那是南加州,我在北加州宅了四年,后悔死了。"

"能有多远,开车六七个小时就过去了。你在加州待那么久,连洛杉矶都没去过?"

我认尽地揉了揉鼻子,想起一件事:"以前我们还约好一起去洛杉矶看NBA呢。"

顾辛烈挑挑眉毛:"你还记得?"

"其实以前都不太记得,"我老老实实地承认,"但是最近我总是在回忆我们以前认识的事,然后就会发现很多一直忽略的细节,和说过的话,然后就慢慢想起来很多事。"

顾辛烈拍了拍我的头:"今年冬天一起去看吧。"

"要做的事好多啊。"我喃喃道。

"这不是还有一年时间吗,而且又不是不让回来了,美国旅游签能有一个月呢。"

"不知道明年是什么样子呢。"我有些期待。

"一定会比现在还要好的。"

顾辛烈伸出手牵起我的手,我们十指相扣,心灵相通。

晚上我忽然觉得肚子痛,我以前生理期只是全身乏力,贪睡,痛起来却还是第一次。或许是因为最近常游泳,有些受凉。

美国人不喝热水,家里连个饮水机都没有,我只好用平底锅烧了一点热水,然后又想起厨房里没有红糖,翻箱倒柜半天,大枣和枸杞也没有。我垂头丧气地用冰糖冲了一杯糖水,蹲在客厅里一口一口地喝。

许是听到了动静,顾辛烈从他的房间里出来,穿着拖鞋和睡衣,看到我蹲地上,被吓了一跳:"姜河,你怎么了?"

我觉得有些不好意思,虽然这么大年纪的人了,美国大环境又十分开放,但是我从来没有同男生讨论过这样的事情。

"没事,"我忍住疼,将手从肚子上移开,"喝水呢。"

顾辛烈瞟了我一眼，走到我面前，轻轻弹了弹我的额头："你去房间里躺着。"

过了一会儿，顾辛烈敲开我的房间门进来，他手里端了一大盆水，切了生姜片放在里面。放在我的床边，为了确认，他又摸出手机看了几眼："嗯，好了，来，泡脚。"

然后他又低下头倒腾手机，咚咚咚地跑出去，又咚咚咚地跑回来，手里拿着棉花递给我："这个你塞耳朵里，好像挺有用。"

我这才明白他在干吗，嘴角忍不住地想笑，老老实实地接过他的棉花，发现是湿的："怎么是湿的？"

"噢，泡了酒精。"

"你哪里来的酒精？"我疑惑地问。

顾辛烈看了我一眼，没说话。

"你不会是用厨房里的料酒拿来泡的吧？"我将棉花凑到鼻子边上闻了闻，很大一股酒的味道。

"不是，"顾辛烈咳嗽了一声，不情不愿地回答，"储物柜里不是还有一瓶威士忌，啊。"

我顿时无语了，天雷阵阵。我默默地看了看手中用威士忌泡过的棉花，顿时觉得肚子一点都不疼了。

我心疼得好半天才缓过来："你不喝的话，给我喝啊！"

顾大少却一点没听出我语气里的嘲讽，他点点头："好啊，等过几天你身体好了吧。"

我哭笑不得："那你给我留着啊。"

我洗完脚，就躺在床上休息，顾辛烈在我的书桌前用电脑画设计图，他放了一首英文歌，*Young and Beautiful*（《风华正茂》）。

I've seen the world 看过繁华

Done it all, had my cake now 历尽沧桑，人已老

Diamonds, brilliant, and Bel-Air now 金钱，成就，如过眼烟云

Hot summer nights mid July 仲夏午夜 疯狂的你我

When you and I were forever wild 疯狂的你我

The crazy days, the city lights 放纵的日子，城市的灯光
The way you'd play with me like a child 我们孩提般的嬉戏
Will you still love me when I'm no longer young and beautiful
当我青春不再，容颜已老，你是否还会爱我
Will you still love me when I got nothing but my aching soul
当我一无所有，只留悲伤，你是否还会爱我

  歌声流泻，我们谁都没有说话。忽然我的手机铃声急促地响起，打破了这份宁静。
  我看了看来电显示，竟然是惜惜，她很少主动给我打电话。
  我接起电话："惜惜？怎么了？"
  她并没有立刻说话，不知道为什么，我有一种感觉，我觉得她此时应该是在外面，或许是海边，或许是沙滩上，她正在吸烟。
  "没什么，"她说，"我和John解除婚约了。"
  我愣住："怎么回事？"
  "不关他的事，是我提出的。"
  "为什么？"我十分不能理解，"你疯了吗？"
  "嗯，"她不咸不淡地"嗯"了一句，"我也觉得我疯了。我这二十多年，每天拼命努力，不就是为了成为人上人么。我来美国不就是为了找份工作、拿到身份，至少让我的后半生、我的孩子能够不比人矮一等的生活么。灰姑娘的故事，谁不想啊，而且我还是一个这么势利、功利的灰姑娘。"
  说到这里，她顿了顿，她说："姜河，我想我真的是疯了吧。"
  "惜惜，你别这样说。"
  "他白天的时候给我打了一个电话，中国已经是凌晨了。他好像喝了酒，他在电话里说，惜惜，你别结婚了。"
  我忽然意识到，何惜惜口中的"他"并不是John。
  "我心痛得要死掉了，克制不住自己，最后我跟John摊牌，说我们分手吧。"
  我脑子里一团乱，根本抓不住重点，只能胡乱地问："他是谁？在中

国？你要和他结婚吗？那你的工作呢？"

何惜惜轻声笑，像是在自嘲，她说："你见过的。"

"……玛莎拉蒂？"

何惜惜没说话了，我知道自己猜对了，但是我实在想不起对方是什么模样了。

"我想过了，没有绿卡就算了吧，我还剩一点时间，再找找工作，实在找不到，回国也行，我这个专业，回国发展其实更好。"

"可是，你父母不是一直想要你留在美国吗……"我顿了顿，"他在中国？"

"嗯，毕业就回去了，"何惜惜可有可无地应了一声，那头有金属的声音，我下意识觉得那是打火机的声音，然后她有些不耐烦地说，"和他无关。他不爱我。我们只是朋友。"

我简直不能接受："你就为了一个不爱你的人，一句不要结婚，就把好好一条康庄大道全毁了？John很爱你！"

"唔，"她好像猜到我会这样说，"你是不是觉得，这不像是我会做出的事？"

"正常人！普通人！都不会这样做！你说……你图什么呢？"

"我也不知道，"何惜惜声音低低的，好像是在笑，她说，"姜河，这是我一生中，唯一一次任性。"

我忽然说不出话来了。

以前我总说赵一玫是性情中人，可是或许真正的性情中人，是像惜惜这样的。

"我是在新生晚会上认识陈烁的，你还记不记得，我当时刚刚下飞机，被你们拖去。周围人都穿得很正式，我一个人蹲在角落里吃纸杯蛋糕，他问我能不能和他跳一支舞。你知道我第一眼看到他受到多大冲击，他是那种，我一辈子都成为不了的人，衣冠楚楚，玩世不恭，连骨头都在喧嚣。"

"那种震撼，就是一个，你最厌恶、最想要成为、最不可能成为的人，站在了你的面前。"

她爱他，犹如世人爱主。

"我并不是那种，一定要寻找真爱，一定要嫁给所爱的人，实际上，如果不是那通电话，我可能会没有什么遗憾地嫁给John。可是他对我说，不要结婚，我一下子就发现我做不到。"

"他不爱你！他有什么资格管你结不结婚，你跟谁结婚？"

惜惜又没有说话了，隔了好久，我觉得她大概已经抽完了一支烟，她才淡淡地说："姜河，你记不记得，我曾经说过，你是我们三个人中最幸福的。我真心希望，你能够一直幸福下去。"

我握着手机，凝视顾辛烈的背影，书桌前的台灯在他手边显得很小，他认真地在画着设计图，关掉了音乐的声音。

"嗯。"我小声地应。

"替我向顾辛烈问好，你那边都是晚上了，早点休息吧。"

"等等，"我皱着眉头，忍不住问，"你和他，叫陈烁是吗？你们真的没可能？"

何惜惜轻笑了一声，挂掉了电话。

挂了电话之后，我还没真的回过神来。

"顾辛烈。"

他转过头来："嗯？"

"刚刚惜惜给我打电话，让我替她向你问好。"

他点点头："你肚子还疼吗？"

我这才想起自己生理期的事情，摇摇头，顾辛烈看了我一眼，重新把音乐放起来。

Will you still love me when I'm no longer young and beautiful

当我青春不再，容颜已老，你是否还会爱我

Will you still love me when I got nothing but my aching soul

当我一无所有，只留悲伤，你是否还会爱我

I know you will, I know you will

我知道你会，你会

I know that you will

你会的

"怎么了？"他问我。

我望向顾辛烈的眼睛，想到惜惜的那一句"希望你一直幸福下去"，我笑起来："我第一次发现，你的眼睛比天上的月亮还要明亮。"

他被我莫名其妙地夸了一句，有点不明所以，但是还是脸皮忒厚地应下来："想夸我英俊就直说啊。"

我翻了个白眼，转过身："我要睡了，你哪边凉快回哪边去。"

我浑浑噩噩地找了一周的工作，基本上投递的简历都有回应，大多数公司都与我定下电话面试，结果这天我起床，同往常一样一边吃早餐一边刷开邮箱，收到了两封新的邮件。

我点开来看完，忍不住叫了一声。

因为是周末，顾辛烈没有去图书馆，他把耳朵堵上，塞了一块曲奇到我嘴里："大清早的，精力充沛啊姜河。"

"我收到两个ON SITE（现场面试，美国公司通常会提供来回机票以及酒店）的面试，"我一口将曲奇吞下去，差点没被噎死，"你知道是哪两个公司吗？"

顾辛烈被我逗乐了，连忙过来拍我的背："ON SITE？"

"一个在西雅图，亚马逊总部。一个在硅谷，INTEL（英特尔）总部。"我得意地冲他抛了个媚眼。

"可以啊姜河。"顾辛烈笑着揉了揉我的头发。

"都挺好的，两个公司在中国都有分部，"我想了想，"但是面试时间有点冲突，我只能选一个。"

"那你怎么想的？"

"唔，亚马逊的这个工作，偏软件架构一些，是我个人比较倾向的职业发展，而且我一直挺想去西雅图旅游一次的。但是做为一个学EE（电气工程）的，INTEL对我的吸引力更大……SAN JOES（圣何塞，美国加利福尼亚西部城市，硅谷所在地）离旧金山很近，我挺想回一趟旧金山，第一是我本来就很担心惜惜，想陪陪她。第二是我的马在那里孤零零的都两年了，比起西雅图，我对旧金山更有感情。"

顾辛烈笑了笑："那你就去英特尔吧，职业发展和面试岗位你可以同面试官沟通。西雅图离波士顿又不远，找个周末就可以一起去。"

我忽然发现原来顾辛烈还有这样的一面，当年那个坐在劳斯莱斯里不可一世的小屁孩，也能够说出"职业发展和面试岗位你可以同面试官沟通"这样的话。

我想了想，觉得自己确实更想要去英特尔，便迅速吃掉了早饭，把笔记本搬到客厅，准备分别给两家公司回复邮件。

"等等。"顾辛烈忽然抬起头，用一种诡异的眼神看我。

"干吗？"

"你笨死了，不会发邮件给亚马逊说把时间挪后吗？"

我恍然大悟，我还真的忘了有这茬，于是我连忙改掉邮件内容，同对方另外约定了面试时间。

两天后，我出发去加州，只带了一个可以随机的小行李箱。装了几件衣服和护肤品，顾辛烈笑嘻嘻地凑过来问我："要不然把我一起打包带走吧，给你当吉祥物。"

"这么大个人，怎么塞啊你，大卸八块呢？"

顾辛烈委屈地看我一眼，然后说："要不拍张我的照片吧，想我就拿出来看看。"

"你怎么那么不要脸啊，我三天就回来。"我哭笑不得。

顾辛烈却不依不饶，拿出手机，把头凑过来："看镜头，笨。"

咔嚓一声定格，照片有些糊，我眼睛看着镜头，他却转过头看着我。我和顾辛烈其实都不是喜欢自拍的人，在一起连合照都没有几张。

我穿了一身特意去买的正装，黑色的半裙，在美国很不容易才找到的小坡跟单鞋，把头发盘起来，从镜子里看起来成熟了许多，但还是掩不住的青涩，何惜惜曾经说过，那是因为我被人保护得太好。

我用手擦了擦手机屏幕，想了想："你看我头发都睡得卷起来了。"

顾辛烈似笑非笑地伸手帮我扯了扯头发："那重拍？"

"算了就这张吧，等我回来再拍。"

顾辛烈将我送到机场，我忽然想到两年前，我狠狠地从旧金山逃来波士顿，他开敞篷跑车停在门口等我，吃了五张罚单。

"你乐什么？"他瞥我一眼。

"没，我就是觉得，命运真的很奇妙，兜兜转转，是你的就是你的，不是你的，怎么强求都求不来。"

顾辛烈笑着拍了拍我的头："快进去吧，你去西雅图的时候我要是学校没事，陪你一起去。"

我点点头，推开车门走了几步，回过头，哭丧着一张脸："我饿了。"

顾辛烈哭笑不得："等会去星巴克买个蛋糕吃。"

我不甘心地瞪他，他还是笑："好啦，快去，回来给你做糖醋排骨。"

"你做的能吃吗？"

"吃白食还挑三拣四。"

我不服气地"哼"了一声，拖着行李箱哐当哐当走了几步，又回过头："还要一份土豆烧牛肉啊。"

"撑不死你。"

顾辛烈似笑非笑。

在公司的安排下，我在SAN JOSE的一家酒店住下，这天夜里，北加州下了一场雨。我的面试进展不错，因为我没有什么思想包袱，所以也不太紧张。面试官也是斯坦福毕业，和我算是校友，一直面带微笑，风度翩翩的样子。

临走前他同我握手，他的眼睛是深蓝色，这让我想到了我的导师，他们有一双同样纯粹的眼睛。

我曾经在一本专业书的序中看到过一句话，"Great programmers are born ,not made.（真正的程序员是天生的，而非造就的。）"，这才是真正的程序员，敏捷而发散的思维，头脑里有一块高速运转的CPU。

他们在改变世界，创造世界的规则。

离开公司的时候，天还在下小雨，我同惜惜商量好了，她要处理一下住房的事情，处理完后开车来找我，晚饭是赶不上了，大约得到午夜十二点。我白白空出许多时间，便去马场找河川。

远远地便听到几声马嘶，马场里养了很多马，没那么巧会是河川。两年没见，大概它已经不认得我了，说起来，其实我和它之间的相处很少。江海把它送我的时候，已经是大三的暑假，我有一段时间每周都会去马场，然后呢，然后我好长一段时间没有去，再次出现的时候，从马背上摔下来，它前蹄高高扬起，悲恸地嘶鸣。

没想到马场的工作人员还记得我，笑着同我打招呼，问我腿伤如何。

我笑着告诉他们并没有落下什么后遗症。对方很开心，告诉我说："你刚刚走的时候，河川情绪很低落，瘦了许多，一点儿阿拉伯骏马的威风都没了。好在后来你男朋友常常来看它，它现在健康得很，正值壮年。"

我愣了愣："我男朋友？"

"是啊。"工作人员点点头。

我满脸问号："可是我男朋友在波士顿啊。"

"啊？他不是你男朋友？"对方瞪大了眼睛，"你们以前不是总一起来马场吗，他的马也在这里。"

我苦笑，我知道他说的人是谁了。

我还没来得及解释，对方又天外飞仙地来一句："对了，他今天也来了马场，我记得还没走呢。"

我被狠狠吓了一跳，刚刚抬起的脚条件反射地缩了回来，赶忙躲进工作室里。对方莫名其妙地看着我的反应，我皱着眉头在心底犹豫，我怕什么呢，我又没欠江海钱，干吗躲起来。这样想着，我才重新挺直了背，走出去。

可是，好像也没有什么见面的必要了。想到这里，我又犹豫起来，觉得或许我可以换一个时间再来。

就在我踟蹰间，忽然眼前一个高大的阴影盖下来，我听到一道淡淡的男声："姜河。"

我缓缓地抬起头。

他垂下眼静静地看着我，两年不见，他好像一点没变，又好像哪里都变了。

我正准备出声，忽然一阵马鸣，他身后的河川嘶鸣着奔到我面前，一双圆而清澈的眼睛看着我，不住地用头顶我。

我一下子有些想哭，用手不断抚摸河川的头："抱歉啊，河川，把你扔在这里。"

这却恰好化解了我心头的尴尬，我调整好情绪，自然而然地抬起头看向江海："好久不见。"

他可有可无地"嗯"了一声，我又不知道该说什么好了："听说你常来照顾河川，多谢你了。"

江海微微蹙眉，看着我，一阵沉默之后他才终于开口："你怎么在这里？"

"噢，接到一个面试，在硅谷，面试完了我就想过来看看河川。"

他猛然看向我："你在找工作？"

"嗯，"我这才想起，江海大概一直以为我会读Ph.D，我笑了笑，"五月份毕业之后，打算找找工作，OPT（专业实习）结束可能就回国了。"

江海怔怔地看着我，黑眸似夜，我不知道他在想着什么。

或许就像我的导师一样，对我感到很失望吧？

他再次沉默，我笑着转移了话题："好久没有骑马了，不知道会不会生疏。"

"你想骑吗？我在旁边保护你。"他回过神来。

"不用那么麻烦，我就骑着闲逛两圈。"

江海不容我拒绝，去牵来他的马，他的马也是一匹黑马，其实我不太分得清每匹马的模样，但是我可以一眼在一大群马中找到河川。

午后四点，正是旧金山最惬意的时间。马蹄声嗒嗒，马场一片宁静，我挺直背脊，享受着这片刻的舒适。江海依然不怎么爱说话，我便随意给他说了说面试的情况，然后赞扬了一句INTEL总部高档大气。

江海好像没有在听我说话，隔了一会儿才忽然开口问："顾辛烈，是这个名字吧？"

我被吓了一跳，江海应该是不认识他的，况且没头没脑的，他为何突然提到这个人？

"多多少少记得，"他回答我，"六年前出国的那天，他来送你。"

"噢，"我点点头，"嗯，他后来也来美国了，在波士顿，念的城市规划。"

江海点点头，傍晚的余晖落在他的肩膀上，他抿着嘴，看着远方，像个年轻的贵族。

离开的时候，我从河川身上侧身翻下来，不停地抚摸它的头发。然后我深呼吸一口气，对江海说："河川就拜托你了。"

他静静地看着我。

"我没有办法把它带回波士顿，而且明年我也要回国了，"我说，"我永远会记得它，和我的十八岁生日。对不起，收了你的礼物又要还回去。"

"没有关系。"江海淡淡地说。

走出马场，江海说送我回去，正好到了晚饭时间，我也不想大费周章地订车，便和他一起走。他的车没有换，还是那辆雪佛兰的黑斑羚。产自1967年，到如今已是无价，美剧《邪恶力量》里男主角开着这辆车驰骋在无人区，迷倒千万少女。

"你知道吗？"我笑着说："我学会开车了，拿到驾照第一天，开车撞了棵树。"

江海弯起嘴角淡淡地笑。

我觉得气氛轻松了不少，挑了一些自己的糗事同他说。他车里连放的歌都没有变，熟悉的古典乐在耳边响起，我忽然又想起了大二那年的冬天，我们三天三夜一起挑战数学建模的日子。

我忽然遗憾地想到，要是顾辛烈能同我一起来就好了。他是学城市规划的，我一定要带他去看看旧金山著名的九曲花街，38度斜坡，开车从上面冲下来，活生生一部生死时速。

但是我最爱旧金山的，还是渔人码头和金门大桥，渔人码头此时应该已经空空荡荡，好在还有金门大桥，它在夜里一样宏伟美丽。

想到这里，我开口说："江海，可以绕一点路吗？我想去拍几张金门大桥的照片。"

他看了我一眼，点点头。

汽车在下个路口更改路线，夜幕降临，我们驶上高速。

"对了,"江海忽然开口道,"你的裙子买到了吗?"

我一脸迷茫:"什么裙子?你在和我说话?"

他没有回答我。我皱着眉头苦思冥想,忽然灵感一现,知道他是在说博客的事,惊讶地张大了嘴巴:"你,你怎么知道是我?"

他想了想,大概在思考如何告诉我这一过程,最后他只是说:"并不是很难。"

确实不难,他查过我的IP地址,可以定位我的学校,再稍微联想一下便知道是我。只是不知道他是何时发现的,他不再更新日志,难道也是这个原因?

"……抱歉,我不是故意的。"我讪讪向他道歉,"我后来才知道是你。"

"不用道歉,"他说,"姜河,你并不需要总是向我道歉。"

"嗯,其实我正好前段时间在看密码论的东西,才猜到了是你。你毕业之后有什么打算?"

"本来是想要留下来的,不过,"江海顿了顿,然后苦笑了一下,轻道,"没什么。"

我这才想起田夏天在一年前就应该毕业了,于是我问他:"夏天回国了?"

一张CD放完,在切换下一张碟的空隙,车子里静悄悄的。

隔了一会儿,他才开口,轻声说:"姜河,我从来没和她在一起过。"

我震惊得说不出话来。这种感受,就像多年前冥王星被开除出九大行星的时候一样,一个你以为了很久很久、当作习惯的东西忽然被打破,有人告诉你,不是这样的,你错了。

"你们怎么了?"

江海欲言又止,转过头来看了我一眼,再转回去,口气依然平淡:"我们什么都没有。"

"别开玩笑了……"

"我没有开玩笑,"他认真地说,"姜河,我——"

下一秒,他的声音猛然截断。对面一辆跑车以超过八十迈的速度向我们冲过来，电光石火，根本来不及避让。

江海反应很快，立刻踩下刹车，可是高速路上车速太快，对方似乎还在加大车速，车灯几乎能刺瞎我的眼，在两车相撞的前一刻，江海猛然将方向盘向右打死，车轮朝我的方向扭到极限，我根本顾不上尖叫、顾不上面对死亡——

巨大的撞击声响起！安全气囊在瞬间被挤爆，我身体受到猛烈冲击，意识瞬间模糊，过了几秒后我回过神来，车身九十度侧翻，我浑身剧痛，我侧过头，看到倒在血泊中的江海。

那几乎是我这一生中，所见过最严重的伤，和最多的鲜血。

我的眼泪瞬间涌起来，我嘶哑而绝望地喊："江海！！"

许多人围上来，噼里啪啦地说着一大串英文，我什么都听不见，我一动不动，不停地叫着江海的名字。有人试图将我从车里救出来，我知道这是为了以防车子爆炸，此时车内温度很高，我想地狱也不过如此。

直到救护车开来，我被抬上担架，江海都没有醒过来。

这不是真的。

这不会是真的。

我挣扎着要从担架上坐起来，身旁的医生不断地说着什么，我目眦欲裂，发疯一样地叫起来，伤口疼痛得像是要凌迟了我。这时，身边的人在我手臂上注射了一管药剂，我的意识又昏沉沉地模糊下去。

等我醒过来，第一眼看到的是病房的天花板。我身体有些麻木而沉重的疼，第二眼看到的，竟然是田夏天。

我其实对她的脸印象并不深刻，两年没见，再加上我此时头脑还不清醒，所以我并没有认出她来。

"你还好吗？"她问我。

我不知道这算是好还是不好，不过还是自然而然地点了点头。

"你的手臂有中度骨折，不要乱动，没什么大碍。"

我嗓子干燥得要枯掉，说不出话，我也不敢问，不敢开口，悲伤和恐惧一齐涌上心头。我只是直直地看着田夏天。她好像知道我想要问什么。

"江海正在进行第二次抢救手术。"

一时间,我不知道该说什么好。

田夏天别过头,过了一会儿,才很轻、却极冷地开口:"姜河,你为什么要回来?"

"你既然离开了他,你既然两年都不曾回来过一次,你既然这样狠心,你为什么、为什么要回来?"

我睁着眼睛,眼泪顺着脸颊流到枕头上。

第二次手术结束,原本以为江海暂时脱离危险期,没想到到了夜里,他病情再次反复,又重新送去ICU(重症监护室)急救,他的情况不容乐观,颅内血块堆积,体内器官也严重受到破坏。田夏天毫无保留地将医生的话原封不动地转告给我。

听到这句话的时候,我在她的陪同下,打着厚厚的石膏去江海的病房探望。重症监护室不允许陪同,唯一一次的探病机会还是田夏天以我是伤员的身份争取来的。我的腿部旧伤复发,一直很疼,医生说休养一段时间可以恢复。

我们站在他病床的几步以外,他戴着氧气面罩,一旁心电图反应微弱,偌大的房间,静得森冷。

田夏天转过头,认真地问我:"躺在这里的人,为什么不是你?"

这不是我记忆中的田夏天。我记忆中的她,穿着简单的T恤,扎着高高的马尾,脸庞素净,笑着对我说,没零钱的话下次补给她就好。

可是此时,她冷冷地看着我的眼睛,问我,躺在这里的人,为什么不是我。

我喉咙微动,没有说话。

"对方酒后驾驶,副驾驶座本来就是事故率和死亡率最高的位置,所以无论如何,受伤的那个人都应该是你,"她一字一顿地分析,"姜河,你知道为什么,躺在这里的人不是你吗?"

我闭上眼睛,睫毛微动:"我知道。"

因为在生死的刹那,江海猛然将方向盘向右打死,他替我,挡了上去。

田夏天的眼泪唰地一下突然落了下来,她看着我的眼睛,她激动地说:"你什么都不知道!他有多爱你,你根本就不知道!"

我想起来了,事故的前一秒,江海看着我的眼睛,说:"姜河,我……"

我摇头:"不是这样的,夏天,你冷静一点。"

"他根本就没有喜欢过我,是我一直在找他、与他合奏、给他做菜,全部都是我的一厢情愿。在他心中,我只是朋友,和性别无关,周围所有人在江海眼中,都是没有性别的人而已。只有你,姜河,只有你,是特别的。你为什么不给他时间,让他意识到那就是爱?"

我觉得心里难受得很,我觉得她在骗我。

我低声说:"我有,我走的时候,曾经向他坦露心迹,是他亲口拒绝了我。"

田夏天忽然冷静下来了,她用一种很复杂的眼神看我,然后她说:"那是因为你哭了。"

"因为你哭了,所以他向你道歉。"

整个世界的光好似在这一瞬间退却。

这个迟到太久又无比残忍的真相在这一刻揭开来。

"你去了波士顿,就只剩下他一个人。他过得一点都不好,就像是一个人活活被卸去了心。波士顿地震的时候,他一直在给你打电话,可是根本打不通。他后来专门飞去波士顿找你,他说看到了你,你过得挺好,你有了男朋友——"

"姜河,就算你不再爱他,就算你放弃了他,可是姜河,你为什么还要回来?"

在田夏天咄咄逼人的追问下,我终于近乎崩溃地哭了出来。

脑海里一幕幕飞逝而过,最后定格的,却是我为了让顾辛烈开心,笑着转过头问江海:"能不能绕一点路?我想去拍几张金门大桥。"

我多么想回到那一刻,我宁愿献出我的所有,让时光流转,让我回到那一刻。

再下一幕,对方的车灯近在眼前,江海沉默着猛然将方向盘打死,两车粗暴地相撞。

眼前全是江海的鲜血,我从来没有想过一个人原来有那样多的血。

"江海、江海……"

我悲痛欲绝，身体承受不住悲恸，整个人晕倒过去。

田夏天一把扶住我，慌忙地叫来护士，将我送回了病房。

医生给我输了葡萄糖，我的心悸才稍微缓和下来。这时，有人敲开病房的门走进来，我抬起头，竟然是惜惜。

"你……"

"打你手机关机，一直联系不上你，我查了最新的当地新闻，高速公路有墨西哥人酒后飙车造成两人受伤，"她顿了顿，说，"江海的黑斑羚特征太明显，想不知道是你们都难。"

我苦笑："别担心，我没事。"

何惜惜没理我，径直走到我的病床前拿起我的病历看，然后松了口气。

"江海呢？"她问。

我低下头，没有说话。见我这副模样，何惜惜大概也猜到了江海的情况不好，她转过头问田夏天："你是？"

"田夏天，我是江海的朋友。"

何惜惜不认识田夏天，但是从我口中听说这个名字估计都得听腻了，她点点头："女朋友？"

"不是，朋友而已。"田夏天平静地回答。

我觉得，我和江海形影不离的那十年里，我都没有办法如此坦然地说出"朋友而已"。

何惜惜十分疑惑地看着我，似乎想问这到底是怎么回事，我皱着眉头，不知道如何向她解释。

"所以，你是在马场遇到了江海？"何惜惜开始分析起来，"如果是这样，你们的车怎么会在那条路上，那不是你回酒店的方向。"

我闭上眼睛，那撕心裂肺的一幕又在眼前重现。

我深呼一口气："我想要去金门大桥，所以我们临时换了路线。"

"所以，"田夏天一步走到我的面前，平静地看着我，我甚至觉得她在微笑，"所以，如果不是你，他根本就不会出现在那里，对吗？"

何惜惜似乎察觉到了什么，很快挡在了我的面前。

"对。"我说。

"你少说两句！"何惜惜马上回过头来吼我。

田夏天眼圈发红，我能够明显地感觉到她的愤怒，那种恨不得杀了我的愤怒。

"姜河，为什么、躺在那里的人不是你？！"

这是她第三次问我这个问题，她每问一次，就像在我心头捅上一刀，或许我等待的，就是这样血淋淋的一刀，我就是想要让自己痛不欲生。

因为我也想知道，为什么，那个人不是我。

田夏天情绪失控，何惜惜好不容易才将她拖了出去。等何惜惜回来的时候，我靠在床头，低着头，何惜惜叹了一口气："姜河，你别难过了。"

我难过什么？我四肢齐全，安然无恙。

见我不说话了，何惜惜也沉默了一会儿，然后又忍不住担心我："姜河？你没事吧？"

"没事，"我淡淡地开口，"把你手机借给我一下，我手机被撞坏了。"

何惜惜将手机递给我，我摩挲着键盘，过了几秒钟，调整好自己的状态，拨了一串连我自己都不知道我何时背下来的电话号码。

"Hello？"顾辛烈很快接起了电话。

我捏紧手机："是我。"

他松了一口气，凶巴巴地吼我："你跑哪儿去了？联系不上你，手机关机。"

"抱歉害你担心了。"

"……没事就好。你面试如何？"

我没说话。

"姜河？"

"嗯，"我说，"我现在在医院，路上出了一点小事故，不过已经没什么大碍了。你不用担心我，面试也没问题。"

顾辛烈简直要疯了："什么叫出了点小事故，什么叫不用担心？你——"

"不用担心，真正有事的人还在重症监护室，昨天第三次抢救到凌晨，还没有脱离危险期，头颅出血，器官破裂。"

顾辛烈没说话了，静了一会儿，他轻声问："是江海吗？"

我握着手机，虽然很疑惑，但是不得不点点头："是。"

他又沉默了，隔了一会儿说："姜河，你等我一下，我马上来旧金山。"

我摇头制止他："不用了，我……想静一静。"

"姜河，"他好像猜到我会这样回答，他说，"你记不记得我以前给你说过，我来美国，只是为了在你需要的时候，能最快出现在你面前。"

我觉得很累，但是又很感动。

我低着头，空出来的一只手捏着被子的角，我说："真的不用了，惜惜陪着我，我心情不太好，你别过来了，过来了要吵架。"

"……"我觉得顾辛烈都要无语死了，他深呼吸一口气，"姜河，你别闹了，乖。"

"我说真的，"我说，"你别过来。"

顾辛烈没有说话，我握着电话，知道他还在，我一咬牙，挂掉了电话。

何惜惜在一旁接过手机，我低着头，她问我："他说要来？"

"嗯，我让他别来了。"

"为什么？"何惜惜吃了一惊。

我认真地想了想，然后坐正了身子抬起头看着何惜惜说："惜惜，你知道吗？车祸之后我醒来的第一反应，就是想要找他，想要知道他在哪里，想要看到他在我身边，"我轻声说，"后来田夏天跟我说了很多事，出事之后，你还没有看到过江海吧？他在我印象里，一直是干干净净，虽然有点冷，不太爱笑，但是……他一直都是一个完好的，活生生的，很生动的一个人。可是那天他躺在重症监护室里，戴着氧气面罩，旁边心跳监护仪的波动都快接近直线……我觉得这一切肯定只是一个梦。"

"田夏天问我，为什么那个人不是我，其实我宁愿那个人是我，真的。"

"这一次,我想试着自己去承担一些东西,自己站起来,自己勇敢一点,坚强一点,我不想再被人保护着,"我说,"我在美国认识过一个华人女孩子,跟着母亲移民过来,才十九岁,想要学医,但是在美国医学院的学费太贵了。她自己打工赚钱,每天去沃尔玛上夜班,和人高马大的美国人一起搬货物,在冷冻柜前被冻得浑身疼,连吃饭的时间都没有。她长期胃疼,但是为了不影响工作一次假都没有请过,一个小时只有七刀的工资。和她比起来,我真的觉得自己抬不起头,我已经二十二岁了,硕士都毕业了,一遇到事情,脑海里第一反应却还是去依靠别人。"

"我听过一句话,How can you be brave if only wonderful things happen to you(如果你的生命中只有好事发生,你又如何能变得坚强),这次事故,虽然不是我造成的,但是我觉得和我有很大的关系,所以这一次我不想再靠别人了。"

何惜惜沉默了很久,然后说:"姜河,我觉得你变了。"

我吃力地抬了抬打着石膏的手臂,苍白无力地笑了笑。

"你比以前,也不是懂事,就是,沉静了很多。我刚刚认识你的时候,你整个人都是很简单的,一两句话就可以形容完你这个人,智商很高,很坦率真诚,天天跟在江海身后跑。后来冒出来一个田夏天,你的反应也很简单,你觉得既然不能继续喜欢这个人了,那我就要离开他,因为待在他身边我很难受,我要忘记他,所以你就走了。"

我的目光落在窗户边的植物盆栽上,继续听她说。

"后来,你去了波士顿,有一段时间你挺消沉,然后渐渐地整个人又开朗起来了。我在盐湖城见到你那次,就觉得以前的姜河回来了,但是还多了一点东西,嗯,自信吧,就是那种真正的自信,可以去真正规划自己人生,思考自己未来的自信,因为你是被人爱着的。然后这一次,要是换成以前的你,肯定抱着我一直哭,可是你没有。"

我说:"每个人都会长大的。我们所经历的事、认识的人、周围的环境,它们都会使我们长大。"

何惜惜点点头:"每个人都会长大。"

三天后,江海的生命体征渐渐稳定,大大小小手术做了无数。所有人都松了一口气，医生告诉我们，最危险的时期已经过去，但是不能保证死亡的概率降低为零。我们通知了江海的父母，可是因为还要办理签证，他们并不能及时地赶到。

她母亲在电话里同我说："抱歉，给你添麻烦了，江海就拜托你照顾了。"

我心中有愧，只剩下哽咽。

医生问："谁是病人家属？"

田夏天没说话，我坐在病床上："我是。"

医生严肃地告诉我，就算是无性命之忧，后续的康复也十分艰难，他颅内有血块堆积，中枢神经也已经被浸透，器官受损严重。他有过许多类似病例的治疗经验，建议不要轻易唤醒病人。

他英文说得很快，很多专业的名词我并不能完全听清楚，好在我这几天一直在看医学相关的书籍，他的话，我能懂个大概。

我不住地点头，脑子里只有一个念头，江海平安就好。

哪怕他失忆了、残了、瘫痪了，哪怕他不能再醒过来。

只要他还活着。

田夏天毕业后在旧金山找到一份会计的工作，等江海度过了最初的危险期后，她就回去工作了，每天下班后来医院待一会儿。江海的病房不允许每天探视，很多时候，田夏天只是来我的病房里坐坐。我们之间的关系十分奇怪，聊天也没法聊起来，我床头摆了一大摞医学方面的书，我埋头看书，她也在做自己的事情。

她每次离开之前，会给我削一个苹果，分好放在盘子里，然后招呼也不打一声就走。

我觉得她依然恨我，只是这恨里，没有什么乱七八糟的、不甘心、嫉妒或者是恶毒，她只是恨我，恨我致江海于这般境界，恨我没有将她的心上人好好相待。

每次田夏天走后，我都会慢慢地将那盘苹果吃完，这些天，流的泪太多，整个人快麻木了，唯独心还是会痛，被人鞭挞一样的痛。

为了方便照顾我，何惜惜在医院住了下来。其实此时我腿伤已无大碍，手臂缠上石膏，只是有些不方便。我的背脊和腰部的伤留下的后遗症只是不能久坐，医生说多运动运动，慢慢都会好起来。

我收到INTEL的OFFER，我在邮件中如实告诉了他们我的情况，对方立刻向我表达了关心，并且告诉我会给我保留职位，直到我身体康复。

其实按照我原本的计划，我会选择拒绝这个OFFER或者是申请派遣回他们在上海的分公司。可是没有想到，一夜之间，天翻地覆。

我现在有了不得不留在美国的原因。

收到OFFER之后，我拒绝了亚马逊的面试，发完邮件后我才闷闷地想，我同西雅图这座城市，大概真的很没有缘分。两次准备出行，第一次赵一玫同南风分手，第二次，我和江海遇上车祸。

与此同时，何惜惜的签证即将过期，她已经放弃了留下来的打算，买好了不久后回国的机票。我也是在这个时候，看到了陈烁的照片。

何惜惜从他FACEBOOK的相册里找到的，是他在亚利桑那州的大峡谷拍摄的。日落时分，他坐在红土的山坡上，双腿分开，两手闲闲地搭在膝盖上，棒球帽反扣，对着镜头痞气地笑。

他头顶一片火烧云，映衬得大峡谷的景色气势磅礴。

一看他就是天之骄子，呼风唤雨习惯的人。

"你镇不住他，"我想了想说，"赵一玫说不定可以。"

何惜惜笑了笑，说她也这样想。

两天后我出院，搬去何惜惜住的酒店。准备开始在旧金山找房子，我的东西全部留在波士顿，还好身上有张信用卡。

我知道我必须回波士顿一趟，除去主观的因素，我的身外之物全部在那里了。美国的医疗费简直高得吓人，肇事方也在医院昏迷着，关于赔偿的纠纷目前也没办法说。虽然事故是对方的全责，医疗费等费用肯定保险公司全赔，但是最初救急的费用还得先自己垫。江海的父母从国内打来一大笔钱，但是手续处理需要七个工作日，我的信用卡额度根本不够刷。

最后还是田夏天从江海的钱包里找到他的银行卡交给我，上面一大团黑色的血迹，我拿着他的银行卡也不知道怎么办，塞进ATM机里，先试了他的生日，密码错误，这完全在我预料之中，江海绝对不会是那种把自己生日设为密码的人。

187

然后我想了想，抱着"随便吧"的想法，试了试自己的银行卡密码，居然对了。

我啼笑皆非，因为我的密码，就是自己的生日。

这五天来，我根本没有胃口吃东西，每天靠着输葡萄糖过活，整个人都十分虚弱。好不容易被顾辛烈每天晚上夜宵伺候着长起来的小肚腩，一下子消减下去了。

想到顾辛烈，我觉得五脏六腑都在疼，我蜷缩在地上，难受到想吐。

我渴望见他，可是又不知道该如何去面对他。

他有权知道我为什么会和江海在一起，有权知道事故究竟是如何发生的，有权知道我的伤势和我的想法。

所以，我又巴不得再晚一点儿见他。

第十一章　我们已经活在两个世界，各不相干

姜河，继续向前走吧。不要难过、不要回头。愿你所愿，终能实现。

　　第二天我醒来，拜托何惜惜开车载我去了一趟圣玛丽大教堂。这座旧金山地标式的建筑物，据说是贝聿铭大师的设计作品之一，被人反反复复地提起。我记得顾辛烈曾给我提过一次，他查阅过许多资料，最终确定圣玛丽大教堂并非是贝聿铭大师的作品，估计连教堂的神父都不相信，由此可见以讹传讹的可怕性。

　　教堂大厅静静矗立着一架管风琴，这是世界上最好的管风琴之一，每日的下午三点奏响。我来得正是时候，琴声悠扬，时而低沉时而高昂，我闭上眼睛，阳光落在我脚边，微风从四面八方出来，耳边旋律宽阔如浩瀚无边的星空，又像一根轻轻飘落在窗棂的羽毛。

　　我静静地听完了所有曲子。一瞬间，所有的苦闷好似都被清除。

　　神父向前一步，问我心中可有烦恼。

　　我问他："我想要做祷告，可以吗？"

　　他笑着点点头。

　　"我并不是基督徒，也可以吗？"

　　他说："主爱众人。"

　　他让开身，巨大的耶稣雕塑在我面前展现。耶稣面容平静而慈祥，主爱众人，而人人生来平等，或许吧。

　　1680块彩色玻璃做成的十字架吊灯自上而下，如倒挂在悬崖的冰瀑，奔涌而现，将我的心照得一片亮堂。

　　我闭上双眼，脑海不断浮现江海孤身倒在血泊中的画面。

我实在是太难受，无论是忏悔还是祷告都没有办法继续下去。我噙着泪水，冲神父露出一个抱歉的笑容，然后深呼吸一口，走出了教堂。

有一个人站在教堂的门口，阳光落在他的身上，好似纤尘不染。

大概是听到了我匆忙的脚步声，他转过身来。

"姜河。"

他静静地看着我，轻声道。

我们只是短短七天未见，却好似整个世界都变了。

我停下脚步，眼前的这个人，是我曾经真真正正地以为能够一生一世的人。

我清楚地记得他的眉眼，他的唇，他的手，他胸膛的温度，他笑起来嘴角的弧度。

我愣住，阳光刺得眼睛生疼："你怎么来了？"

顾辛烈站在阳光下，凝视着我，没有说话。

那是一种，非常非常温柔，又充满了难过与后悔的眼神。这是我第一次从顾辛烈的眼睛里看到这样的神情。

我怔住，我的心脏开始狂跳起来，一边跳一边疼，我觉得我快要窒息了。

然后他张开双手，紧紧地抱住我。

他问我："你手上的伤怎么回事？"

"从马上摔下来的。"

他面无表情："一点都不好笑。"

我叹了口气："我们别站在这里好吗，边走边说。"

我是搭惜惜的车来的，她此时已经被顾辛烈赶回去了，顾辛烈来旧金山租了一辆车，看起来就十分结实耐撞的越野，我对坐车还有心理阴影，于是坐在后座，顾辛烈手机连上蓝牙准备放歌，我说："可以不放音乐吗？听着不舒服。"

我感觉顾辛烈转过来看了我一眼，但是我手肘放在车门上，望着窗外发呆，也没太注意。

"先吃饭吧。"他说，拿出GPS定位。

"不了，"我低声说，"不想吃。你直接送我回去吧，惜惜估计还没吃饭,你们可以一起出去吃。"

顾辛烈叹了口气,一只手搭在方向盘上,这回是真的转过头来看我了,他说:"姜河,你看你都瘦成什么样子了。"

"有吗?还好吧。"

"姜河,你别这样,"他顿了顿,声音低哑地说,"我看着很难受。"

我没回答他。

车子发动,为了顾及我,顾辛烈开得很慢,我们迎着艳阳前进,顾辛烈从盒子里翻出墨镜来戴上,我看着水泥路,眼睛一直在发疼。

我们在渔人码头停下来。

傍晚正是游客最多的时候,熙熙攘攘的人群,到处都是欢声笑语,小孩子骑在父亲的肩膀上,指着夕阳"哇哇"地大叫。

曾经是停靠游船的地方已经被海豹全线占领,它们懒懒地趴在地上一动也不动,身体像是刷了一层又滑又亮的猪油,密密麻麻地排在甲板上,简直就像是要待到天荒地老一样。

街边一排全部是餐馆,热情的厨师戴着白色的高帽子站在餐馆门口,向我们展示用面包做成的螃蟹和蝎子,又漂亮又巨大。

我和顾辛烈随便找了一家餐厅坐下,他点了一份牛排,我点了一份三明治。我们面对面地坐着,我不停用吸管去戳杯子里的冰块,不知道该说什么。

"那天面试结束之后,我去了一趟马场,遇到了江海,"我忽然开口,"后来他开车送我回去,我想去看金门大桥,就让他改了道。之后遇到酒后驾车的车辆,他为了救我,打了方向盘,车子翻了,我没事,他……"

顾辛烈手肘放在桌子上,十指交叉,眉头微蹙。

"我真的没事,只是最近比较累,你能过来,我很感动……"

"姜河……"他欲言又止。

菜在这时候端上来,我们都没有说话。我其实真的很没有胃口,强忍着塞下那份三明治,喝了很多水才咽下去,顾辛烈担忧地看着我,将他的那杯覆盆子气泡水递给我，我点了点头，表示谢谢，但是没有喝。

吃过饭后，我们沿着码头一路走，我们都默契地没有继续刚才的话题。

这不是我第一次来渔人码头了，早在好几年前，我就曾和江海来过一次，算是久仰渔人码头的大螃蟹，吃完之后我们到街对面的巧克力店买了许多包装好看的巧克力，江海不喜欢吃甜食，我拿回家里当作摆设，放久了也就可惜地扔掉了。

后来我又和赵一玫一起来过几次，我们还特意买了票去坐游轮，乘风破浪，碧海蓝天，可以看到对岸大名鼎鼎的监狱岛。

当时赵一玫问过我一个问题，她说："姜河，你觉得，究竟是爱情重要，还是自由重要？"

我那时懵懵懂懂，回答她："仁者见仁吧。"

现在我觉得，这其实并不是一个太难回答的问题，因为一段真正好的感情，是不会束缚你的自由的。

有几只海鸥盘旋着停在靠海的栏杆上，微风徐徐，游客的长裙被吹起来。

日落黄昏，此时便是渔人码头一天中最美丽的时刻了。

海风吹在身上，我不由自主地打了一个哆嗦。顾辛烈下车的时候就去行李箱里拿了一件外套，大概是早就猜到了，他向前一点，将外套递给我："披上吧。"

"不用了，"我摇了摇头，然后深呼吸一口气，我说，"我们分手吧。"

我从来没有想过，我能够这样平静地将这句话说出来。

这几天来，我每每想到这句话，想到说这句话的情景，我都心痛得要命，可是当我真正将它说出来的时候，我才知道，原来可以如此平静，天没有崩，地也没有裂。

顾辛烈愣住，好像根本没有听到我在说什么，他只是一动也不动地看着我的眼睛，他说："姜河，你说什么？"

"我说，"我低下头，"我们分手吧。"

说完这句话，我才发现心脏和头皮一起疼得发紧，那种痛苦，正慢慢散开。原来刚刚的那一瞬间,只是在心头捅了一刀,而此时,血和伤口终于溃烂开来。

我们都没有说话,我看到顾辛烈的表情在瞬间凝结。

他声音低哑,突然之间无比疲惫地说:"姜河,别闹了。"

"我没有闹,"我吸了吸鼻子,微微抬起头望天空,认真地说,"我很清楚自己在做什么,我想要留下来照顾江海,我向医生问过了,一两年内他苏醒的几率很低,我会一直照顾他……"

他打断了我:"姜河,我等了你十二年,十二年都不算什么,你觉得我会在乎吗?"

我不说话了,隔了一会儿,我说:"我在乎。"

我深呼一口气:"我在乎。"

"我在乎,你这样做,我会很难受的。一份感情,应该是……"我想了想,有些难过,不知道该怎么说,"应该两个人一起好好珍惜,用最纯粹的爱去对待彼此。"

应该是像我们在波士顿的时候,眼睛里只看得见彼此。

他静静地说:"姜河,你有没有想过,你这样做,对我很不公平?"

是的,不公平,我对他从来都不公平。

为什么呢,离开他以后我才渐渐明白,是因为他把他所有的爱都给了我,我被他爱了、宠了、惯了太多年了。

我说:"抱歉。你就当我是自私也好,是任性也好,可是我没有办法一边留在旧金山照顾江海,一边若其事地和你在一起。况且,你明年就要离开美国了,不是吗。

"这几天,我想了很多,每个人都有自己的梦想和自己应该承担的责任,我不能用我的责任,去束缚你的梦想。

"我不能和你在一起了,并不是因为我们不再相爱了,而是,我们要去的远方,不再是同一个地方了。"

话音刚落,顾辛烈一把拉过我没有受伤的那只手,猛然落下一个吻。

这个吻太过炽热和凶狠,顾辛烈从未这样激烈地吻过我,我觉得灵魂都似被抽干。

我看着他的眼睛,看着眼泪从他的眼角落下来,落在我的嘴里,咸得

193

发苦。

　　这是我第一次看到顾辛烈的泪水,也是第一次,一个男人在我面前落泪。

　　我心痛得都要疯了,我这一生,伤得最深的人,却是最爱我的人。

　　不知道过了多久,他才终于放开我。

　　他用手捂住眼睛,自嘲地勾起嘴角笑。

　　他声音沙哑地说:"姜河,你明明知道的,我从来都不会拒绝你的要求。无论是开始还是结束,拥有决定权的那个人,一直都是你。"

　　那一刻,我甚至觉得,如果他爱的那个人,不是我就好了。如果有别的人,能够给他快乐和幸福的话,我希望他根本不曾爱过我。

　　海鸥扑腾着翅膀飞走了,从远方归来的游轮慢慢靠岸,火烧云同海湾连接在了一起。这样的景色,是我们在异国他乡常见的画面,而重峦叠嶂的思念,也在蔚蓝色的大海中,慢慢飘走。

　　顾辛烈站在我的对面,我们一人站在光中,一人在影中,我这时才发现,他真的有一张非常非常英俊的脸,好看得像是一个一触即碎的梦。

　　最后,他顿了顿,他看着我的眼睛,极轻极轻地苦笑。

　　他说:"姜河,别难过了。"

　　我一直在摇头:"对不起。"

　　"不要难过了,我不希望到头来,让你最难过的那个人是我自己。"

　　"对不起,"我的眼泪止不住地流,"阿烈……"

　　阿烈。我很少这样叫他,没有想到,最后一次,竟然是要分开。

　　"姜河,其实我要给你说一声谢谢,谢谢你愿意把你的想法说给我听。

　　你愿意把你心底的想法这样开诚布公地说给我听,就这一点来说,我其实很开心。我觉得你长大了。因为从很早很早以前,你就是一个特别喜欢一意孤行的人,做事从来不会和周围的人商量。你二话不说地就转学、跳级、出国,每一次,都是我兴致勃勃地去找你,结果发现你已经不在那里了。可是这一次,"说到这里,顾辛烈顿了顿,他的声音越来越哽咽,我觉得他已经没法继续说下去了,我也没有办法再听下去了,过了好久,他才终于又调整了一下情绪,他勉强地笑了笑,继续说,"可是这一次,你没有一声不吭地就走了，我很开心，真的。"

"对不起。"我红着眼眶说。

"不要再对我说对不起了，"顾辛烈摇摇头，"在我心中，你就是全天下最好的姑娘。"

"姜河，继续向前走吧。不要难过、不要回头。愿你所愿，终能实现。"

这里是旧金山闻名世界的渔人码头，它最初的历史已无从考证，但是传闻起于19世纪50年代，加州淘金梦的开始与破灭之地。它沿着海岸，从北部的格拉德利广场一路延伸到35号码头，不知从何时开始，这里已经没有了渔民、船只和航海家，只剩下一道又一道的栈桥，孤独地通向海里。

我在这里，送别了我的爱人。

江海的父母在二十天后办理好签证抵达美国。

江海的母亲隐约能见到六年前的轮廓，但是憔悴了很多，瘦了很多，她穿一件真丝的长裙，还是仪态大方。我在心中想，将心比心，要是以后我的儿子躺在重症监护室里，我肯定整个人都疯了。

江海的父亲沉默内敛，行走时步伐刚毅有力，我想大概他以前在部队当过兵。看到他，我第一时间就想起了江海沉默坚韧的样子，据说男孩相貌肖母，性格肖父。

江海的母亲坐在病床旁，一直在为江海按摩手臂。

我嗫嚅道："伯母，对不起。"

江母看了我一眼，我已经将整件事讲述给她听，她摇了摇头说："他只是做了一个男人在事发时应该做的事情，我为他自豪。"

他们在希尔顿酒店住下，江母是名音乐家，曾经在英国留学，所以英文很好，语言交流没有什么障碍，但是怕他们刚刚到美国，吃不习惯这里的东西，第二天我找了家中餐馆买了点东西送到医院里。

正好田夏天也来了，她还不知道江海父母来的事。

我赶忙拉着她："江海爸妈来了。"

田夏天被吓了一跳。

我把饭盒塞给她："快送去。"

田夏天一下就明白了我的意思,她哭笑不得:"你神经病啊。"

"这不是给你一个讨好未来婆婆的机会吗。"我说。

她神色古怪地看了我一眼:"姜河,你哪根筋搭错了?要讨好也轮不到我吧。"

我没说话了,只是十分诚恳地看着田夏天。

她被吓了一跳:"你当真的?"

见我沉默,田夏天被气笑了:"姜河你神经病吧,你不是和你男朋友分手了吗,你不是都要留美国照顾江海了吗,你这是干吗啊你?"

我没说话。

田夏天瞪了我一眼,何惜惜正好停了车从医院门口走进来,田夏天住了嘴,转身走了。

"怎么了这是?又吵上了?"何惜惜问我。

我摇摇头,看了看手里的饭盒,叹了口气走进医院。

结果这盒饭根本没有送出去,我到了病房,江海的母亲就叫我陪他们一起出去吃饭。出事那天江海身上带着他房子的钥匙,只是我和田夏天都没有动过,吃过饭后,江母说想要去看看。

江海还是住在原来的小区,有工人在修剪草坪,喷水池的水一直变换着水柱的形状,看起来一切都没有变化。

我在门口停下来:"阿姨我在外面等你好了。"

江母笑了笑:"进来吧。"

江海的房间收拾得干净整齐,比我的不知道顺眼多少倍。我从来都挺邋遢的,除了桌面,其他地方真是跟狗窝一样。顾辛烈其实也不太爱收拾,大大咧咧的,房间里球服和篮球到处扔,但是他的承受能力比我低,每次我们比谁懒比到最后,都是他看不下去了,恨铁不成钢地说:"姜河你怎么做女生的啊。"

然后就挽着袖子帮我收拾好。可是没过几个星期,又被我弄乱了。

顾辛烈完全陷入抓狂的状态:"姜河,我是大少爷!什么叫大少爷你知道吗!就是衣来伸手饭来张口,十指不沾阳春水你知道吗!"

我点点头:"知道。"

再等一会儿,他崩溃了:"你知道的话就把屁股挪一挪,我吸尘器够不到！"

赌书消得泼茶香，当时只道是寻常。

江母没有在这里待太长时间，她在屋子里转了一圈，打量一番之后就离开了。

回去的路上，江母忽然问我："你和江海，没有在一起吧？"

"啊？"我愣住，我随即反应过来，"我本科毕业之后去了波士顿，江海一直在旧金山，我这次回来，也是为了面试工作。"

江母点点头，隔了一会儿，才说："你和江海……你们的事，按理来说我作为长辈不应该过问太多，你能够这样照顾他，我很感激你。姜河，你是个好女孩。"

我摇摇头："是我应该做的。是他救了我的命，否则我连躺在病床上的机会都没有了。"

江母笑了笑："没有那么严重。"

我认真地说："是真的，如果他当时向左转的话，副驾驶座可能就直接撞成泥了。"

江母说："你……比六年前成熟了很多。"

我轻轻笑："是啊，那时候不懂事，很任性。"

"没有，你那时候很可爱，小小巧巧的女孩子，我一直很喜欢你。我其实一直想要一个女儿，江海性格像他爸，不爱说话，闷得慌。"

不知道为什么，听到她同我说起这些，我竟然觉得胸闷得厉害。六年前，我是什么样子？连我自己都不记得了，

我说："伯母你放心吧，江海肯定会醒来的，他肯定会没事的，我会一直陪着他。"

江母细细地打量着我，欲言又止。

晚上回去，何惜惜在画画。是一张素描，美国小区很常见的一幕，长长的公路，两旁绿树成荫。

我很吃惊："你原来会画画？"

她摇摇头："随便画画，拿不出手。"

"没有啊，画得很棒，你也给我画幅画好了。"我笑嘻嘻地说。

197

"你要画什么?"

我其实也是随口一说,她这样一问,我倒愣住,然后我忽然想到什么,摸出手机,解锁之后才想起这是车祸后我新换的手机,以前那个已经坏了。

"你要找什么吗?"

我觉得很难过,把手机关机扔一旁,呆呆地坐在地上,用手抱着何惜惜的胳膊:"我出发来旧金山之前,和顾辛烈拍了一张合照。我们一直没有合照过,我不喜欢照相,他也不太喜欢,那是唯一一张合照,我们……我们还说好,以后一起拍。"

"你知道吗,我走的时候,"我忽然哭起来,"他跟我说,他等我回来,还要给我做我最喜欢的糖醋排骨和土豆烧牛肉,他厨艺其实一点都不好的,可是……"

波士顿艳阳高照,他坐在车里,似笑非笑地看着我。

他说,姜河,我等你回来。

等我哭累了,何惜惜才终于可以活动一下她已经麻木的胳膊,她戳了戳我的头:"喂,你别在这里睡,起来,去床上睡。"

我一动也不动。

她无可奈何:"听话。"

"为什么我们不能控制自己的感情呢?"我低着头问她。

何惜惜想了想,柔声道:"或许这才是感情让人着迷的地方吧,无法控制、无法预料、无法完完全全地占有。"

我没再说话了,过了一会儿才从地上爬起来:"你帮我画一幅画吧,你还记得顾辛烈的样子吗?"

她笑:"不记得了。"

那天夜里,我做了一个梦。

梦中我回到了波士顿的春天,他刚刚洗过澡,穿着黑色的背心坐在床上,手臂上肌肉线条流畅。他背对着门的方向坐着,用毛巾擦头发。

我冲进他的房间:"顾辛烈,我衣服呢?"

他被吓了一跳,做了一个双手护在胸前自卫的动作,警惕地看着我:

"你要干吗?"

我气笑了,一把拽过他的毛巾:"我洗衣机里的衣服呢?"

他瞪我:"给你烘干叠好了,懒不死你。"

我从他身后走上去,环住他的腰,头搁在他的肩膀上。

他闷声笑:"姜河,别闹。"

我偷偷笑,轻轻挠着他腰上的痒痒肉,他腰部肌肉结实,有一个窄窄凹下去的窝,坐在床上,也一点看不出多余的赘肉,形成一个漂亮的倒三角。

他说:"再挠我要亲你啦。"

我笑起来,松开双手,无辜地举起来。

他却反手一握,将我拽入他的怀中,他浑身温暖,有一种年轻人特有的活力和气息,他细细吻上我的唇,轻轻地咬住。

他的眼睛看着我,明亮得像是天边的启明星。

梦中场景忽然切换,艳阳高照的夏日,我坐在窗边涂淡粉色的指甲油,涂好了凑到他面前炫耀:"好不好看?"

他正喝着可乐,差点一口汽水喷出来,被呛得半死后才恢复过来,哭笑不得:"姜河,你这脚指甲怎么剪得跟狗啃的一样?"

我不满地说:"哪里有?"

"太丑了,"他嫌弃地看了我一眼,然后站起身去工具箱里找了找,拿回一把指甲刀,坐在椅子上,将我的小腿搭在他的大腿上,低下头帮我剪脚指甲。

屋里静悄悄的,只听得到指甲刀轻轻的咔嚓声。

我忍不住,探过头去吻他的头发。他被吓了一跳:"别乱动啊,剪到肉了怎么办?"

我不说话,咯咯笑着看他,他探过头,轻轻地吻了吻我的嘴唇。

吻了一会儿,他才放开我的手,我嫌弃地大叫:"你手好脏!"

等一会儿,他剪完指甲,我脚还搭在他手里,我一边动着十个脚趾一边故意说:"也很丑好不好?"

他似笑非笑:"以后慢慢练习。"

秋天的时候,波士顿的枫叶落了一整个公园。

我们一人戴一顶棒球帽，他教我玩滑板，我双脚踩上去，动弹不得，可怜兮兮地看着他。

他哈哈大笑，得意扬扬地冲我挑了挑眉毛："叫我辛烈哥哥我就帮你。"

我勃然大怒："宁为玉碎不为瓦全！"

他耸了耸肩，没说话，悠闲地去一旁的流动售货手推车里买了一根火腿和一支冰激凌，坐在公园的长椅上，似笑非笑地看着我。

我恶狠狠地瞪他，微微扭动了一下腿，发现脚下滑板纹丝不动。

也不知道过了多久，我终于瘪了瘪嘴，说："辛烈哥哥。"

他笑着将最后的冰激凌塞进嘴里，走到我面前，伸出手让我扶住他的胳膊，然后他带着我慢慢滑起来。

脚下速度越来越快，我忍不住尖叫起来，他作势要松开我的手，我反手一扑，整个人落在了他的怀中。

而又是哪一年的冬天下了雪，我们感恩节买了一只巨无霸烤鸡，放进烤箱烤了大半天才发现烤箱坏掉了。工作人员都回家过节了，他只好戴着我的塑胶手套半个人都钻进烤箱里去修理。

屋子里一点也不冷，我蹲在烤箱外面，戳了戳他，问他："好了没有呀？"

"别吵。"

"笨死了，修烤箱都不会。"

"不准吵！"

最后他终于修好了烤箱，从里面爬出来，一张脸全是灰和黑色的渣，我乐不可支，伸出手抹了抹他脸上的油。他勃然大怒，一副士可杀不可辱的样子，在我眼前比了比他黑乎乎的手，我哇地大叫着跑开，他从厨房另一头的门堵上我，似笑非笑："姜河，你往哪里跑呢？"

我情急之下，伸出脚踩他的脚，他往后一缩，我脚掌失去支撑点，身体一个打滑，向地面扑过去。

他赶忙伸手搂住我的腰，我白色的毛衣上赫然多了一个明显的手印。

他笑着趁机继续往我身上蹭："让你嘚瑟。"

窗外雪花纷纷落下。

最后的一个镜头,他站在码头上,风将他的衣服微微吹起来,他说:"姜河,不要难过,不要回头。愿你所愿,终能实现。"

我从梦中哭醒过来,窗外一片灰蒙蒙,我打开手机来看时间,凌晨四点,可是此时,波士顿已经布满了朝霞。

我开始痛恨这个国家的时制,同一片土地,却非要分割成这样多的时区,好似我们已经活在两个世界,各不相干。

醒来后我开始失眠,只好干脆放弃睡觉,爬起来开电脑,翻出数据结构和算法的书看。第二天何惜惜看到我深深的黑眼圈,被吓了一跳,给我冲了一杯咖啡。

我皱着眉头喝下那杯咖啡,吃了一块全麦面包,简直难受得想吐。

白天的时候我给田夏天打电话问她:"你今天怎么没来医院?还生气呢?"

"没有,"她说,"我以后,可能渐渐会少来。"

我愣住:"为什么?"

她莫名其妙:"我也有自己的生活啊。"

我没再说话了,她贴着手机说:"姜河,你不懂。不是每个人都像你一样,可以走进江海心里。"

"无论我为他做了多少事,他永远都不可能爱我,他希望此时陪在他身边的人,是你。"

我沉默很久,才说:"无论如何,谢谢你。"

出事之后,是田夏天第一个赶到医院,守着我和江海进了手术室。她一刻不停地办手续,签字交钱,全部是她一个人做的。警方要做调查,也都是她代替我和江海出面。她的英文没有我和江海好,她把医生说的每一句话都录下来,反反复复地听,然后写下来,翻译成中文。

后来江海的病危通知书下得跟雪一样,我还躺在床上不能动,如果不是她,我都不知道要怎样才能度过那段日子。

别人说留学生圈子人情淡薄,其实无论在哪个圈子都是一样的,有人的地方,就有江湖。有江湖的地方,就有尔虞我诈和肝胆相照。

她在电话那头笑出了声,我许久没有听见过她的笑了。她说:"你不必向我道谢，你知道我不是为你。"

在美国的这些年，我遇见了很多人，也知道了许多种爱情。每个人对爱都有不同的诠释和表达，我依然无法精准地描绘出爱的本质，但是我想，它或许就是沉睡在我们心底的一个灵魂，它纯粹、干净，没有高低贵贱之分，没有美丑善恶之别。

就算是不能一生一世，就算是有一天彼此形同陌路，就算有一天被爱过的人遗忘在岁月里……正是因为未来的无法预测，才要抓住当下，好好地、认真地让他幸福。

田夏天不再来医院之后，何惜惜回国的日期也近在眉睫。

打包好行李的那一天，她穿着酒红色的真丝长裙，在阳台上吸烟。夜空繁星点点，我走过去，抢过她手中的烟，本来想要灭掉，然后我抱着试一试装逼的想法，抽了一口。

我被呛得半死，惊天动地地咳嗽了好久，何惜惜在一旁笑着看我，也不来帮我拍拍背。

我只得愤愤不平地将烟还给她，我问她："你从什么时候开始抽烟的？"

"很早以前了，"何惜惜笑着弹了弹烟灰，上半身趴在栏杆上，"他有一次问我抽不抽烟，我就借他的打火机点了一支。每一次抽烟，都会让我想起和陈烁一起的感觉，像雾像云，但是，我很快乐。"

她转过头来看我，伸手摸了摸我的头发："姜河，烟酒不能让你忘记一个人，它们只会让你更加沉迷。这世界上只有一样东西能够让你忘记过去，那就是时间。"

那天晚上，我们在阳台上吹了一夜的风，听了一夜的歌。

已经过气的歌手，多年前的老歌，"我们的故事爱就爱到值得，错也错的值得……用尽所有力气不是为我，那是为你才这么做……"

何惜惜的飞机是第二天一大早，我在破晓时将她送到机场。这并非我第一次送人来机场，以前在旧金山念书的时候，也有同学拜托送他们去机场，可这一次不一样，我知道，一别经年，她此次一走，便不会再回来美国。

这就是这个国家残忍的地方,我们在这里待了六七年,大半个青春、第二人生,可是说赶走就赶走,不留情面,没有余地。

　　"我们还能再见面吗?"我问她。

　　她笑着弹了弹我的额头:"你说呢?"

　　"我肯定会很想你的,连你也走了,我就真的成了一个人了。"我说,"我一直都很想念一玫,那天她说她去了耶路撒冷的哭墙。我很想知道她现在是什么模样。"

　　何惜惜想了想,淡淡地说:"我们会再相遇的,在这之前,我们需要做的事,就是让自己变得更好。"

　　我伸出手紧紧抱她,这段时间,我们都瘦了很多,宽宽松松的T恤套在身上,感觉风在不停地灌。

　　她捏了捏我的脸:"还是以前肉肉的好。"

　　顾辛烈也这样说过,他说,把我养肉点他才有成就感。

　　看见我神色一黯,何惜惜问我:"姜河,你后悔吗?"

　　我认真地想了想,从我当年放弃清北的保送决定去美国,想到我踏上飞机,我去往波士顿,我在雨中和顾辛烈的拥抱,我在马场与江海重逢,我在码头边对顾辛烈说再见。

　　我摇摇头:"我不后悔。"

　　"你知道吗,"何惜惜将手搭在我的胳膊上,"长大以后我发现,摆脱痛苦最有效的方法,就是告诉自己,我不后悔。"

　　我闻到她身上有一种淡淡的、既陌生又熟悉的香水味,那是当年毕业的时候,赵一玫送给我们的香水味。

　　然后她转过头,背对着我挥了挥手,走进了机场。

第十二章　命运的无常之下，谁能始终如一

少年的声音，从遥远的时光的彼岸传来，一声声、一句句落在我的心尖。

　　何惜惜走后，江父江母的探亲假也结束回国了。我调整好状态，去INTEL就职。我被分去的组一共六个人，只有我一个是新人。我向他们道歉，我迟到的这一个月里，他们的任务加大了不少。

　　组里有一个名字很复杂我念不顺口的印度人，我多瞅了他几眼，觉得他十分面熟，最后还是忍不住问他："我们是不是在哪里见过？"

　　他一边咬着笔杆一边笑着回答我："我们一起选过James教授的模拟电路，你在实验室里问过我，有没有去过波士顿。"

　　我恍然大悟，"哦哦哦"地激动了半天，世界真小，机缘巧合又十分奇妙。

　　他冲我友好地伸出手，他说："我还是没有去过波士顿。"

　　我笑了笑，想说些什么，最终放弃。

　　公司每天十点上班，六点下班，我的房子没有租在SAN JOSE。下班后我开车一小时去医院，我陪着江海，给他讲一些白天的故事，或者放点音乐，找最新一期NATURE的论文念给他听，试图唤醒他。

　　他依然一动不动地躺在那里，护士安慰我说不要气馁，这才刚刚开始。

　　"我知道，"我笑着合上手中的书，"我已经做好了所有的准备。"

　　有一天夜里回来，小区停电，我手机也没电了，摸着黑上楼梯，遇上我的邻居，他正好在走廊上抽烟，用打火机帮我照明。

　　我的邻居是一个年轻的中国男孩，曾经来找我借过一次盐，我们便算

是认识了。后来我发现他每天清晨都会去楼下，放一个盘子，倒上猫粮。

"是你养的猫吗？"我问他。

"不是，野猫吧，我也不清楚，"他笑着说，"每天都来这里找吃的，就习惯了。"

他穿着一件运动装，看起来甚至比我还年轻，他是一名机械工程师。他说出"习惯了"的那一刻，我觉得他看起来很悲伤。

我感叹："你真是一个细心的人，你的女朋友很幸运。"

他笑着摇摇头："我们分手了。"

我正想说抱歉，他在镂空的楼道口坐下来，问我："要不要听一个故事？"

我点点头，在他身旁坐下来。

"也不是什么惊天动地的故事，我是高中毕业之后来的美国，当时暗恋的女孩子在国内考上了北方的一所学校。我们一直没有怎么联系，然后第一年的冬天我回国去找她，在寝室楼下等她，她和几个朋友吃过饭回寝室，在路上看到我，一下子就哭了，于是我们就这样在一起了。

后来就是漫长的异地恋，视频，邮件，QQ……那几年微信啊、LINE（一款即时通信软件）之类的社交软件还不太普及。有着时差，联系起来并不方便。课余我在外面打工，一有时间就回国去看她，她也开始去做兼职，给中学生当家教，一直说存够了钱就来美国找我。我们还约好，以后去拉斯维加斯结婚。"

"后来我毕业了，找到了工作，她读研，一边读研一边考GRE，我帮她联系学校，收集资料。二月末的时候她拿到OFFER，来美国找我，我带她去了迪士尼，我们认识了七年，谈了三年的恋爱，却都没有好好约过一次会，去过一次游乐场。那天回去，我给她做了一桌菜，我们谁都没有说话，吃完之后我们同时开口对对方说，我们分手吧。"

我很惊讶，皱着眉问他："为什么？"

"嗯，"他有些寂寞地笑了笑，"我其实也很想知道为什么，距离和时间都被我们克服了，明明已经能真正的在一起了，可是两个人都同时决定放弃了。我想，这就是感情吧，爱或不爱，有些时候只在一瞬间。"

我低下头久久地沉默。

他说:"抱歉拉着你说这些,今天是我们分开的第三年,想起来有些难过,忍不住想找个人说说话。"

"我们这些留学生,表面看着光鲜照人,在网上不断地发着旅行和美食的照片,引人羡慕。可是究竟过得好还是不好,如人饮水罢了。"

他走之后,我坐在最顶端的楼梯上,面对着天空,说不出话来。

我是在哪一个瞬间发现自己不再喜欢江海的呢?会不会有一天,时光的尽头,我也会发现自己可以放下顾辛烈了?而他,他又会在什么时候,微笑着将我忘记?

命运的无常之下,谁能始终如一。

冬天的时候,美国的节日开始多起来。有一天下班之前,组长特意来我问我:"今年的感恩节你有什么安排?如果有空的话,可以来我家做客,我的太太会准备很多好吃的食物。"

我想了想,还是摇头拒绝了他:"抱歉,我有了别的安排。"

那天夜里,全美国大部分的人都排在了商场外等BLACK FRIDAY(黑色星期五)的打折,我以前也去抢购过一次。是在波士顿的时候,顾辛烈对这些打折和血拼没有兴趣,被我强拖着过去。

我们在瑟瑟寒风中穿着羽绒服排了两个小时的队,晚上十一点商场开门,人群一窝蜂冲进去,顾辛烈顺手帮排在我们身后的人拉了一把玻璃门,结果后面所有的人如鱼贯出,抢着冲过来,连谢谢都不同他道一句。

顾辛烈气急了,又不敢松开手,怕玻璃门砸到下一个人。

于是那天夜里,我和顾辛烈排了两个小时的队,外加在商场门口拉了一个小时的玻璃门。

商场里传来此起彼伏的尖叫声,我和顾辛烈面面相觑,忍不住莫名其妙地笑了起来。

最后我们没有买什么打折的东西,我送给他一支巨大号的波板糖,他送给我一条红色的大围巾。

而今年的感恩节,我在超市买了一份烤鸡,带去医院。江海静静躺在病床上,我同往常一样,给他念书和报纸,然后放了一曲贝多芬的《命运交响曲》。

"江海，"在时而激昂时而哀伤的音乐声中，我开口同他说，"你醒一醒吧。"

"我一个人去中国餐厅吃饭，点什么都不合适，一份菜不够吃，两份菜又太多，"我说，"你醒一醒吧，我在旧金山一个朋友都没有了，我不想再一个人吃饭了。"

"惜惜回国了，公司在北京，还叫我下次去北京找她一起玩。你还记得惜惜吗？前段时间，她也每天来看你。"

"那天我同事还向我问起你，他说他一直记得你，你全年绩点都是4.0，他的电磁场和流体力学和你选了同一门，你永远都是全教室最先交卷的人。"

说到最后，我觉得自己没法说下去了。

窗外一阵缤纷闪过，是远处在放烟花，一簇一簇，热烈而璀璨。病房的白炽灯被我关掉，只剩下床头暖黄色的台灯，烟花的盛大更衬托出我的形单影只。

"江海，你醒一醒，再看看我吧。"

感恩节之后就是圣诞节，公司给了我们五天的假期。有人在留学生论坛上发帖子，相约从旧金山开车去纽约过元旦，光是看着行程计划就让人觉得轰轰烈烈。

我心情烦躁，关掉电脑把自己丢在床上。

夏天的时候，我曾经脚心对着脚心坐在地上，笑着对顾辛烈说："要去时代广场跨年啊，因为今年是最后一年了。"

越想越难受，我干脆抓起包开车出门兜风。

梅西百货灯火通明，到处是打折的标签，我逛了一圈，只买了一双雪地靴。

拎着购物袋走出梅西百货，便看到对面联合广场上巨大的圣诞树，挂满了灯具和饰品，闪闪发光。人流熙攘，热闹非凡。

我混在人群中，无所事事，有情侣站在圣诞树下拍照，为了不挡住他们，我在一旁等了会儿，准备等他们拍完才穿过去。这时候，忽然有人从身后拍了拍我的肩膀。

我转过头去，是个陌生的男人，他笑着说："哇噢，真是有缘。姜河你好。"

我十分惊讶："你认识我？"

对方穿着一件棕色的格子风衣，嘴角抽动了一下，大概没想到我会忘记他："我们见过一次，在波士顿的时候，我的生日派对上。"

我还是没想起来，我参加过的派对屈指可数，没什么生日派对啊。

"好吧，"他无奈地耸耸肩，"我是顾辛烈的朋友。"

我这才想起来他是谁，顾辛烈那圈富二代的朋友。

我笑着伸出手："好久不见。"

他握了握我的手，身边正好有一群小孩子嘻嘻哈哈地走过，他看了我一眼，笑着对我说："Merry Christmas.（圣诞快乐。）"

"Merry Christmas."

我也笑着回答他，这是我今天收到的第一个祝福，也是第一句说出的祝福，好像心里空缺的一大块东西被填补上了。

其实我在美国认识的大多数有钱人家的孩子并不像小说里写的那样飞扬跋扈不可一世，他们有着不错的教养，与谁都聊得起来，我曾经问过顾辛烈为什么，他懒懒地回答，因为你今天认识的每一个人，都有可能成为明天帮助你的人。

无论如何，在这个寂寞的夜晚能够遇到一个曾经认识的人，我还是很开心的。

"你来旧金山了吗，"他说，"怪不得……"

我好奇："怪不得什么？"

他看了我一眼，想了想，又看我一眼，又想了想，然后才说："你有男朋友吗？"

我愣住，摇摇头。

他笑起来："那你要不要和我date（男女以交往为目的的约会）试试？"

我被吓得魂飞魄散，瞪大了眼睛看他。

他冲我眨眨眼睛："试试吧，难得的圣诞节。"

我哭笑不得："你开什么玩笑呢。"

"好吧,"他垂头丧气地说,"我只是想报复一下顾辛烈那小子。"

这是他今晚第二次提到顾辛烈,我听到这个名字,会觉得很难受,但是又渴望继续听下去。

我试图让他多说一些关于顾辛烈的事情:"关他什么事?"

"谁让他拐走了我的玲珑。"他无辜地瘪瘪嘴。

我花了一会儿的时间,才明白他这句话的意思。

然后我又花了很长一会儿,去面对这句话的意思。

我说:"哦。"

他被我的反应吓了一跳:"你,你不是一直拒绝他吗?每次喝了酒就问我们呢,他玉树临风英俊潇洒,为什么你都不肯对他笑一笑。"

我沉默地听着,心想那可能是几年前的事情,我和顾辛烈相爱的时间太短,消息还来不及更新,就已经分开了。

我张了张嘴,不知道该说什么。

他继续说:"听说你喜欢的人在旧金山?所以你才过来的吗?咦,你不是没有男朋友吗?"

我想了想,回答他:"我们分手了。"

"抱歉,"他说,但是并不太诚恳,他顿了顿,从裤兜里摸出手机,又笑起来,"那,和你拍张照吧,这个要求不过分吧,今天可是圣诞节。我发送给顾辛烈,估计也能气他个半死,可惜波士顿现在已经是凌晨了,不能与狐朋狗友们分享这个好消息。"

我哭笑不得,果然是物以类聚,顾二蠢的朋友们,也都是一群二货。

我为难地说:"还是算了吧。"

"好啦,不和你开玩笑,不然真的要被揍死,"他笑了笑,再一次冲我伸出手说,"交个朋友,赵亦。我从小成绩就差,我爸拿皮带抽我呢,我一直很佩服像你这样又聪明又努力的人。"

我和他握了个手,有些无奈地说:"姜河,你知道我的。"

看着他收回去的手机,我有些遗憾,我想其中说不定会有一张顾辛烈的照片。

"我见过许玲珑,"我说,"她是我见过最漂亮的女孩子。"

赵亦愤愤不平:"好白菜都让猪给拱了。"

我低下头，没有说话。

第二年的夏天，我去中国城剪了次头发。二十刀一次，丑得就跟狗啃了似的。我顺便在中国超市买了许多冰激凌和速冻食品，买了一大口袋橙子和虎皮蛋糕，收到了一叠优惠券，这么多东西，我其实根本吃不完，但是一个人实在是太寂寞了。

旧金山其实没有特别明朗的四季之分，冬天的时候也能有十几度和暖洋洋的阳光，夏天也不会闷热，有些时候一阵风吹过，还会让人忍不住瑟瑟发抖。

难怪马克·吐温要说，最寒冷的冬天是旧金山的夏天。

江海依然没有任何苏醒的征兆，曾经负责他病房的护士小姐已经换人了，以前的那一位嫁给了一名澳大利亚人，去了南半球。

新来的护士曾很长一段时间里认为我是江海的女朋友，我不知道要如何向她解释，我只能耸耸肩说："就算是吧。"

有些时候，我凝视着江海那张俊美的脸，我会突然升起一股很陌生的感觉，好像从来都不曾认识过他，好像我们只是一个无关紧要的路人，这个时候，我就会无比恐惧地觉得，他此生都不会醒过来了。

可是那只是短短的一瞬间，在大部分的时间里，我都坚信着他会醒过来，他只是做了一个温柔的梦。

这天，离开中国超市后，我同以往一样去银行寄钱回国给父母，我父母还未退休，他们总是说自己的工资养活自己绰绰有余，可是隔着千万里，除了每月准时向他们打钱，我也不知道自己可以再为他们做什么。

国际汇款是个很麻烦的手续，工作人员业务不熟，耽误了很长时间。从银行出来，我顺道去了加油站，油价又涨了，加州真是个昂贵的地方，拥有全美最高的税和油价。

我迎着夕阳开车回家，小区偌大的湖泊在眼前显现，我的车速忽然减下来，慢一点，再慢一点。

我家门前的台阶上，静静地坐着一个男人。他戴着黑色的棒球帽，穿着黑色的T恤，听到车轮的声音，抬起头向我望过来，我坐在车中，隔着前方的玻璃与他对视。

我不知道过了多久,一眼万年,我觉得这一眼,几乎望穿了我的一生。

他终于若有若无地笑了笑,低声说:"姜河。"

残阳如血。

我喉头梗塞,不知道该说什么。我根本忘记了要把车停入车库,我从车上走下来,我日夜思念的人站在我的面前,我连呼吸都不知道该如何了。

我这时才发现顾辛烈的身边还立了个三十寸的黑色旅行箱,我便知道他为什么会出现在这里了。

我轻声问他:"你要走了吗?"

他点点头:"想了很久,还是决定来给你说一声。"

一年未见,不知道是不是我的错觉,顾辛烈好像长高了一点。他说话时脸上始终挂着一种若有若无的笑容,他的气质和从前不一样了。他以前就像是个爽朗的大男孩,而现在,我说不出来,他成熟了许多,给人一种很沉静的感觉。

我低着头:"……谢谢。"

顾辛烈动了动嘴角,好像想说什么,又放弃了。

我问他:"你从旧金山起飞吗?"

他点点头,抬起手看了看腕上的表:"晚上十一点半的航班。"

我心中五味杂陈,他没有从纽约起飞,千里迢迢来到旧金山,只是为了同我说一句再见。可是到了最后,我们也只剩下这一句再见了。

我从包里拿出钥匙:"你进来坐会儿吧,我八点半送你去机场,来得及吧?"

他摇摇头:"不用了,我预约了出租车。"

我不知道该说什么了,还是低着头将门打开了。

顾辛烈走进屋里,我的房间不大,一个人住我不喜欢太大的房间。

我打开冰箱问他:"没有可乐,橙汁可以吗?"

他说:"矿泉水就好。"

我愣了愣,顾辛烈一直不喜欢喝矿泉水,每次去超市都要扛一箱碳酸饮料回家。我以前懒得说他,后来实在看不下去了,将他的饮料都锁在了

211

柜子里，他就半夜起来去厨房里偷喝。结果有一次，我通宵写代码，正好饿了去厨房找宵夜，就看到他可怜兮兮地蹲在地上，一边抱着芬达一边看着我。

只是一年的时间而已。

我沉默地从柜子里拿出矿泉水递给他，又不知道可以说什么。

我问他："你没吃饭吧？我看看厨房还有什么，凑合着吃可以吗？"

他好像有些诧异，他顿了顿，说："不用了，我在机场买点东西就好。"

我没理他，自顾自地打开冰箱和橱柜的门，然后绝望地发现我根本没有什么可以做饭的食材。

这一年来，我每天中午在公司餐厅里吃饭，晚上去医院的餐厅，周末的时候随便吃点什么填饱肚子，好像真的没有认认真真做过一顿饭。

我觉得很委屈很想哭，到了最后，连老天都在跟我作对。

我自暴自弃，起锅烧水，将刚刚从超市买来的速冻水饺倒下去。热水沸腾，点三次水，我沉默地站在灶台边，顾辛烈就在不远处的椅子上坐着，窗外的黄昏慢慢沉下去。

静悄悄的屋子里，只听见开水咕噜翻滚的声音。

我却在这样的安静中，忽然觉得，这个屋子，有了那么一点生气。

速冻水饺煮起来很快，我调了两个蘸水，一起端去饭桌上。

我和顾辛烈面对面地坐下来，我沉默着递给他一双筷子，一片氤氲的热气中，我已看不清他的模样。

他看着眼前这一大盘玉米猪肉馅的水饺，有些无可奈何地说："你……"

我没抬头，也没吭声，夹了一个饺子到碗里，一口咬下去，不知道是辣椒还是醋放太多了，呛得我眼泪差点落下来。

我们沉默着吃完这顿饭，不是什么好吃的东西，4.99刀一袋的水饺，我们却都吃得很慢很慢。

吃完饭后，我准备收拾碗筷，顾辛烈说："我来吧。"

我想了想："算了，先放着吧。"

下午六点半，我们还剩下两个小时。

"公司还好吗？"他问我。

我点点头："嗯。同组的人都挺好的，我又不争名不争利，没人把我当个威胁。"

他欲言又止，最后换了话题："江海呢，还好吗？"

我点点头，又摇摇头，咬着嘴唇不知道该怎么回答。

顾辛烈大概是明白了，他说："还有点时间，一起去看看他吧。"

我愣了愣，顾辛烈和江海并不熟，因为我的缘故，他们都知道彼此的存在，实际上却连一句话都没有说过吧。

"你想去吗？"

"嗯，"他点点头，"算起来，我们也是校友，我叫他一声师兄不为过。"

我便抓了一件外套和顾辛烈一起出门，关门的时候他在门口顿了一下。

"怎么了？"我问他。

"没什么，"他笑了笑，"只是没想到，你的屋子收拾得很整齐。"

我黯然。以前他在的时候，我从来不肯收拾房间，现在只剩下自己一个人了，反而勤快了许多，知道要打扫屋子了。

听起来十分讽刺，可谁又不是这样呢。

到了医院，我带着顾辛烈来到江海的病房。我同往常一样，掩上窗户，拉上窗帘，然后给江海病床前花瓶里的花换了水。

花瓣有些枯萎了，我心想，明天来的时候得重新买一束了。

房间里只有一条凳子，我将它让给顾辛烈，他静静地看着我做完这一切，摇了摇头："不用。"

顾辛烈走到江海的面前，皱着眉头细细地看他，然后他回过头，对我露出一个抱歉的表情："即使……"他顿了顿，然后柔声道，"我还是很感谢他，能够救你。"

我好像知道他想要说什么。

即使我们因此而分开，即使我们因此而有了不同的人生。

我有些难受，别过头："我知道。"

顾辛烈凝视我片刻，然后也转过头："他会一直这样吗？"

我摇摇头，"不知道，"然后又立马改口，"他一定会醒过来的。"

"我其实，"我有些迟疑地开口，大概是太久没有人陪我聊天，我很想找个人说说话，"一直在想，如果江海知道的话，他究竟会不会愿意醒过来，医生说过，后遗症的可能性很大，通常来说，颅内的血块可能导致他身体的瘫痪、记忆力丧失、思维迟钝……"

我说不下去了。

而思想，思想是江海的一切。

顾辛烈伸出手，大概是想拍拍我的头，在空中的时候他停下来，垂下了手臂。

他说："姜河，你别难过，一切都会好起来的。"

他以前也这样说过，姜河，你别难过，还有我陪着你一起老。

我们离开医院的时候是晚上八点钟，顾辛烈打电话告诉了出租车司机地点。医院外是一条大道，种满了棕榈树，便利店的灯光夜里异常醒目，晚风习习，路灯一盏一盏延伸至远方，偶尔有车辆呼啸而过，就像是我们曾经有过的青春岁月。

我故意走在顾辛烈的身后，想要好好看看他的背影。

他宽肩窄腰，裸露在外的手臂肌肉呈现一道好看流畅的弧线。我知道他身体的温度，与他拥抱时喜欢搂住他的腰，他的嘴唇柔软，吻上去就舍不得离开。

他曾经是一个，我非常、非常熟悉的人。

他停了下来。

他回过头看我："其实我这次来，是有东西想要给你。"

顾辛烈给我的第一件东西，是一颗透明的玻璃珠子。小时候的玩具，一毛钱一个，像这种中心也是纯粹的透明的，大概要五毛钱一个。

这是我第二次看到这颗珠子，第一次的时候，他喝醉了酒，整个人泡在泳池里不肯起来。

他曾经说这是我送给他的，可是我依然不记得我什么时候送过给他这个东西。

大概是看出了我的疑惑，顾辛烈笑了笑："很早以前了，我们小学的时候坐同桌。有一次我爸妈吵架闹离婚，被我知道了，我逃课去游戏厅里打游戏。晚上出来的时候正好在河边碰到你，你去书店买书回来。"

我好像，隐隐约约中记起来一些片段。

小小的我皱着眉头一脸鄙视地说："我最讨厌哭哭啼啼的男孩子了！"

他倔强地抬起头，一双眼睛通红："你懂什么！"

"白痴！"我冲他作了一个鬼脸。

他哇的一声又哭起来。

我慌了起来，摸遍了全身上下，想找出一颗糖来安慰他，结果只翻到一颗廉价的玻璃珠子，我想了想，塞给他："给你。"

"这是什么？"他一脸嫌弃。

我咬牙切齿："……水晶。"

"才不是，"他说，"我家盘子就是水晶的。"

我："……"

记忆渐渐淡出，我恍然大悟地抬起头看向顾辛烈，他手指摩挲着那一颗玻璃球："你当时说过，我用这颗珠子，可以向你讨一个心愿。"

"这些年，我一直留着它，我绞尽脑汁、小心翼翼地想，我究竟要向你讨一个什么愿望，"他缓缓地说，"以前我有很多很多的机会，一直舍不得用掉它，直到现在。姜河，我用它，换你一个笑容可以吗？"

我伸手接过那颗年代已久的玻璃珠子。命运兜兜转转，它终于重新回到我的手里。

我努力地扬起嘴角，露出一个笑容。

他看着我，最终别过头，苦涩地说："好丑。我亏死了。"

年少的时候，我们总以为自己拥有许多许多个以后，然后一步一步，就走到了尽头。

"对了，"顾辛烈顿了顿说，"还有这个。"

他摊开手心，上面静静躺着一把不算新的钥匙。钥匙孔被他用红色的绳子串起来，他微微低下头，垂着眼帘看着我。

我一眼就认了出来，这是他在波士顿的那套房子的钥匙。我曾经也有一把，在离开波士顿的时候我把它放在了房间里，没有带走。

"姜河，"他开口轻声道，"我们从相识到现在，十六七年，太久了，久到我从来没有想过，有一天，我们会真的分开。可是刚才在病房里，我看到你习惯性地去掩上窗户，拉上窗帘，给花瓶换水，检查江海的身体状态……当我看着记忆中那个懒得要命的你，耐心而平静地去做这些事的时候，我忽然有一种感觉——"

他顿了顿，他看着我的眼睛。

然后他露出一丝苦笑："我已经彻底失去了你。"

"我由衷希望你能够幸福快乐。如果有一天，你觉得很累，找不到地方休息，你可以回去波士顿，这是我最后能送给你的礼物。"

他伸出手，扳开我的手指，将已经被他握得温热的钥匙放在我的手心。

"可惜你没能看到，院子外的桃树，今年开花了。"

我的泪水猝不及防地落了下来。

他声音哽咽，无比沙哑："姜河，抱歉……我曾经以为，自己可以给你一个家。"

橘黄色的出租车在路旁停下，顾辛烈上前一步，紧紧地抱住了我。

无关情欲和纠缠，我们彼此相拥，为那些已经逝去的好时光。

然后他松开手，轻轻地、轻轻地，在我的额头上吻了一下。

"姜河，再见。"

他的声音低沉嘶哑，被风吹散在夜空中。

姜河。姜河。姜河。

少年的声音，从遥远的时光的彼岸传来，一声声、一句句落在我的心尖。

第十三章　再回首已是百年身

我接受命运给予我的一切，我反抗我所能反抗的一切。

顾辛烈离开的两年后，住在我对面的机械工程师搬走了，他喜欢上了一个爱做蛋糕的中国女孩，我曾经见过她一次，圆圆的脸，头发扎起来，看起来很可爱。

不知道他以前的女朋友是什么样子，我有些好奇地想，四年的异地恋，多么不容易。

我公司的组长调职去了别的部门，他走的那年，正好INTEL中国上海分公司有一个高级工程师的职位空缺，他还记得我在简历上写过这样的意向，问我是否要申请看看。

我露出一个抱歉的笑容："我已经决定留在美国了。"

那时候，我的H1B签证已经下来。身边的许多外来同事开始排队技术移民，七年或者八年，人生好似就这样尘埃落定。

在这一年的末梢，我同往常一样去江海的病房，我让妈妈从中国给我寄来毛线和针棒，然后给他打了一条深灰色的围巾，最简单的平针，我妈妈通过视频反复教会我的。

我将围巾放在江海的枕头边。

"江海，"我说，"新年快乐。你已经睡了三年了，醒一醒吧。"

然后，我一生都不会忘记的一幕发生了——

江海的手指，轻微地动了动。

我的心脏狂跳起来。

我死死地盯着江海的脸，终于，他的眉毛颤抖了一下，他缓缓地、睁开了眼睛。

我激动得全身都麻木了,我不敢出声,生怕这只是一个幻觉,我捂着嘴巴,拼了命地去按病房里的呼唤医务人员的按钮。

江海,我望着那双漆黑的眼睛,滚烫的眼泪不断划过面颊,欢迎回来。

苏醒之后,江海的状态一直不太稳定。他清醒的时间太短了,其他时候又恢复沉睡,但是从心率、血管扩张等各项监护数据看,相比他完全沉睡的状态已经好了许多。

我欣喜若狂,感谢天感谢地,感谢世界上每一个圣灵。

收到我的消息后,江海的父母将再一次奔赴美国,因为江海的签证已经失效,办理探亲签证会十分麻烦,他们这一次选择了旅游签证,需要的时间会比探亲更长。

在次年的春天,江海的情况终于逐渐稳定下来。脱离氧气罩之后,护士试图让他开始发音,做一些基本的肢体活动。

他的大脑还处在一片混沌中,CT的结果显示还有淤血堆积,但是不能再冒险做颅内手术,风险太大,况且江海现在的身体状况也没有办法支撑。

他的身体器官已经大规模地衰竭,每天依然只能靠着营养液和葡萄糖维持生理机能。同时,他的肌肉萎缩,已经瘦弱得再不复当年的翩翩少年样。

他很少开口说话,护士说他现在处在最艰难的恢复期,运动型语言中枢受损,记忆力紊乱。

他就像一个曾经被世界遗弃的孩子,一无所知,警惕而又迷茫。

我每天为江海擦拭身体,照顾他的生活起居,我甚至比他未醒来之前更忙了,每天先开车到医院,为他打点好一切再去上班,下班后带着或许没写完的代码飞奔回医院,有些时候忙疯了,我干脆留在医院,趴在他的被子上睡过去。

我面色憔悴得吓人,于是在二十五岁的时候,我买了人生第一瓶粉底液和口红。我希望在江海的记忆里,我一直都是那个开朗的、活力十足的姜河,如果不这样的话,我想以后总有一天,他记起来,他会为此难过自责的。

更多地去考虑别人，将自己放在第二位，甚至更后面的位置，这也算是成熟的标志吧。

某个春日，旧金山淅沥沥地下了一场雨。相比起波士顿的寒冷，旧金山的雨中多了一些温柔，我起身走到窗边，伸手拉上江海病房里的窗户。

忽然，我的身后响起一道淡淡的声音。

"姜河。"

这是江海的声音。

相较顾辛烈曾经如少年人般爽朗干净的声音，他的声音会更平静低沉，而此时，因为太长时间没说过话，他的声音又哑又粗。

可是我知道，这是江海的声音，这是江海，叫着我的名字。

我满脸泪水地回过头。

我发现自从江海醒来之后，我哭泣的次数反而越来越多了。

这一声"姜河"就像是阀门开关一样，江海的大脑再一次像一个普通人一样转动了起来，开始慢慢恢复。虽然他还是会常常词不达意，忽然之间顿住，不知所措地看着我，可是他已经渐渐记起来他是谁和他的一生。

我不得不告诉他，这已经是车祸发生后的第三年。

知道这个消息后，江海沉默地在病床上坐了整整一天。

太阳光从地板的一头悄悄移动到他的身上，他一动不动地坐在这片金光中，然后这束光又渐渐离开他的身体。

夜幕降临，我终于看不下去，出声叫他："江海。"

他回过头来看我，黑眸深深，看不出喜怒。

我开始想象，如果我是他，如果我一觉醒来，发现这个世界已经不停息地向前运转了三年，我会不会崩溃掉。这不是冻结，而是被抛弃。

"江海，"我难过而愧疚地说，"一切都会好起来的。"

江海神色复杂地看着我，他问："这三年来，你一直在这里？"

我没有回答他。

第二天，江海试图下床活动，我搀扶着他，他的双腿根本没有办法用力，一下子摔在了地上。

我上前扶起他，他沉默地摇摇头，自己咬牙扶着床架立起身子。

他开始能慢慢进一些流食，然后是一些高蛋白易消化的食物，他的食量很小，吃几口就吃不下去了，这时候，我都会觉得很难过。

以前的江海的食量也不大，那是因为他要求食物的精致，而现在，他是因为真的吃不了。我总是沉默着，独自吃完他剩下的食物。

他每天锻炼后就像在雨中被淋透了一样，以前江海的体形偏瘦，但是体质很好，因为他一直都很懂规划自己的作息，包括健身。可是现在，他就连站起身，都要花费很长的时间。

医生安慰我说，江海已经很幸运了，按照原本的推测，极有可能出现的结果是，他头部以下的肢体都会瘫痪，并且智力退化到六岁小孩的平均水平。

有一次，我同江海讲话，叽叽喳喳地讲了很久之后，他忽然抬起头，愣愣地看着我："姜河，你在说什么？"

我心头一颤，慌忙地掩饰自己的神色，笑着说："没什么。"

可是我根本没有骗过江海的眼睛，他静静地看着我，没有说话。

我知道，他也意识到了，他的反应已经大不如从前。

过了几天，我找东西的时候拉开病房床头的抽屉，里面有一本过期的 NATURE，江海看到了便拿过来看，然后我看着他抿着嘴，一页一页地翻过去，然后他的速度开始加快，到了三分之二的时候，他啪的一声合上了杂志，然后用了很大的力气将它扔了出去。

我一脸狐疑，将杂志捡起来，看了看封面和目录，并没有什么不妥的地方。

"姜河，"他沙哑着声音开口，他怔怔地看着我，这是我第一次看到江海流露出这样悲伤的神情，他说，"……上面写的东西，我已经看不懂了。"

我顿了顿，故作轻松地说："因为科学发展太快了，没关系，你能追上来的。"

"不是的，"江海抬起头看我，我觉得他整个人都被一种深蓝色的气流包围了，他说，"是，最简单意义上的不懂，姜河……我的思维已经死掉了。"

他说的话,像是一把冷冷的凛冽刀锋,砍在我的心上。

我最担心的一件事,终于发生了。

我深呼一口气:"江海,你别这样。"

每一个人,出生在这个世界上,都会被温柔地赋予不同的天赋,然后随着岁月的增长,它渐渐地浸入我们的身体,成为梦想最初的雏形,你为之努力奔走,不顾一切,甚至燃烧生命,可是有一天,你忽然发现,你失去了它。

就像是一棵树失去了根、一只飞鸟失去了翅膀、一条鱼失去海洋,而大地,失去阳光。

他失去了灵魂。

那天夜里,我留在病房里陪着江海。

我知道他没有睡着,我们清醒地在一片黑暗中闭着眼睛,谁都没有开口。

江海的脾气开始变得十分暴躁。虽然他很克制,从来不会向我发火,但是我能够清楚地感受到他内心的烦闷和绝望。

他越发沉默,甚至也放弃了锻炼,他的胃口越来越糟糕,他开始长时间地躺在床上,听着《命运交响曲》。

我觉得,他的样子,就像是在静静地迎接死亡。

我却不得不装作什么都没发觉的样子,微笑着向他问好,拉开窗帘,让刺眼的阳光落在他的眼睛上。

我在夜里给惜惜打电话,我哭着问她要怎么办。

"姜河,你冷静一点,"越洋电话信号不好,何惜惜的声音听起来像是被电磁处理过,"你要是垮了,江海怎么办?"

是啊,如果连我都放弃了,那江海要怎么办。

第二天,我用冷水洗过脸,冲了一杯很苦的黑咖啡,若无其事地去上班。下班之后,我绕了一大截路,去了一趟海边。

因为是工作日,来海边的人很少。海风习习,远方海浪卷起来,夕阳已经过了一半,天空广阔得无边无际。

我沿着蜿蜒的小路慢慢地走着,沿海的另一侧,青草油油,不时会有一两条椅子供人歇息。我在一条椅子上坐了下来,美国路边的椅子大多数来自私人馈赠,上面会镶嵌一块漂亮的金属牌子,写上捐赠缘由。大多数是为了纪念捐赠者生命中重要的人或事物。

我第一次看到这样的椅子,是在一个公园里。

长椅的中央,龙飞凤舞地刻着一行字:To those happy days.(致已经逝去的美好岁月)。

后来,我见过各种各样的题词,送给曾经吃过的最好吃的芝士蛋糕,或者献给一条陪在身边多年的爱狗。

我从长椅上站起来,星光微弱,我想了想,拿出手机点开照明灯,我想要看看身下的这条长椅,又记载着怎样一个故事。

然后我的微笑凝结。

我的手指开始不住地发抖。

因为冰凉的金属铭牌上,静静地刻着:

Bless my forever lover(愿上天保佑我的爱人)。

Hai Jiang

留款的时间是四年前。我的手指一遍遍摩挲过这一行英文,我有一种强烈的直觉,这是江海,并不是一个随便重名的某某。

这是江海,在四年前写给我的祝福,那时候,我还身在遥远的波士顿。

我浑身都开始战栗。

那时候的我们,都未料到尔后命运的转折。

如果早一点,再早一点让我看到这句话。如果当年在旧金山的时候,我能勇敢一点、耐心一点,如果我同江海,没有遗憾地错过彼此。

这时,我的心底响起一道哀伤而温柔的声音——

"姜河,继续向前走吧。不要难过、不要回头。愿你所愿,终能实现。"

是的,我不回头。

我接受命运给予我的一切,我反抗我所能反抗的一切。

第二天是周末,我去医院找江海。

他静静地靠在床头，我从平板电脑里翻出一张照片递给他看。他狐疑地接过来，然后愣住了。

那是好几年前，我们一起去波士顿参加学术会议的时候我偷拍的照片。他穿着黑色的燕尾服，站在灯光下，微微低着头，黑色的头发，白皙的皮肤，漂亮得像是雕塑。

我深吸了一口气："你还记得吧，我们熬了三个通宵，获得了outstanding。那一天，你在讲台上说，谢谢我。然后我告诉你，要说谢谢的那个人应该是我。真的，江海，即使我不能继续爱你了，可是你依然是对我人生影响最大的人，是你改变了我的命运。如果没有遇见你，我很有可能碌碌无为，草草地过完一生，我不会有梦想有希望，一个人要是没有梦想，就如同，没有灵魂。"

我看着屏幕上的江海，他曾经谈笑风生、挥斥方遒。他曾经是会发光的太阳，凡人只能仰望。可是因为我的一时兴起，他失去了这一切，他失去了时间、健康和头顶的光环。

"如果你觉得自己无法向前了，无法站立了，"我顿了顿，屈下膝盖，伸出手，轻轻地握住他的手，"那么我就舍弃这双腿，陪你。应该承担这些痛苦的人不是你，是我。"

"我一直相信着你，如同相信我自己。"

江海震惊地看着我，他神色复杂地看着我，良久以后，他终于微笑起来。

这是三年来，我第一次看到江海的笑容。我就像是淘金者，千里迢迢，费尽千辛万苦，终于在茫茫的沙海里，发现了第一粒金子。

"我答应你，"他缓缓开口，脸上犹有笑容，"我决不放弃。"

江海开始慢慢地恢复。

他毅力惊人，每天要进行八小时的体能锻炼和六小时的脑力锻炼，最开始的时候，他浑身总是被摔得乌青，然后他一声不吭地慢慢爬起来。但是最让我难受的，还是江海在记忆数字的时候，总会很快忘记刚才背过的东西。

半年之后，江海身体各项指标已经与常人无异，他离开医院，回到了学校。开始恶补这几年他落下的论文，他吃力地、慢慢地在追上这个世界的步伐。

再半年后，有一天我去大学里找他，江海站在走廊上叫我的名字，我抬起头向他望去，微风吹过，他穿着白衬衫和黑色的长裤，低下头静静地看着我。

那一刻，我有一种强烈的感觉，曾经的那个江海回来了。

那个周末，我陪江海去复查，医生也对他的变化感到惊讶，笑眯眯地说："要好好感谢你的女朋友啊。"

江海愣了愣，然后摇头说："不，你误会了，她并不是我的女朋友。"

我沉默地站在一旁，想说什么，最终还是没说。

那天离开医院后，我和江海一起去海边的墨西哥餐厅吃了大闸蟹和牛排，我们聊了旧金山最新的房价、州税、被预言会撞击地球的那颗行星，而有一些事，我们绝口不提。

旧金山最美的夏天来临的时候，我接到了一个越洋电话。

在看到"未显示号码"五个字的时候，我愣了愣，因为会从国内给我打来电话的人除了我爸妈就只剩下何惜惜，他们的号码我自然都有保存，所以这个号码……我的心开始狂跳起来。

我接起电话，深吸一口气说："你好。"

对面的人沉默了两秒，才回答："你好。"

我瞬间失望起来，因为这是一道女声，虽然听起来十分悦耳。

"是姜河吗？"她顿了一下，似乎在思考着什么，"我是许玲珑，你还记得我吗？"

实在是太久远了，我隐隐约约记得有这么一个人，努力想了想，一些零碎的片段钻进脑子里，阳光下的蓝色油漆桶、夜幕中的游泳池和停车场那段不欢而散的对话。

我说："是你。"

她在电话那头松了一口气，好像微笑了："很高兴你还记得我。"

我忽然又紧张起来，因为我知道，她打来这通电话，一定与顾辛烈有关。

"你找我，有什么事吗？"我捏紧了手机。

她顿了顿，然后认真地问："姜河，你可以把顾辛烈交给我吗？"

这一句话，就像是过了一整个世纪，才传达到我的心里。

我曾同许玲珑一起涮过火锅，那时候在波士顿，顾辛烈坐在我身边，不停地同我斗嘴、与我抢菜，她坐在我们对面微笑着看我们，感叹说"你们关系真好啊"。

可是如今，她已经有资格打着越洋电话，直白地问我"你可以把顾辛烈交给我吗"。

我在恍惚中才想起，这是我同顾辛烈分开的第四年，他离开美国的第三年。

时间已经走了好远好远。

我们在电话里沉默了很久，半晌，许玲珑似乎叹了一口气，她说："我们要结婚了。"

"哦。"我说，然后又沉默了很久，我说，"祝你们幸福。"

然后我挂掉了电话。

我把手机关掉，然后手中力气全失，它滑落在了地毯上，我低头看了它良久，没有捡起来。

这天正好是周末，原本的计划，我应当陪着江海去医院复查身体。可是我躺在客厅的地毯上，不想说话，也不想动。

记忆中那个穿着黑色T恤，戴着黑色棒球帽的少年，迎着阳光大步向前，他终于去达了我不能去的地方。

这一生中，他曾三次对我说他爱我。

第一次，在帝国大厦的一百五十颗明灯画成的爱心前，他对我说，姜河，我爱你。

第二次，在波士顿的地震之后，他紧紧抱着我的身体，他的衣服被雨水淋透了，他说，姜河，我爱你。

第三次，他就要离开美国，我们站在昏黄的路灯下，凝望着彼此的眼睛，他说，姜河，我爱你。

那密密麻麻的痛爬上我的心尖，我的血液、我的每一寸皮肤，我痛得几乎窒息。

是我选择的放手，是我亲手推开了他，我明明早就知道会有这一天的到来，可是当它真正到来，我才发现，我根本没有办法承受。

此生最大的遗憾，就是我竟然从来没有好好地告诉过他，我爱他。

可是现在，说与不说，已经没有关系了。

江海来我家找到我的时候，我甚至以为自己已经死掉了。他不停地敲门，我好像听到了，又好像没有听到。最后江海没有办法，从窗外的阳台翻了进来，他的身体还不能允许他进行这样剧烈的运动，他有些不支地用手扶在落地窗外喘息，我这才猛然反应过来，跳起来跑到窗边，把玻璃门推开。

我愧疚无比："对不起。"

江海低着头看我，担心地问："姜河，你怎么了？"

我伸手往脸上一抹，全是泪水。

我讪讪地转移了话题："抱歉，等我换一下衣服，现在几点了？去医院还来得及吗？"

"没有关系，我给医生打过电话了，下周去也是一样的，"江海的目光依然盯在我的脸上，"姜河？"

我低头，弯腰捡起地上的手机，重新开启手机，十几个未接来电，统统来自江海。

"顾辛烈要结婚了。"我声音沙哑地开口。

江海醒后，我们都默契地对感情的事情闭口不谈，可是聪明如他，应该早就猜得八九不离十了。他看着我的眼睛，叹了口气："抱歉。"

我使劲摇头："和你无关，我们……"

我觉得同江海讨论起自己和顾辛烈的感情是一件很奇怪的事情，于是我没有将话说完。

江海也没有再追问我，他问："吃饭了吗？"

我不想麻烦他，便点了点头，结果正在这时候，我一天没进食的肚子发出一阵不合时宜的咕咕声。

我的脸唰地红了起来，江海笑了笑："出去吃还是在家里吃？"

我十分不好意思："就在家里吃吧。"

厨房里多多少少还有些食材，江海醒来后，为了防止我死在速冻食品和泡面中，他每次去超市都会叫上我，新鲜的肉和蔬菜都要买两份。

我洗了一个土豆，拿着削皮器蹲在垃圾桶旁边削皮，一直削一直削，等江海叫我的时候，我才发现手上的土豆被我削得只剩下三分之一了。

他担忧地看着我的眼睛："我来吧。"

这天晚餐，江海做了一桌子好菜。他的厨艺比顾辛烈好很多，色香味俱全，可是不知道我是太怀念记忆中那一盘盘把老抽当作了生抽的黑暗料理，还是情绪实在太低落，我一直慢慢地夹着米饭在吃。

吃完饭后，我收起碗筷："我来洗吧。"

江海没有说话，一双黑眸静静地看着我。

白炽灯落在他的身上，他开口说："姜河，去找他吧。"

我摇了摇头，没有说话。

"去吧，"江海的声音十分温柔，"就算是道别或者祝福，你也应该当面告诉他。"

"你很久没有回国了，回去看一看吧……别给自己的人生留下遗憾。"

那一刻不知道为什么，我忽然很想很想哭。

"如果你觉得很困难的话，我可以陪你回去，"他说，"很久没有回国了，我也有些怀念。"

我抬起头看他，他黑眸沉沉，看不出悲喜。我以前总是觉得自己是全世界最了解江海的人，可是后来我才慢慢发现，其实我从来都没有懂得过他。

我和江海在三天后踏上回国的航班。

我原本定在今年圣诞节回国的行程被提前半年，我爸妈在电话里开心得不得了，恨不得下一秒我就出现在家门口。

我问他们："要带什么回来？化妆品，包包，保健品？"

我妈连忙摇头："带什么带，你平平安安回来就是了。我给你买烤鸭去。"

我无比心酸，每个客居异国他乡的人都能懂得我这样的心酸，甚至再多一点，所有离家的游子，都曾有过这样的心酸。

你问我何时归故里，我也轻声地问自己。

飞机在太平洋上空遭遇气流，机舱内一片惊慌，电光火石间，上一次车祸的情景在我脑海浮现，那次事故给我带来的心理阴影太严重，我至今仍不敢坐副驾驶座。

一个念头突然从脑海冒出来，如果我就此葬身于太平洋，我没有来得及见上顾辛烈最后一面。他会在大洋的彼岸结婚生子、为人夫、为人父，他甚至不会知道，我曾多么多么地想念他。

江海说得对，无论是道别还是祝福，我都应该当着他的面，好好地告诉他。

机身再一次颠簸，江海伸出手抓住我的手，我转过头看向他，眼里不知不觉噙满了泪水。

"没事的，姜河。"他说。

这时，我才发现，江海的内心远远比我所想象的还要强大。

"谢谢。"我低声说。

谢谢你教会我勇敢地去面对。

我和江海在上海转机，又遇上航空管制，飞机晚点三个小时，抵达故乡的机场已经是凌晨四点，再加上取行李等候的时间，等我们走出机场，天色都从黑中透出一点点亮，好在我们都提前通知了爸妈，让他们不要来接机。

我和江海打了一辆出租车，他先将我送回家。在朦胧的清晨中，我忽然想起来，十年前，也是这样一个清晨，他来我家楼下等我，帮我把行李一件件放上后备箱。

发现江海正低头看我。

"怎么了？"我轻声问他。

他若有所思地说："这算不算，也是一种圆舞？"

十六岁的时候，少年穿着黑色的燕尾服，风度翩翩地对我说："可是我却觉得这不只是巧合，华尔兹是我认为的，最能体现数学的美感的一种舞蹈，实际上，我更喜欢它的另一个名字，圆舞。"

这是我同他跳过的唯一一支舞蹈，没有想到，竟然就此埋下命运的伏笔。

怎能不让人唏嘘。

江海将我送到我家门口，我问他："要不要进来喝点水？"

"不用了，"他摇摇头，然后顿了顿，"有事的话，可以来找我。"

"嗯。"

我摸出家里的钥匙，轻轻地打开门。客厅里没有人，一切都是静悄悄的，电视机、沙发、茶几、饮水机……什么都没有变。

我的手扶着墙壁，开始颤抖。

我回家了。

第二天，我老妈醒来，看到倒在沙发上熟睡的我，忍不住大声尖叫，拎着我的耳朵就开始骂："怎么回来都不打声招呼？把我和你爸当死人吗？睡外面你不怕感冒吗你？"

我睡得迷迷糊糊，一边流着口水一边看她。

这天早上，我终于吃到了心心念念的油条。我一共申请到五天的假期，除去来回在旅途上耽搁的三十多小时的时间，我在国内只待得到三天的时间。江海的时间虽然比我充裕许多，但是他还是定了和我一样的行程。

回国第一天，我陪我爸妈去逛街，吃了一顿火锅，晚上回家的时候何惜惜给我打电话："你知道去哪里找顾辛烈吗？"

我默然。

何惜惜叹了口气："姜河，你是不是又害怕了，想要退缩了？"

怎么会不想退缩，如果我不见他，便可以欺骗自己他是不会属于别人的，便可以继续若无其事地独自生活。

我说："我知道了。"

晚上我坐在阳台上的摇摇椅上，穿着睡裙一晃一晃的，我妈妈给我打了一杯西瓜汁，问我："不开心？"

知女莫过母，我摇摇头："没有。"

我妈妈瞟了我一眼，忽然想起来："对了，这里有份你的包裹。"

然后她去柜子里拿出一个包得整整齐齐的纸盒子，不是用快递寄来的，胶条下有一张纸条，写着：姜河（收）。

我接过来，用指甲抠开胶条，这是顾辛烈的字。扯掉了胶条，我又不敢打开箱子了，我问妈妈："什么时候送来的？"

"不知道，放在门卫室，大概几天前吧，"我妈妈想了想，"周一的时候我路过的时候门卫叫住我，说是个年轻人放这里的。"

我打开盒子，里面放着一个册子，我拿出来，是一本相册。

很老旧的款式，一看就是被人小心珍藏着，我翻开第一页——

穿着白色衬衫和黑色长裤的小女孩和穿着白色蕾丝公主裙的小男孩，头靠头，额头各点了一个红色的痣。

"啊！"我妈妈在一旁惊呼，指着那个一脸不耐烦的小女孩，"这不是你吗？"

我愣住："什么时候的事了？"

我妈妈想了想："小学一年级的时候吧，你们班文艺演出，你非不要穿裙子，就扒了你同桌的衣服，非让人家代替你穿裙子。那孩子叫什么来着……"

"顾辛烈。"

我扑哧一声笑了出来。我看着照片里哭丧着脸的小男孩，他五官生得好，那时候皮肤又白，除了头发太短之外，穿上裙子还真的像个小公主。

相册的下一页，两个人趴在桌子上，手肘抵着手肘，谁也不肯让对方越过自己的桌面。

再下一张，我们穿着白色的运动服，他站在操场上，我将喝光的易拉罐放在他的头顶上。

然后随着时光的增长，照片上的两个人变成了我一个人，我独自坐在教室的桌子前，我低头走在回家的路上，再然后，照片又由一个人变成了两个人，我和江海一起站在升旗仪式的台上，我和江海一起在体育馆里打壁球，我和江海贴在公告栏的报纸……

然后我在机场，背着书包，拖着随机行李箱，留给拍摄的人一个模糊而瘦小的背影。

我在美国的第一年，是一张我自己发在空间里的照片，我穿着白色小礼服，坐在化妆镜前，忽然回过头，显得眼睛很大。

第二年我回国，在篮球场偶遇他，在我家楼下，我蹲下身去锁自行车。

第三年，我不记得有过这张照片，我坐在草坪上，正在低头吃冰激凌。

第四年，他来到美国，照片里是一个不知道哪里的路牌，上面写着"Welcome to the United States（"欢迎来到美国"）"。

第五年，在波士顿的辉煌灯光下，我不可思议地捂住了嘴。

第六年，我即将出发去旧金山，掏出手机和他挤眉弄眼地对着屏幕笑。

这是最后一张照片，时光在这一刻戛然而止。厚厚一本相册还剩下许多页，明明还可以放下很多照片、很多岁月。

翻到最后一页，我已经泣不成声。在我不知道的地方，他曾这样爱过我。

我妈妈没说话，站起身走了。我感情上的事情，我爸妈从来都不会多问。

这个夜晚，天上繁星点点，我去楼下买了一箱啤酒，坐在阳台上慢慢地喝，还没喝完就沉沉睡去，然后又被蚊子咬醒，一身的包。

于是我继续喝酒，看星星。

第二天，我去问我妈妈："妈，我有个朋友要结婚了，你说我送人家什么好？"

我妈瞥了我一眼："红包呗，关系怎么样的朋友？要是普通同学你包六百吧，关系好一点，包八百，要是再好点，一千二吧。"

我想了想，觉得不合适："不是那种朋友，是关系很好很好的朋友。"

我妈又瞥了我一眼："那就送心意吧，心诚就好。"

我苦笑，没有说话。

我想了想，叹了口气："那我还是封红包吧。人家都是有钱人，可能一千二看不上。干脆封个六千六，吉利。"

我妈恨不得给我一巴掌:"六千六,姜河你被资本主义腐蚀了是不是,还真当自己是有钱人了?"

我低声说:"妈,你不懂……"

我妈还想开口训斥我两句,看到我通红的眼睛,叹了口气,没说话。

下午的时候,我出门去了一趟附近的寺庙,据说这里许愿很灵,每到了升学的日子,来祈福的家长每次都能排到一里开外,我妈曾经喜滋滋地说过,好在我有出息,她从来没去排过。

后来我去了美国,我爸偷偷告诉我,我妈每年过年都要来这里,求菩萨保佑我平安幸福。

寺庙建在郊外,我从公交车上下来,又顶着烈日走了半个小时,才终于找到它。我也只是小时候来过一次,那时候我不畏鬼神,不敬天地,觉得全世界的人都不如我。

最近没有什么节日,天气也热,来寺庙的人很少,我乐得清闲。院子外种满了菩提树,阳光透过树叶的罅隙落下来,我站在月亮形状的石头门外,忽然听到一道颤抖的声音。

"姜河?"

我回过头去,这是三年后,我第一次见到顾辛烈。

他穿着白色的衬衫,头发长长了一些,脸颊好像瘦了一些,显得他的五官更加立体成熟,他眼睛眨也不眨地看着我。

我努力挤出微笑:"嗨。"

他依然一动也不动地看着我。

过了好久,我觉得自己热得都快中暑了,他才开口:"姜河,真的是你?"

我不好意思地摸了摸头发:"嗯,前几天回来的。"

"你怎么在这里?"

我本来想说,我为你而来,在佛前磕头希望佑你幸福喜乐,想想又觉得说出来尴尬又矫情,于是我笑了笑:"来拜拜,你呢?"

他说:"我也是。"

我想想也对,他就要结婚了,来寺庙拜佛是很正常的事。

我低下头苦笑。

我们一起向前走了几步,到了大殿外,有一个很大的香炉,紫烟袅袅,我和顾辛烈都走上前,点燃进门时拿到的三支香,以香炉为中心,朝四面鞠躬,默念心中的愿望,然后将手中的香放上去。

香炉太高,我手伸过去的时候差点被一旁的别的香烧到,顾辛烈便接过来,帮我一起将手中的香插在香炉灰里。

然后他回过头,想起来什么:"江海怎么样了?"

"嗯,他去年醒来的,"我笑了笑,"他恢复得挺好,他这次也回来了。"

顾辛烈看着我,点点头,没有说话。

我想他可能是误会了什么,但是也无所谓了。

我们沉默着顺着大殿的阶梯一层层上去,到了佛像前,顾辛烈侧过身站在一旁,让我先拜。我跪在蒲团之上,双手合十,无比虔诚地许愿。

我咚咚地磕头三声,站起来的时候,阳光刺入我的眼睛,我忽然笑了起来。

"你笑什么?"顾辛烈疑惑地问我。

"没什么"

我摇摇头。其实那一刻,我只是忽然想起多年前读过的一首席慕容的诗。

如何让你遇见我
在我最美丽的时刻
为这　我已在佛前　求了五百年
求他让我们结一段尘缘
佛于是把我化作一棵树
长在你必经的路旁
阳光下慎重地开满了花
朵朵都是我前世的盼望
当你走近　请你细听
颤抖的叶是我等待的热情

而当你终于无视地走过
在你身后落了一地的
朋友啊　那不是花瓣
是我凋零的心

而我同顾辛烈，究竟是谁在佛前求过五百年，而谁又是开在路边的那一棵树。

顾辛烈没有继续追问，他也在蒲团上跪下来，他右手戴了一串我没见过的黑曜石，不易察觉的光泽，像是挡住了所有的过往和记忆。

他闭上眼睛，那一刻，我忽然觉得他离我好远好远。

我们就这样沉默着，拜过了寺庙每一尊佛像。本来以为不大的寺庙，一步步走过，才发现大得出奇。我好像从来没有走过这么多路，脚都快断掉了，见我速度慢下来，顾辛烈侧过头问我："也没剩下多少了，算了吧？"

我摇摇头："没关系。"

我能为他做的事情，也就只有这么多了。

顾辛烈没有再说话，我们一路拾级而上，拜完最后一尊佛，天已经暗了下来。也不知道寺庙会不会关门，我们离开的时候，夏夜的风吹得菩提树沙沙作响。

寺庙外是一条细细的河水，在寂静的夜里静悄悄地流着。

我觉得，前方晦暗的灯光是在提醒我，到了说再见的时候了。

我停下脚步，顾辛烈闻声，也停了下来。

我说："听说你要结婚了？"

"是。"他点点头。

我再次心痛起来，我低下头，想装作若无其事。

当年，在渔人码头的黄昏下，亲口告诉他我的选择，向他说抱歉的时候，他又有多心痛呢？

可是明知结局如此，重新来一次，我还是会做同样的选择。

顾辛烈以前笑话我矫情，他没有错，我骨子里确实是一个很矫情的人，我甚至固执地认为，只有悲剧，才是爱情最美的样子。

江海说得对,这是一支圆舞,我和顾辛烈,只是曾经共舞。

我终于开口:"祝你幸福。"

他声音涩涩地说:"谢谢。"

"相册我收到了,"我说,"我才应该谢谢你,我从来、从来都不知道,你曾为我做过这么多事情。"

"你大三那一年,"他缓缓开口,"我去美国看过你。那时候我英语也不好,又不会开车,办自由行的旅游签证很困难,我跟了旅行团,那天在旧金山,我申请一天不跟团,去斯坦福看你。我连你的电话都没有,就想着碰碰运气,在校园里溜达,没想到真的看到了你……我看见你坐在伞下面吃冰激凌,你看起来过得很好的样子,我一直看着你,直到江海走过来,你站起来和他一起走了。我才回过神来,我竟然忘记了叫你……后来我回去的时候一直在想,没有关系,你过得好就够了。"

他看着我的眼睛,又重复了一遍:"姜河,只要你过得好,就够了。"

我太难受,一时之间说不出话来。

良久,我才轻轻开口:"我一直都没有告诉你,我爱你。这些年,我的感动是真的,我的感情也是真的。我觉得,自己再也不会像爱你一样去爱别人了……抱歉,我知道我现在说这些,已经太晚了。我只是,想让你知道。那些年,你付出了一切,我也是。"

溪水潺潺。

生命是一条静静流淌的大河,岁月则是沿岸的风景。我们站在河水的上游,望着年少时候的自己。楚河汉界,我同顾辛烈,一人在此岸,一人在彼岸。

顾辛烈低声笑。

可是这笑声听起来让人无比难受,我的心都被揪起来了。他仿佛在肯定我的话语,是的,姜河,太晚了。

"姜河,"他开口说,抬头望着夜空,"你看见这些星星了吗?"

"嗯。"

"我花了很长很长的时间才明白,原来我和你之间,永远都差着时间。就像是夜空中的星辰,我们所看到的每一颗星光,其实早在光年外化为了灰烬。"

他回过头，凝视我。

他凝视着我的目光中有千言，有万语，这些年的跌跌撞撞，这些年的分分合合。

毁掉这一切的，究竟是命运，还是我自己？

这时候，一簇烟花在我和顾辛烈眼前的夜幕中"砰"的一声升起。一时间，我们都没有说话，同时抬头静静地看着这美丽绝伦的场景。

"姜河。"这么多年，始终只有他，能将我的名字叫得这样好听。

可是他说出口的，却也是世界上最让我难过的话。

"很多年前，"他看着我的眼睛，若有若无地笑着，"也是在冬天，城里下了一点小雪，我父母开车带我去了很远的地方放烟花，我当时心底就暗暗地想，一定也要为你放一次这样美丽的烟花。那真的是很多年前的事了啊，那时候，你还在美国呢。"

他笑起来十分好看，眉毛微微上扬，狭长的眼睛眯起来，很像是很多年前，我们一起在山谷中看过的流星。

他一动也不动地看着我的眼睛。

我的眼泪一下子涌出来。我仰起头，努力不让他看见。夜空烟花一簇一簇绽放，烟花易冷，人事易分，原来是真的。

"姜河，"他终于还是别过了头去，语气里是伤感还是抱歉，时隔多年，我已经不如当初般能猜到他的心，他说，"我真的爱了你很多年。"

最后一簇烟花飞上夜空。

过往的青春岁月历历在目，异国他乡的似水流年，他在风中大声叫我的名字，一声一声，刻在我的心头。而此时，我心如刀绞，眼泪再也不受控制，大滴大滴落下。

因为我知道，我和他的前半生，爱也罢，恨也罢，都统统在这一刻、在这最后的一束烟花中结束了。

Will you still love me when I'm no longer young and beautiful
当我青春不再，容颜已老，你是否还会爱我
Will you still love me when I got nothing but my aching soul

当我一无所有,只留悲伤,你是否还会爱我

三天后,我和江海沿着来时的路线,从上海转机,回到旧金山。这一次,我们都没有让家里人来送行,我们在机场见到对方,将行李办理托运。

过海关的时候,我忽然停下来,回头望了一眼,好似在等一个绝对不可能在此时出现的人。

"姜河,"江海站在我的身后,轻轻叹了一口气,"走吧。"我终于歇斯底里地失声痛哭起来。

耳边响起的,是他当年说过的那句话——

"姜河,继续向前走吧。不要难过、不要回头。愿你所愿,终能实现。"

告别了爱与被爱,我们就这样慢慢长大了。

飞机越过换日线,金色的阳光跌入我的眼睛,空姐温柔的声音再一次响起:"Welcome to beautiful beautiful San Francisco."

时光悠悠,好似回到了十年前,我第一次抵达美国的时候。

彼时我和江海都正是最年轻的年纪,我为了心爱的男孩跨越一整个太平洋,我什么都不怕,我浑身都是勇气。

我本以为我会这样和他过一生。

思君令人老,岁月忽已暮。

而再回首,再回首已是百年身。

你好,旧金山。

再见,我的爱。

——全书完——

番外 -顾辛烈 江河万里，有酒辛烈

顾小少十岁那年的暑假，跟着父母去了澳大利亚避暑。这是他第一次到南半球，去了悉尼歌剧院，看了袋鼠和考拉，玩了高空滑翔，坐车行驶在一望无际的大草原上，顾小少却心不在焉，一路都在想，要给姜河带点什么纪念品好。

他原本的计划是背一箱牛奶回去，因为姜河那丫头简直是先天性发育不良，又瘦又矮，也不知道怎么长的，营养全到脑子里去了。可是下一个问题来了，他要怎么向父母解释自己要给同学带牛奶回去呢，她家又不是穷到买不起。

他们一定会借机嘲笑他的。顾小少沮丧地想，真想快点长成大人啊，那个时候，他一定要把整个超市的牛奶都给姜河运回去，哦不，还是直接带着她来这里喝。

在旅途快要结束的时候，顾小少终于不再愁眉苦脸，因为他看上了一块纯水晶做的世界地图拼图，挂在酒店的最中央，美得只应存在于童话中。

就这个好了，顾小少心想，他送给姜河的，一定要是最好的。

虽然那时候的他，并不知道为什么一定要是最好的。

可是，当顾小少盼星星盼月亮，终于盼到开学，穿得整整齐齐地去上学的时候，却得知姜河这学期没有来报到，她跳级去念初中了！

那天下午放学后，顾小少趾高气扬地打发走了司机，抱着他的一盒子水晶拼图，独自走到了市一中的校门口。他原本是满肚子的气，想要好好

问问姜河,你这是什么意思,买了五块五的零食就想把你顾小爷打发了,有这么便宜的事吗!

可是当他站在市一中的门口时,他忽然什么话都说不出来了。恢宏大气的市一中,是全省最好的中学,喷水池的水柱一股一股地绽放在天际,这里,每年不知道要出多少个清华北大的才子。

此时,这里大门紧闭,衬托得他异常渺小,一切正明明白白地告诉着他,他和她之间的差距。

这是呼风唤雨,天之骄子的顾辛烈,人生第一次知道什么叫作无能为力。

那天晚上,顾小少坐在卧室的地毯上,将水晶拼图全部倒出来,一块一块地拼出了世界的模样。

再次见到姜河,是在第二年的秋天。他从车上走下来,一扭过头,就看到了叼着包子满嘴油光的她抬脚准备往人群里缩回去。

"姜河!"他大声叫住了她。

她笑嘻嘻地回过头,同他说好久不见。

然后他才知道,她已经跳级升入了高中。他不懂,她为什么总是如此着急,一直在往前跑啊跑,难道他是会吃掉她的妖怪吗?

渐渐地,他发现了和她时间表上唯一的交集,就是每周一的升旗仪式。她个头矮,每次都只能走在人群后方,于是他总要逆着人流,艰难地绕到她的身后,然后装作出人意料地碰上了她。

她不明所以,总是一边瞪他一边笑,叫他:"顾二蠢!"

他明明有许多许多想同她说的话,可是当两个人真的并肩走在一起的时候,他却不知道该说什么了,像个笨拙的小孩,不注意就走成了同手同脚。她却低头沉思,不知道在想着什么。

忽然,一阵风吹过,有淡粉色的花瓣落在她头发上,他停下来,轻轻地将它摘下来,她的发丝并不柔软,却十分的黑,这导致了他往后的审美,从来都只认为女孩子黑发好。

"这是什么花?"他好奇地问。

"桃花。"她用一种看白痴的眼神看他。

原来是桃花,他在心中嘀咕,他家中的花园里应该也种过桃花,他怎么从来就没有觉得这么好看呢?走了几步,他又忍不住回过头看,蓝天白云,绿树红花,越看越好看。

她是早已忘记了的,可是他一直记得,开在学校长廊边的那树桃花,他们曾一同驻足观赏。

再后来,他初三的时候,有一次打完篮球,去小卖部买冰冻饮料,听到几个女孩子在讨论着什么,隐约听到"天才少女""高中部""美国"几个词,他猛然停住脚,脑子从来没转得那么快过,他僵硬地转过头,问她们:"你们在说谁?"

她离开美国的前一天,他终于还是忍不住去找她。他骑着改装过的山地车载她飞驰在熟悉的街道上,他忽然想到小学的时候,体育课上,他和她做搭档,用绳子将两个人单脚绑住往前走,他们两个人毫无默契,通常是一开始就一齐扑在地上,眼睁睁看着大家抵达终点。

不是什么值得回忆的事,却一件一件涌上他的心头。

他在郊外的湖边停下来,不就是美国吗,他在心中不屑地对自己说,一万公里,比起夸父同太阳的距离,实在是不值一提。

他升高中的时候,他没有在市一中继续念下去,去了一所名声一般的私立学校。他家里人倒无所谓,只是很好奇,他英语那么烂,怎么忽然铁了心要出国。他才不会解释,要是让他们知道只是为了一个女生,又要被嘲笑了!

他念的是国际班,就是为了出国做准备,有专门的老师教托福和SAT(学业能力倾向测试),他和许玲珑就是在这里认识的。那时候,他可真的叫玩命地背单词,卧室全部贴的是单词,早晚刷牙的时候,他含着满口泡沫往镜子里一看,是自己用中性笔写了一个大大的"mirror(镜子)"。

许玲珑那时候和他就是同桌了,他们一个班的富二代,除了他,全都排在她身后等着送殷勤。看他这么努力,许玲珑还以为他是个牛人,好奇地问他:"你这么努力,是想要申 Top 10[1] 吗?"

Top 10,顾大少的心在流泪,能进前一百名的学校就不错了。

---

1 这里指排行前 10 的美国大学。

他第一次托福成绩出来，许玲珑旁敲侧击问了好久才知道他的分数，然后目瞪口呆，委婉地问："那你是想申请去哪里呢？"

"去旧金山，不行就加州，再不行，好歹也得在美国。"他振振有词。

"为什么？"

那天之后，许玲珑就知道了"姜河"这个名字。起初的时候她不信，以为他编故事诳她，因为像顾辛烈这样生在有钱人家的孩子她见过太多，他们放肆地挥霍着青春和金钱。

顾辛烈耸耸肩，趴在桌子上，折了一个纸飞机，往窗外抛出，飞机在空中打了一个旋，正好一阵风起，将它送走。

一到国外放假的时候，无论是春假还是秋假，他都会天天放学后去姜河家楼下转一圈，明知道碰到她的概率小得可以忽略，可是他还是忍不住想要试一试。

大概是他的诚意感动了上天，在第二年的冬天，他在篮球场真的遇到了她。她大概是在加州待惯了，都忘记了国内冬天有多冷，她缩着脖子，脸色惨白，哆哆嗦嗦地叫他："顾辛烈！"

他刚刚结束一个三步上篮，笑着同队友击掌，猛然回过头，看到了她站在网栏之外。

他和每一个普通的少年一样，骑着自行车送她回家，他从一个下坡路驶下去，似乎听到了她清脆的笑声，他觉得大概是在做梦。

他站在她家楼道口，冲她扬了扬下巴，看着她的背影渐渐消失，然后他又独自站了许久，等到夕阳完全沉下，他才抬脚离开。

对他来说，这并不是一件很艰难的事。

因为他早已经习惯了，在她的身后，等着她回过头。

有一年他过生日，朋友们为他庆祝，KTV里，他坐在角落的沙发上玩骰子，被朋友抓住，说他作为寿星，不唱一首不准回家。

在众人的起哄声中，他也不愿意扫兴，拿起话筒，当前放的正好是陈奕迅的《岁月如歌》。

"爱上了看见你如何不懂谦卑，去讲心中理想不会俗气，犹如看得见晨曦才能欢天喜地……"

恍惚中，他仿佛看到了她的身影，站在桃花树下，大声笑话他，"顾二蠢，你怎么那么笨呢！"

一曲歌毕，余音绕梁，朋友们大声拍手叫好，说最后的颤音竟然真的唱出了哭腔。没有人知道，那是因为在那一刻，他想起了她。笨的人明明是她好不好，他那么好，那么喜欢她，她却一点也看不到。

当世事再没完美，可远在岁月如歌中找你。

申请学校的时候，他家族里的人提出动用家里的资源帮他申请，给他写推荐信，送他进常青藤。被他一口拒绝，倒也说不出什么特别的原因，他只是认为，如果他那样做，应该会被她瞧不起的。

高中结束前，他收到了来自波士顿的录取通知书，学院以设计见长，他很知足，下午打球的时候，一个人独霸全场，把对手搞得嗷嗷叫苦。许玲珑不解地问他："波士顿和旧金山还隔得远呢，你这么高兴做什么？"

他摇头，笑她不懂："我至少靠着自己的努力，离她又近了一大步。"

结果上天眷顾他，阴差阳错，竟然将她送到他的面前。后来他回想起来，如果他靠着家里的势力去了旧金山，反而才是真真正正地错过了她。

所以命运这东西，真的是谁也说不准。

再后来，他们短暂地相爱，又再一次长久地分离。

他站在黄昏的渔人码头，凝视着他此生最爱的女孩，她的头发被海风高高吹起，他心痛得无以复加，他对她说："不要难过、不要回头。愿你所愿，终能实现。"

他乘坐当晚的飞机回到波士顿，看着这座他生活了四年的城市，点点滴滴，全是同她的回忆。他站在家门口，钥匙就放在包里，他却不愿意进去，在台阶上坐了一整夜。波士顿星光微弱，其实他知道，她做的决定是对的，她不能昧着良心，将江海独自抛弃在病房，心安理得地和自己恩恩爱爱。

就算那只是一个陌生人她也做不到，何况，那个人是江海。

虽然在一个极短极短的瞬间，他想过要问她，她是否真的爱过他，住在她心底的那个人，究竟是谁。

他觉得自己像个不懂事的小孩，一点也没有绅士风度，他怎么能逼她，他怎么忍心再叫她难过。

那一年新年夜，许玲珑来找他一起去跨年。他想起姜河还在的时候，笑着同自己约定，在美国的最后一年，一定要去时代广场跨年，画下一个圆满的句号。

他们约定过的许多许多事，只是已经没有机会去实现了。

那天晚上，他和许玲珑在院子里喝酒，波士顿彻夜不眠，看不见星星。他忽然同许玲珑提到姜河："你知道吗，刚刚和她分开的时候，我甚至恨不得世界末日来临、地球毁灭，因为只有那时候，我们才可以假装忘掉所有的道德、承诺、责任，我才可以回到她的身边，握住她的手，抱住她，告诉她，跟我走。"

可是再不好过，他也这样过来了。他从手机里调出他们唯一一张合照，她穿着正装，头发盘起来，同他印象里的小姑娘大相径庭，他伸出手，去触摸屏幕上她的笑容。

不知道再次看到她的笑容，需要等到何时。

他离开美国之前，去了一趟旧金山，他坐在她家门口等她回来，看着夕阳一点一点下沉，当时他想，如果今天等不到她，不知道究竟是好事还是坏事，不用告别，就可以假装不曾分别。

可最后他还是等到了她，她低着头，一边用钥匙开门一边问他几点的飞机。

她非要给他做晚饭，结果翻箱倒柜半天也只找到一袋速冻水饺，她端着热气腾腾的饺子放在桌子上，他握着筷子，一口也吃不下。可是为了不让她难过，他还是硬着头皮慢慢地吃了下去。

在离开的时候他提着行李，忽然回头往她的家望了 眼。那一刻他想到，这里这样好，可是却与他无关了，她将同旁人在一起，在这个国家，度过她的漫漫余生。

一想到这里，他就心痛得连呼吸都无法自持。

她停下来，疑惑地看着他："怎么了？"

"没什么，"他若有若无地笑，"你的屋子收拾得很整齐。"

她已经不是他记忆中的那个姜河了，短短的一年，她已经成熟了不少，长过了以往他们分开的那些年。

　　最后离开的时候，他将波士顿的房屋钥匙交给她，那里埋葬着他一生中最珍贵的回忆。门前的桃花开了，他一个人坐在院子里喝威士忌，花瓣落在他的手心，他想到当初自己问她，为什么要种桃花，她说是因为一首她喜欢的诗。

　　"去年今日此门中，人面桃花相映红。人面不知何处去，桃花依旧笑春风。"

　　如今想起来，竟是字字诛心，一语道破。

　　他不知道还能再同她说什么，最后只能开口："抱歉……我曾经以为，自己可以给你一个家。"

　　那一年她生日，他为她弹了一曲《我不愿让你一个人》，她被感动得抱着他哭得稀里哗啦，他被吓得束手无策，连忙给她说："这还不是生日礼物呢，还没送呢……"

　　她哭得上气不接下气："我不要了，感动太多，不要一次用光，我们慢慢来。"

　　其实那是他亲手为她做的一件白色婚纱，他忙忙碌碌大半年，只希望送给她世界上独一无二的礼物。

　　那时候，她和他一样，笃定地相信他们还有无数的明天。

　　回国以后，他自己创业开公司，让自己忙碌一点，就可以少一点时间去想她。回国后第一年的中秋，他去参加一个饭局，推开门，正好看到许玲珑抬起头。

　　她笑着对他说："是你。"

　　一旁的朋友好奇地问："原来你们认识呢？"

　　"是啊，"他说，"同学呢。"

　　扳起手指一算，三年高中加四年大学，一共七年呢。她回国的时候还是他开车送的她，他帮她将行李提到安检处，她笑着对他说再见，可这才没多久呢，竟然真的再见了。

　　说来他和许玲珑，比他和姜河有缘得多，他和姜河，一直是他一个人在拼命地扯着一条快要断的线。

因为做的是同一个行业,他和许玲珑见面的次数越来越多,他公司缺人,面试的时候才发现投简历的人是她。

"你来这里做什么?"他不解地问。

"我们相识多年,你至少不会拖欠我工资。"她给他做了一个鬼脸。

回国后第四年的春节,十二点倒数计时,满城烟花,许玲珑第一个给他打电话,她笑着对他说:"新年快乐!"

"顾辛烈,"她在电话里认真地问他,"你还在等她吗?"

"不等了。"他淡淡地说,"愿赌服输。"

不是不愿等,是不能。

分开的那一年,她和他就已经约好,他们都要朝前走,不回头。他爱得起,也输得起,她要放手,他就给她全部自由。

"如果你决定不再等她,如果你愿意重新开始,你要不要试着和我在一起?"

这竟然是他和许玲珑相识的第十年,所有的人都认为他们郎才女貌,门当户对,天作之合。

他总要向前。

他和许玲珑在一起以后,两个人好像也没什么变化,周末的时候他陪她逛街、看电影,坐在三十层高楼餐厅的落地窗前吃晚餐,望着整个城市的熙熙攘攘。

"我们打个赌好不好,"许玲珑坐在他的对面,用勺子小口吃着冰激凌,"我赌她不回来了,如果我赢了我们就结婚。"

他哭笑不得:"这种事有什么值得打赌的?"

"可是顾辛烈,"她看着他的眼睛,"你总得有个了断。"

"不,"他摇了摇杯中的红酒,"我们早已经有了了断。"

那一年在医院门外,他紧紧拥抱她,轻轻在她额头落下一个吻,就已经是故事的全部了。

已经说了再见,便不会去期待余生还能再见。

许玲珑顿了一声,再次开口,声音紧张得颤抖:"那你愿意,和我结婚吗?"

他忍不住笑起来:"哪里有女孩子求婚的道理。"

许玲珑直直看着他的眼睛:"我要你的答案。"

"抱歉,"他说,"没有别的你想象的原因,而是在我没有办法做到一心一意爱你的时候,我同你结婚,是对你的伤害。"

那天晚上,他开车送许玲珑回家,天空开始下雨,前车窗的雨刷不停摆动。他撑伞将许玲珑送到楼下,当转身的时候,许玲珑忽然问他:"你认为她会不会回来?"

"不会,"他淡淡地说,"她是姜河,姜河的一生,只会向前。"

不会踟蹰,不会犹豫,就如同当初她以为江海爱上别人,她绝不会怨天尤人,她选择昂起头带着她的骄傲离开。

在知道姜河真的回来后,许玲珑找到顾辛烈,让他开车带她去跨江大桥,桥是这几年才修起来的,桥上来往的车辆还不多。

"你不是说,她不会回来吗?"许玲珑趴在栏杆上,风吹得她的长发飞起,她回过头看他。

顾辛烈无可奈何地笑:"江海醒了,她陪他回来探亲的。"

"不知道你还记得不记得,大四的时候,有一次她来学校里找你,我在餐厅里碰到你们。当时一个小孩把可乐打翻在了她的身上,小孩子长得很可爱,她就跟你说,以后你们也要生个男孩子。"

他当然记得,她一边用纸巾擦着身上的可乐一边对他说:"以后我们还是生个男孩吧。"

她看似漫不经心的一句话,却让顾辛烈和许玲珑都一同愣住。

她却没有发觉,继续自顾自地说:"女孩像爸爸,要跟你一样蠢,那可惨了。"

顾辛烈:"……"

她托着下巴,一边想一边说:"还是像我好,以后不愁没人喜欢。要是像你,干脆就取名叫顾蠢蠢好了。大蠢带小蠢,哈哈哈。"

她越想越开心,忍不住含着冰激凌勺子笑起来。

见他没有说话,许玲珑自顾自地说了下去:"其实从那个时候,我就知道她爱你。当一个女人开始幻想你们在一起的未来,甘愿为你生孩子的时候,就代表她已经准备将自己的后半生交给你了。"

他诧异地抬起头,看向许玲珑。

"你知道吗?在很长很长的一段时间里,我一直以为,只有嫁给你,我的余生才能幸福。我一直在心底祈祷,祈求她不要回国,无论用什么换我都愿意,"许玲珑低下头,手绕到脖子后边,慢慢解开他送给她的Tiffany[1]的项链,珐琅做成的心躺在她的手里,她将手伸出栏杆,江风猎猎,吹得她长发飞舞,下一秒,她轻轻地松开了手,"你说过,愿赌服输。"

银光闪动,价值连城的项链干净利落地落入水中,再找不回。

她的脸上挂着若有若无哀伤的笑:"可是我现在才明白,嫁给你,我一生都不会幸福。因为你永远都不会爱我。"

顾辛烈看着她的眼睛,她眸光闪动,灯光落在她的脸上,美得如诗如画,他这一生,见过太多的美人,可是能让他为之心动的,永远只有一个人。

那个人,头发毛毛躁躁,喜欢开怀大笑,毫不顾忌形象,一把年纪了还厚着脸皮穿卡通T恤,房间一片狼藉,宁愿喝过期牛奶也懒得出门吃饭,连她自己也忍不住问他:"顾辛烈,我究竟哪里好?"

"不知道,"他说,"就是好。"

往事历历在目,每一次想起她,他对她的爱意就更深一分,一点一点,细流汇成大海,永无止境。

"去找她吧,"许玲珑说,"你们总该再给彼此一个机会,大不了就是又被捅一刀,反正这些年,你被她捅了那么多刀,也不差这一点了。"

"你真是……"

"你不必向我道歉,"许玲珑心如刀绞,却知道不得不放弃,"我们都曾经努力过,做不到就是做不到。相信我,她这次回国,是为了见你。"

他曾经以为她不会回头,她对江海也不曾回头过。

他和她在一起的这些年,他们其实都在为彼此妥协,退让,变成一个更好的自己。

---

1 蒂芙尼,珠宝品牌。

"最后一个问题，"许玲珑的泪水像断了线的珍珠，大滴大滴往下落，她问他："如果没有姜河，你会不会爱上我？"

顾辛烈一怔，随后摇头，轻声道："如果没有遇见她，我将不会是现在的我。"

那一年，穿着碎花连衣裙的小女孩，笑着摘掉他头上的鸭舌帽。

"你会写你的名字吗？"她像樱桃小丸子一样的平刘海看起来有一点呆，可是笑起来却又说不出的可爱，她拿出笔，将桌子上的本子捋平，认真地对他说，"我可以教你写，我是姜河，你是顾辛烈。"

红尘滚滚，哪一种相遇，不是生命的奇迹？

那一年，注定了让他一生改变。

处理好国内的事务，两个月后，顾辛烈办好签证，再次飞往美国。

出发前一天夜里，他收拾好行李，鬼使神差般，将车开到了姜河家楼下。到了半夜，他去24小时便利店买了一包烟，点燃了烟，却不抽，只是看着烟雾缭绕。她不喜欢抽烟的男生，他知道，可是在与她分离的岁月里，他只能靠着烟酒来麻痹自己，醉生梦死，在意识模糊时，他才能再次看到她的笑容。

他坐在她家楼下的花坛上，一直等到天色微明，从他坐的位置，刚好可以看到她房间的阳台，上面摆了一些盆栽，但是因为主人照料不周，完全看不出什么生机。

在他准备起身离开的时候，忽然听到一道疑惑的声音："你是来找小河的吗？"

他转过身，看到了姜河的母亲。他立刻紧张得不知所措，比公司第一次签合同还紧张，又变回了十几岁那个愣头青，结结巴巴地说："是的、不、不是的，我，我是顾辛烈，您好。"

姜母看着他，淡淡地说："我知道你的名字，顾辛烈，是这个名字。那本相册是你寄给小河的吧，她回国的那天晚上，就抱着那本相册，坐在阳台，喝了一箱酒。"

顾辛烈怔住，他从来没有见过姜河喝酒，也从来没有想过，有一天，她会为了他那样难过。

"后来我才想起来,以前小河念书的时候,你还来过我们家呢,那时候你们都还小小的,没想到,一眨眼就长这么大了,"姜母有些感叹,顿了顿,然后目光审视地看着顾辛烈,"小河说要结婚的那个朋友,就是你吧?"

顾辛烈哑口无言,只能低头承认:"是我。"

姜母"哦"了一声:"难怪她那个样子。这么多年,我和她爸爸从来不管她的事,她要走多远都让她去,她的人生让她自己走,可是这不代表我们不爱她,正是因为爱她,才不愿意束缚她。我不知道你们之间发生过什么,可是我知道,她因为你而伤心了。"

"对不起。"他强忍着心中的痛楚。

姜母静静地看着他,忽然开口问:"我只想知道一件事,你爱她吗?"

"我爱她,"他的声音哽咽,"在我不知道什么是爱的时候,我就爱着她。"

这日清晨,他在得到姜母的同意后,走进了姜河的房间。她的房间不大,墙壁上还贴着小女生喜欢的卡通海报,满柜子的教辅和专业书,因为主人常年不在,已经落上一层灰尘。对着窗户的位置,摆着她的书桌,发夹、笔筒、相框、台灯,仿佛能看到她坐在这里演算数学题的认真模样。

熹微的晨光落进来,在书桌的正中央,一个记事本摊开来,在白纸的最中央,是她一笔一画,写的他的名字。

——顾辛烈。

那一刻,他喉头发涩,忍不住红了眼眶。

这么多年,他们不断地相遇重逢,又不停地分别在太平洋的两岸,可是那又有什么关系呢,他终于等到了她。

无论他们之间相隔多远,他总会一次次地,披荆斩棘,去到她的身边。

他越过千山,越过万水,越过炎炎的烈日,越过纷飞的大雪,越过人山和人海,越过潺潺的岁月,越过他爱她的那些年。

他总会去到她的身边。

今生今世。

番外 -何惜惜　岁月掩于黄昏

1.

何惜惜二十五岁那年回国，北京下了一场雨，飞机在跑道上耽误了很久。周围的人都无比焦急，唯独她一个人坐在窗边，托着下巴，眼睛眨也不眨。

家里的三姑六婆喜欢嚼舌根，知道她回国，简直是欣喜若狂，甚至跑到她家里借她爸妈的电话给她打电话："哟，不是说世界名校吗，不是说学的生物专业吗，不是说要嫁人了吗，不是说对方英俊多金吗，不是说嫁过去就能拿到绿卡吗……"

何惜惜的母亲在电话里安慰她："惜惜，你别往心里去。"

舱门终于打开，疲惫的旅客一个个离开，她走在最后。取完行李，已经比预计晚点一个半小时，何惜惜正往机场大巴的方向走去，忽然听到有人叫她："惜惜。"

声音不大，但是像是有某种魔力。

何惜惜转过头去，看见穿着黑色衬衫的陈烁。他身后是来往的行人车辆，这城市车水马龙、人来人往，他只单单站着，犹如初遇的那天。

何惜惜一愣，表面上却是不动声色："你怎么来了？"

他笑，眉和眼一齐上扬，自有一种风流倜傥，他说："我怎么就不能来了？"

何惜惜静静地看着他，无人招架得了她的眼神，饶是陈烁也不行。他举着双手投降："以前不是说过吗，你要是回国，我一定来接。"

何惜惜握着旅行箱拉杆的手松了又紧，出了一手的汗，她点点头，才淡淡地开口道："好久不见。"

想来想去，也就只有这一句话适合她与陈烁了。

何惜惜被美国排名前三的名校录取那年，周围的同学还在拼死拼活通宵达旦地备战高考。大家投向她的目光已经不只是羡慕，早就升级到了嫉妒。她面色平静地走到办公室，向老师递交了退学申请。

老师一脸犹豫："惜惜，你要不还是参加高考吧，学校培养你也不容易，大家一直指望你能考上清华，给母校争光。"

何惜惜低着头："抱歉。"

从那天开始，何惜惜一天打三份工，去面馆里当服务员、超市收银员、夜市摆地摊，周末还要去给附近的小孩当家教。偶尔没有客人的时候，她忙里偷闲，就拿出单词书和MP3背英语单词，厚厚的一本书，已经被她背到每一页都脱落了。

出国前，何惜惜实打实地挣了一万块钱，四个月里，她瘦了十斤，可是看起来反而胖了不少，全部是浮肿。拿到签证的那天，何惜惜偷偷回了学校一趟，同她一般年纪的男孩女孩们，穿着洗得有些褪色的校服，在阳光下并肩行走，笑得一脸无忧无虑。

那一天，何惜惜在学校门口买了一枝红色的玫瑰，用玻璃瓶子装着，等到办公室的老师们都出去开会了，她才走到办公室，毕恭毕敬地将它摆在班主任的桌子上，鞠了一躬后离开。

为了省下路费，她独自一人坐火车去广州坐飞机。没有想到遇上台风，飞机延误，开学的时间迫在眉睫，周围的人都匆忙买了最近一班上海起飞的机票，何惜惜面色平静地给学校发了一封邮件，告诉她们自己会迟到一周。

一周后她疲惫地抵达美国旧金山，穿着最廉价的T恤和牛仔裤，却被刚刚认识的室友一把拉去了新生的迎新晚会。

好在这里提供免费的食物，比萨、蛋糕、曲奇、薯条……对饥肠辘辘的何惜惜来说，这些简直就是美味佳肴。

她就是在这个时候遇见陈烁的。

有首歌里唱，遇见一个人然后生命全改变。像陈烁这样的花花公子，其实没那么大能耐能改变她何惜惜的一生。

可是她却为了他，放弃了一种人生。

2.

陈烁学的是建筑，比何惜惜大一级，与何惜惜同年毕业。他们做了四年的朋友，其实连何惜惜自己都没有搞懂，陈烁为什么要和她做朋友。

他是天之骄子，他的世界和她截然不同。

可就是这样拉拉扯扯、含含糊糊的，她成了他身边唯一能说心事的朋友。

赵一玫曾经评价过："他并不爱你，只是他从小身边太多尔虞我诈，没有一个人像你这样纯粹地爱他罢了。"

何惜惜反问："这世上，又哪里还有那样纯粹的爱？我们不过是各取所需。"

陈烁和何惜惜同年毕业，陈烁连毕业典礼也没有参加，一个人飞到巴西，去亚马孙雨林探险，结束那天陈烁直接从里约热内卢回国。他更新过一条facebook状态，黄昏时分，他背对着镜头，伸着手臂，挥了挥手。

何惜惜正好在浏览网页，鼠标很快滑了过去，一直滑到网页的最下角，她又无力地松开鼠标，按着键盘，一点一点地挪上去。

也差不多是那个时候，她收到第一份工作的OFFER，算不上太好的职位，但是至少能继续留在美国，开始一段新的生活。

她曾经为之奋斗的一切，终于有了着落。

所以那个炎热的夏日午后，她坐在电脑前，看了那张照片许久，以为这就是结局了，他们各自生活在大洋两岸，再不相见。

大学毕业以后的第二年。何惜惜在书店遇见John，也就是后来她那群亲戚口中"英俊多金"的未婚夫。

就像何惜惜跟姜河讲的那样，一个狗血又浪漫的故事。三月的旧金山下了一场雨，她在路边的书店里躲雨，年轻英俊的店员主动给她送上热茶和可可蛋糕，她惊讶地抬起头，他笑着冲她绅士地鞠了一躬："For your beauty."

那似乎是她这一生,第一次被人称赞美丽,何况对方蓝色的眼眸是如此的真诚。

下一周周末,何惜惜习惯性吃完饭后散散步,不知不觉又走到那家店里,他穿着藏绿色的店员服,大大地松了口气,笑着说:"你终于来了。"

后来渐渐地,她养成了习惯,每个周末都会去那家书店。

他们也开始聊天,多半都是他听她说。她说自己来自中国,她的故乡临海,但是和旧金山大不相同,他们的码头不像渔人码头那样浪漫与诗意,那里全是打鱼的船只。

她还跟他聊过汉字。

"'川'你知道吗?"她笑着问他,用手指在木桌上写,撇、竖、再一竖,就是一个汉字了。

他觉得惊讶,问她这是什么意思。

"River"她想了想,又觉得无论用什么语言也无法描述出这个字真正的意思,于是用手机找来一幅水墨画,指着上面勾勒出的江川给他看,"这就是'川'。"

后来有一次,公司临时放假,她不想太早回家,便开车去了一趟书店。店员已经换人,戴着奇特帽子的年轻人说:"我是这里的店长,也是唯一的店员。"

她奇怪地说:"How about John?"

对方笑起来,露出一口白牙,说原来你就是那个女孩。

何惜惜这才知道,John其实并非这里的店员,只是店长前段时间失恋,待在家里不肯出门,作为朋友的John正好没事,过来玩玩。

"因为你的原因,他现在每周都要过来工作。我还得给他付薪水呢。"真正的店长开着玩笑抱怨到。

大约一年后,何惜惜因为身份问题,工作受到牵连,自己一个人躲在家里哭,不知道过了多久,听到有人在窗外叫她的名字。

何惜惜推开阳台的门,看到John站在那里,穿着酒红色的衬衫,冲她笑了笑。何惜惜十分吃惊,问他为什么知道自己的住址。

他没有回答，只是问她发生了什么事。何惜惜一时忍不住，将所有的抱怨都对他吐露了，她明明已经很努力了，但是在一张绿卡面前，还是什么都化为虚有。

等何惜惜说完最后一个字，抬起头发现John认真地看着自己，问："你可以嫁给我吗？"

何惜惜以为自己听错了，他或许说的是"merry"或者"Mary"，但绝不可能是"marry"。

是的，没有身份，她就要丢掉饭碗，找不到工作，她就得回国。她需要一张绿卡，发了疯地想要，可是不是想以这种方式。

她嫁给他？简直是天方夜谭。她甚至不知道他的Family Name，他亦不知道她的中文名叫何惜惜。

况且即便她在这个国家待了六年，每天和来自不同国家的人打交道，必要的时候，她甚至能将口音切换成印度或者英国，但是她从未想过，要找一个不同肤色的人结婚。

于是她摇摇头，正准备拒绝，他忽然开口说："Because I love you."

在那之后，何惜惜才慢慢知道，John的家世那样显赫，他能给她的，不仅仅是一张能留在美国的绿卡。

麻雀变凤凰，灰姑娘穿上水晶鞋，真是比童话还童话的故事。

在何惜惜结婚前三天的一个午后，她接到一通电话。

那天她正坐在屋子里收拾行李，她虽然是个女孩子，但是东西少得可怜，干干净净的地毯上放着两个纸箱子。何惜惜赤脚坐在一旁发呆，但是在电话铃声响起来的一刹那，她忽然发现，其实自己一直在等待着这通电话。

手机屏幕上显示"未知号码"，等铃响了三声，她接起来，电话两头谁都没有说话。

过了许久许久，她终于听到陈烁的声音，他大概是喝了酒，声音听起来低沉，让人迷乱，他说："何惜惜，你别结婚了。"

他没有说，你别结婚了，我娶你。他只是说，你别结婚了。

何惜惜紧紧地握着手机，终于在那一刻，所有的失望排山倒海般袭来，到了最后，他也不肯给她一个奇迹。

她愤怒，她想要大声地问他，凭什么，陈烁，你凭什么来插手我的人生。

可是她什么也没有说，挂掉了电话。然后她慢慢站起来，拿着车钥匙出门了。她同John约在书店里，他们面对面坐着，她静静地将手中的订婚戒指摘下来，推到他的面前。

John愣住，何惜惜抬起头看着他。她好像从来没有这样认真地看过他，他的眉目俊朗，眼睛如海水般蔚蓝，他是真心爱她，只差了那么一点点，他们就能拥有彼此的人生。

何惜惜抱歉地说："对不起。"

John拿起桌子上的戒指，内环里还刻着他们名字的首字母，他用手指摩挲而过，也就在那一刻，他伸出手捂住了自己的眼睛，不让何惜惜看到自己的眼泪。

他难过地问她："为什么你要这样？"

何惜惜惨淡地笑了笑，说，"因为我爱他，包括他的不爱。"

窗外阳光灿烂，可是何惜惜却在那一瞬间觉得，自己的一生已经结束了。

那天夜里，何惜惜独自开车到旧金山的海边，她坐在岸边，海浪一阵阵拍来，在海的那一头，是冷冷的月光，在嘲笑着她的痴心妄想。

她点燃了一支烟，一支又一支，最后她拨通了姜河的电话，告诉她，自己和John分手了。

姜河在电话那边尖叫："何惜惜，你疯了吗？"

她淡淡地回答："我大概真的是疯了。"

她这二十多年来，所有的努力，所有在深夜咽下的泪水，竟然只因为他的一句话就灰飞烟灭了。

何惜惜回国的前一天晚上，姜河非要跟她学抽烟。姜河被呛得厉害，在烟雾缭绕中问何惜惜："你从什么时候开始抽烟的？"

何惜惜想到自己第一次抽烟的时候，是二十岁那年的夏天，陈烁开车带她去山上看银河，夜幕低垂，像是伸手就能够到，她并不像别的小女生一样兴奋得哇哇大叫。她坐在陈烁的跑车里，摇下车窗，静静地望着山对面的空寂。

陈烁一边摇头一边笑她:"你啊。"

他从包里拿出银色的打火机,问她:"抽烟吗?"

后来她爱上了抽烟的感觉,就像是爱上陈烁。

她弹了弹手中的烟灰,沙哑着声音说:"姜河,烟酒不能让你忘记一个人,它们只会让你更加沉迷。这世界上只有一样东西能够让你忘记过去,那就是时间。"

其实有很多时候,她都觉得自己已经放下了,不再想念,不再幻想,不再为他难过和痛苦。

直到他出现的那一刻。

每一次,每一次,他的出现,都让她所有的伪装溃不成军。

3.

回国以后,何惜惜在一所大学找到工作,从助教做起,工资微薄,但她渐渐地对复杂的人际关系感到厌恶,她宁愿待在干净的实验室里,没日没夜地做实验,记录数据。

有一天下班,她从教室里出来,接到陈烁的电话:"带你去吃桂花糕。"

那是哪一年的事了,他们还在美国的时候,大家在陈烁家里开party过中秋节。陈烁那时候有女朋友,和他一起在院子里烧烤。何惜惜不喜欢社交,一个人在阳台上吹风。忽然有人从身后拍她肩膀,她转过头去,陈烁问她:"看什么呢?"

"那棵树,"何惜惜伸手指了指,"有点像我家楼下那棵桂花树。"

陈烁笑了笑:"想家了?"

"没有,"她淡淡否认,"只是以前过中秋,我妈妈都会做桂花糕。"

陈烁说:"以后回国了,带你去吃一家桂花糕,只卖中秋那一天。"

陈烁许诺过她的话里,十句里他真能记得的最多有一句,可是每次他所记得的,都是最让她感动的一句。

陈烁跟她说的卖桂花糕的店铺开在巷子深处,青石板路走到最里面,叩三下门才有人开门。走进去,院子里的石桌上摆好了酒和桂花糕,陈烁难得没有嘴贫,只说了一句中秋快乐,坐在何惜惜对面,吃了顿安静的晚饭。

那天以后，陈烁常常把车开到校门口等何惜惜一起吃饭，也不是什么山珍海味。北京最不缺的就是美食，大街小巷，再偏僻的地方他也能找到。何惜惜忍不住感叹："你在美国那五年，到底怎么憋过来的啊。"

陈烁笑笑："不记得了。"

何惜惜回国后的第二年冬天，北京初雪的那一日，她病倒了。

病来如山倒，她发着高烧，陈烁给她打电话，约她去故宫看雪。她拿着电话迷迷糊糊地说："改天吧。"

过了一会儿，陈烁来何惜惜家找她。提着大包小包的药，进了门才问："是什么病？"

何惜惜并不习惯吃药，被陈烁强迫着灌下。他还自己带了蓝牙音箱，放在何惜惜的房间里，放舒缓的音乐给她听。没过多久，药效发挥作用，她渐渐地睡了过去。

再醒来时，她从床上下来，披了一件外套顺着声音走到厨房，看到陈烁正弯下腰去关天然气灶。

他穿着一件白色长衬衫，亚麻色的棉布拖鞋，用勺子舀了一口粥来尝。

天花板上暖橘色的灯光落下来，那一刻，何惜惜眼眶发红，差一点点落下泪来。

陈烁回过头，看到她，笑着放下勺子，对她说："惜惜，我们在一起试试吧。"

何惜惜面无表情地盯着他，过了一会儿，才冷笑着问："陈烁，你可怜我呢？"

他顿了顿，淡淡地"嗯"了一声："就算是吧。"

何惜惜觉得那一瞬间自己被他狠狠地羞辱了，她扬起手臂，恨不得一巴掌扇到他的脸上，手悬在空中，被陈烁一把抓住。他什么话都没说，只是看着她。

她被气得反而笑出来，她问："陈烁，你怎么能这样欺负人？"

他只是轻声叫她的名字："惜惜。"

像是叹息，像是无奈。

陈烁伸手来拉她,她没有拒绝。她在旁人面前有多骄傲,在他面前,就能有多卑微。

何惜惜和陈烁正式确定恋爱关系后,他们见面的时间反而少了。

陈烁是个近乎完美的情人,他细心体贴,约会的地点总是浪漫不重复,就像对待他每一任前女友一样。有一次晚上两个人去何惜惜学校外的水果店买水果,何惜惜弯下身选水果,陈烁无所事事地站在一旁。她称好重量,鬼使神差地,上前握住他的手。

陈烁被吓了一跳,然后舒展开手心,握住她的手。这是他们第一次牵手,到最后何惜惜讽刺地发现,这也是唯一的一次。

这年一月,何惜惜回家过年,陈烁买了两张机票。

"你跟我回家?"何惜惜被他吓得不轻。

"嗯。"他漫不经心地回答。

"你家里呢?"

"年三十再赶回来吧。"

何惜惜家住在小城市,离北京三个小时的飞机,下了飞机还要再辗转五个小时的大巴。何惜惜坐在窗边的位置,路上困了,她把头靠在陈烁的肩膀上。

她听到自己的心跳声,咚咚咚,一声接着一声。

何惜惜提前跟父母打了招呼,说会有一个朋友一起回家,母亲开心地问:"是男朋友吗?"

她却迟疑地摇摇头:"只是在美国认识的朋友。"

何惜惜的家甚至称不上小区,楼道的天花板很低且楼道里堆满了杂物,陈烁得弯着腰才能过。楼梯也很脏,角落里不知道是哪家的垃圾袋,在冬天也散发着臭味,灰色的墙壁上是小孩子的涂鸦,何惜惜看到陈烁若无其事表情的那一刻,忽然觉得难过到心酸。

进了家门,她父母都很热情地迎接陈烁,他个头大,往沙发上一坐,整个沙发就差不多填满了。

何惜惜的父母都不会说普通话,尴尬地用方言同陈烁交流,其实也没有什么可以聊的,问到他父母的工作,陈烁又没有办法回答。

吃过午饭,何惜惜带着陈烁去外面逛。没有公交车的小城市,三块钱的三轮车可以从城北坐到城南，路旁的商铺统统关门大吉，看起来真是荒凉得有些过分。

何惜惜自嘲地说："你从来没有来过这样的乡下吧？"

陈烁倒也实话实说："嗯。"

何惜惜笑了笑，伸了个懒腰，指了指整条街唯一开着的店铺。陈烁陪她走过去，走近一看，竟然是一家婚纱店，模特身上穿着一件白色的婚纱，已经脏得不成样。

老板坐在店里，不冷不热地问："选婚纱吗？"

陈烁下意识地摇头，却看到何惜惜正看着自己。

"你……"

"就这一次。"她轻声说，"不作数的。"

其实根本没什么可以挑的，店里能完好无损地拿出来的婚纱和西装就那么几套，两个人在试衣间里换好了衣服走出来，四目相对，何惜惜却发现她一点也体会不到小说里写的那种激动与心跳。

她微笑着点点头："你大概穿上乞丐装也帅得一塌糊涂。"

陈烁有些难过："脱下来吧，以后你会有最美的婚纱。"

何惜惜摇摇头，央求老板为他们拍了一张照片。红色的底，一二三，"咔嚓"。

这大概是陈烁一生中拍得最为寒酸的一张照片，却也是何惜惜一生中，与他唯一的合照。

何惜惜将照片冲了两份，一份放在信封里递给陈烁，她说："陈烁，我们分手吧。"

陈烁一愣。

"我不想再玩这样的游戏了，"她说，"我们都十分清楚，你不会和我在一起。抛开家世、样貌、未来，这些所有情侣都会考虑的问题，陈烁，自始至终，你其实都没有爱上我。"

两个二十多岁的成年人，谈一场恋爱，不牵手，没有想要吻对方的冲动，他们之间或许有许多许多的感情，但是唯独没有爱情。

"陈烁，"她硬生生地重复道，"我们分手吧。"

很努力很努力地试过了，可是不行就是不行，再怎么尝试，也不行。

他没有说话,他的手指圈住她的手腕,紧紧握着不肯松手。

"放手吧,陈烁,"何惜惜静静地看着他,"其实你早就知道会有这一天。"

她是这样的了解他,他们是这样的懂得彼此,可就算这样,她还是看不开。其实不爱一个人有多难,爱一个人就有多难。

就像那可笑的结婚照,明明知道一切都是假的,她还是舍不得扔掉。

4.
分手以后,何惜惜觉得自己的生活好像也没有什么变化。每天依然是教室、实验室和寝室三点一线,有些时候晚上很晚从办公室出来,她就去学校南门外吃烧烤,盘子端上来,她才发现全都是陈烁爱吃的东西。

再过了一些日子,她和陈烁又渐渐联系上。他给何惜惜打电话,约她出来喝酒,就像在美国的时候,一人一瓶,坐在四下无人的栏杆旁,有一搭没一搭的聊着天。大部分时间都是他说,她沉默地听着,也只有在抬头仰望,看不到璀璨星空中那美得不可思议的银河的时候,何惜惜才会回过神来,想,那已经是过去的事了。

他们试图相爱,可是还是做不到。

那年冬天过去,陈烁交了新的女朋友。他周围从来不乏莺莺燕燕,但是正儿八经带到朋友面前介绍是女朋友的,其实并不多。

女孩才刚刚二十岁,在何惜惜工作的大学,念的是广告设计,何惜惜第一次见她的时候,陈烁把车停在学校广场的中央,何惜惜认得他的车,径直朝他的方向走过去。走到一半的时候,看到一个背着画板的女孩子,拉开副驾座的车门,自然地坐了进去。

何惜惜站在乍暖还寒的三月,想起刚刚女孩子的样子,束着高高的马尾,露出光洁的额头,又圆又大的眼睛,身材高挑美好,陈烁喜欢的一直都是那样的类型的女孩子。

何惜惜拢了拢脖子上系着的围巾,转过身走了。广场上学生们欢天喜地地吵着闹着,可是那与她毫无关系。何惜惜淡淡地想,她的青春,不知是从那一天起,又是从哪一天止,就好像从未拥有过。

后来有天何惜惜上课,一走进教室看到那个女孩子坐第一排最中央的位置,她愣了片刻,然后从容地走上讲台,打开电脑。

她平静地点名、讲课,回答学生的问题。快到放学的时候,窗外忽然下起了雨,噼里啪啦,一下子下得很大。学生们都匆忙收拾东西离开教室,何惜惜慢慢地关了电脑,擦干净了黑板,收拾好东西,然后走到整间教室剩下的最后一个人面前,她说:"你好。"

女孩说:"……你以前是陈烁的女朋友,对吗?"

何惜惜想了想:"算是吧。"

"你们为什么会分手?你还爱他吗?"

何惜惜平静地看着自己对面的女孩,透过她那张美丽而年轻的脸,她仿佛看到了这些年的陈烁,他打篮球的样子、他抽烟的样子、他笑起来的样子、他漫不经心地弹着吉他的样子。

外面雷声隆隆,陈烁曾开车载她从旧金山去洛杉矶,在一号公路上遭遇罕见的倾盆大雨,他们将车停在观景处,坐在车里,看着整个世界都像快要被淹没。

他转过头问她:"你在想什么?"

她淡淡地回答:"什么也没有想。"

其实她说了谎,她的脑子里全是他的身影,尽管他就坐在她的身边,尽管他看起来是那样的近。

雨水越落越大,何惜惜终于回过神来,几次欲言又止,最后慢慢地开口:"I met my soul mate, but he didn't.(我遇到了我的灵魂伴侣,但他没有。)"

而爱与不爱,已经不再重要了。

那天以后,何惜惜再也没有见过陈烁的女朋友。

日子一天天翻过去,学校里也有不少老师开始操心她的个人问题,各种饭局都把她带上,单身优质男青年虽然不多,但多出门几次,还是能遇到一些。

可是何惜惜都一一婉拒,借口说曾经在美国受过情伤,暂时没有勇气再开始一段新的感情。

年纪大的教授语重心长地同她讲:"你不试试,怎么知道不可能呢?"

何惜惜在心底苦笑。

不是没有试过，她和John，也不是没有试过，还有她和陈烁。

最让人绝望的事情，是她清楚地知道，自己的人生，只剩下最孤独的那一条路。

5.

再后来，姜河打电话给何惜惜，她在电话里哭得一塌糊涂，哽咽着说："惜惜，他回来了，惜惜，他回来找我了。"

不是没有羡慕过姜河，这么多年，她身边始终有一个顾辛烈，所以她其实从未尝过一无所有的滋味。

何惜惜握着电脑，也忍不住感动到哭，她努力微笑着说："恭喜你，当初说好了，我们三个人中，至少要有一个人幸福。"

姜河抱着电话不肯放手，最后何惜惜无奈地说："好啦好啦，等今年暑假，我来美国看你们。"

在那一刻，她竟然有一种嫁女儿的复杂感情。挂了电话，何惜惜想了想，给陈烁发了一条短信，她问："陈烁，你睡了吗？"

过了一会儿，他回过来一通电话，声音迷糊，大约是没睡醒，他问："怎么了？"

"没什么，"她说，"只是觉得有些难过。"

"因为我吗？"他问。

"大概是吧，"她笑着说，"陈烁，你能想象我们二十年后的样子吗？或者我们五十岁的时候？或者你一无所有，不再风度翩翩，不再年轻英俊。"

他低声笑："到那个时候，你就不要再喜欢我了吧。"

"嗯，"她也跟着笑了起来，"我也是这样觉得的。"

直到你白发苍苍、步履蹒跚的那一日。

我爱你，直到不能再爱的那一日。

何惜惜最后一次见到陈烁，是在好几年后八月的最后一天。

正好是她遇见他的第十年，没有多一天，没有少一天。

陈烁来她的学校里找她，他没有开车，夏日夜晚炎热，两个人就沿着河边随意走走。不长不短的一段路，谁也没有开口说话。

有小孩骑在父亲的肩膀上，高声欢呼着"驾——"

河畔对岸，明亮的灯光在水中投下倒影，有长风吹过，那样轻轻地一动，就碎开了。

陈烁停下来，他说："惜惜，我要结婚了。"

这十年来的每一天，每一天，对她而言都实在是太漫长了。她甚至觉得自己从未有过一刻真正的幸福。

可是它又太短太短，短到一眨眼，梦就醒了。

何惜惜点点头，说："哦。"

过了好久好久，何惜惜才开始觉得自己身上的力气被一点点地抽干。她支撑不住，慢慢蹲下身去。

"陈烁，"何惜惜抬起头，凝视他的眼睛，这么多年，这竟然是陈烁第一次看到她如此失态，她几近崩溃，眼泪大滴大滴落下，像是要将自己爱上他以来所吞咽回的泪水全数落下，她捂住嘴巴，却止不住呜咽，她说，"是我不爱你了，陈烁，是我不爱你了。"

陈烁怔怔地看着眼前的何惜惜，她哭得那样伤心，他听到自己的心跳声，一声一声，全是不忍与遗憾，可是能有什么办法呢，他也只能轻声说："抱歉。"

这么多年。

这么、这么多年。

她一个人等日出，看黄昏，数过流星，也试过在深夜买醉，她站在澎湃的大海边上，风吹乱了头发，回过头，却发现身后空无一人。

她眼睁睁看着那只飞蛾，迎着黑暗中唯一的火光扑去，燃烧了翅膀，灼瞎了双眼，然后生命一点点化为灰烬。

她的爱情，止于唇齿，掩于岁月。

番外 -江海　他的余生，都在下雨

对江海来说，和姜河分开以后的十年，似乎都只是一眨眼。

时间像是在他身上静止了，这并非是指他一事无成，任光阴虚度。

实际上，这十年来，他做了许多的事。随着神经科学和机器学习等多学科的交叉发展，他和过去的同学一起成立了一家科技公司，研究脑机技术在医学方面的运用。

通过建立大脑与设备之间的连接，直接用大脑活动来控制外部设备，无须再经过肌肉或是外周神经，极大地推进了康复治疗和一些神经相关的疑难杂症。

江海在二十二岁时遭遇一场车祸，在医院躺了两三年，又花了好些年才恢复到如正常人一般。当然后遗症也永远存在，无法再做高强度的运动，他尝试过恢复跑步，10公里的慢跑是他腿部能承受的极限。

下雨的时候，他的膝盖就会钻心地疼，连走路都成问题，更别说开车，所以他偶尔会在办公室过夜。空荡荡的办公室里，他躺在沙发上，听着外面倾盆的雨声，身体的疼痛密密匝匝，无处可逃，他的心反而变得更加平静，他就这样躺在黑暗之中，想起她。

他总是在下雨的时候想起她。

他脑海里会出现一个模模糊糊的姜河，她站在他的身边，急切地不停和他说话，她说了好多好多的话，他却因为疼痛一个字也无法听清。

他花了很长时间，才从她的口型，看出她说的话，她说，江海，醒一醒，江海，醒一醒。

他想起来了，那是他躺在病床上的三年里，她每一天，都会对他说的话。

住在医院的时候，姜河每天都来看他。所有人都以为她是他的女朋友，说他们之间一定是真爱。

她总是笑着解释，我们是很好的朋友。

当年，江海从车祸中醒来，发现自己的身体无法像正常人一样生活，他的大脑也变得迟钝，他失去的不只是人生宝贵的三年，他的世界变成贫瘠的灰色，所有他熟悉的知识、理论都坍塌成了一片废墟。

江海几乎绝望，他迷茫地坐在病床上，不知道要如何活下去。

是她屈膝蹲在地上，轻轻握住他的手，看着他的眼睛，说，我相信你。

而如今，他睁开眼睛，却再也见不到她。

除了腿伤，车祸带给江海的另一个后遗症是越来越频繁的头痛。睡眠不足、用眼过度、又或许因为长时间用脑工作……头痛比腿痛更难忍，它总是毫无预兆，来势汹汹。

吃止痛药也没有用，江海知道，那或许是一种神经和心理上的旧疾，无法愈合，无休无止。

在她离开以后，他才体会到疼痛的滋味，从心脏开始，延伸到整个胸腔，然后是手臂，身体里的每一块骨头都在用力缩紧，皱巴巴的，失去了水分和空气，是一种难以呼吸的痛。

他才发现，思念和疼痛是如此相似。

江海在康复期，阅读了大量的医学文献，康复学、神经学，也就是在那时候，另一个学科的大门向他敞开，他意识到脑机接口技术对医学会产生的巨大影响。

江海的同事知道他的旧疾，也一直以为他选择脑机接口技术，是为了治疗自己的车祸后遗症。

实际上，他从未有一刻是为了自己。

他只是在经历了人生的废墟以后，开始重建自己的世界，当他不断在心底质问自己数学和科学到底有什么意义时，他找到了答案。

空余的时间里，他开始翻译国外的医学书籍。

最开始的时候，是在国内的论坛上看到有学生发帖咨询一些英文论文、书籍的翻译问题，他耐心地回复，与对方讨论。再后来，有编辑主动联系，找他合作出书。译者的稿费不多，他把它们存起来，和他大部分的收入一起，捐赠给慈善机构，为有需要手术但是家境贫寒的小孩提供资金。

江海从来没有跟别人提起过这件事，他甚至不觉得这是善举，这是他的义务。

他的衣食住行一直延续着学生时代就有的简单，同事们都说他是天生的极简主义者。

这或许是某种天赋，他对金钱和名利没有渴望，他渴求的是别的东西，知识、真理、信念，他想要了解世界的真相，想要创造让自己问心无愧的事物。

他出生在一个条件优越的家庭里，他拥有天才的头脑，他因此有机会选择做自己喜欢的事，他遭遇过人生的低谷，可是他依然活着，他时刻记得姜河曾鼓励他，她说，人只要活着，就总能向前，总会有好事发生。

对于自己的人生，他只有感激，没有任何抱怨。

所以这是他的义务，去帮助那些需要帮助的人。

所有人都在向前，包括他的事业，那静止的究竟是什么呢。

大概是他这个人吧。

江海偶尔会在夜晚驱车去海边散步。并没有什么需要抚平的心绪，他只是坐在海边发呆。刚开始的时候，他总是无法遏制地想起她。

他们曾经常一起到海边。

晚上在图书馆看书到很晚，他开车送她回住处，她喝了咖啡，身体疲惫，但是眼睛还是亮晶晶的，无比兴奋，不想就此入睡。

她坐上车，想了想，说，我们去看海吧。

她每次想要做什么事的时候，眼睛就会亮起来，像小狗一样，闪着星星，无比期待地看着你。让人无法拒绝。

他从来没有拒绝过她，哪怕是她说要离开。

他一直以为她喜欢海，因为每次到海边，她就会像个小孩一样开心地大笑，坐在沙滩上，抱着双膝摇头晃脑地哼歌。

她唱过许多的歌，中文的、英文的、粤语的。她粤语歌唱得很烂，但是她喜欢唱，她不仅喜欢，还会故意用更加荒诞的声调唱。

所以很长时间里，他都觉得她像个小孩，简单、快乐。

很久以后，他才知道，她喜欢海，是因为那是他的名字。

她开心，是因为和他在一起。

她并非如她表现出来的那样快乐，他没有能看到，她的忧郁、孤独、细腻、温柔，被另一个人看在眼里。

所以她离开他，因为爱不是只有勇气和付出就足够了，爱是理解，爱是我看到了全部的你。

而他是在她离开以后，才开始看到全部的她。

姜河曾经问他，你还记得我们第一次见面的事情吗？

江海认真地想了很久，摇摇头，他只记得他们是同班同学，不知道什么时候开始，她就总是在他身边，一转过头就可以看到。

她无奈地摇摇头，叹一口气，说："江海，你知道吗，我真的好羡慕你。"

羡慕他什么呢？

羡慕他不识情爱，无忧无虑。人在不曾动情以前，或许才是最完整的。

他总是要晚上很久才知道她的心意。而世间万物，都有自己的时机，早一步、晚一步都不可以，就如她和他。

与此同时，姜河过上了另一种生活。

她加入了一家初创的全球自由职业平台，那时候全球化工作的概念还在初级阶段，她为网站搭建平台和提供技术支持，自己也过上了浪迹天涯的生活。

江海偶尔会看到她在社交媒体上的更新，他并不是刻意关注她的主页。

姜河最初发的是照片，后来视频技术兴起，她也会剪辑一些视频。

她大多数旅行的视频里都没有人物，只是一段一段几十秒的视频或者由图片剪辑而成,她会配上一些钢琴曲,没有文字,最最原始的纪录短片,甚至没有修图和调色。

她在挪威观鲸,在肯尼亚看动物迁徙,在阿塔卡马沙漠观星,在南美学冲浪,在西班牙看弗拉门戈,在亚伯塔斯曼徒步……她在全世界旅居,更新得也不算频繁,却也有了一定的订阅量。有人询问她的拍照工具,她在评论区回复,是一款老款的微电相机。

但她的照片和视频都很好看,大概是景色好,又或者是她眼里的世界总是美丽的。

她像是河流,流入无边无际的海洋,那是属于她的海洋。

她和顾辛烈结婚,在冰岛举行了婚礼。但是他们并不住在一起,江海听她提过,他大概是回国加入家族企业,偶尔会在财经新闻看到他,业余时间组织艺术节,参与一些美术馆的设计。

他们感情很好,因为她偶尔还会更新一些自己生活的视频,从中倒是能看到他的身影。有一张照片,她拍摄玻璃窗倒影,发尾扎了一个很短的小辫子的男人在厨房做饭。

姜河大部分时间都在国外旅居,她们当然聚少离多。

田夏天曾经十分不理解,问,世界上真的存在这样的关系吗?相爱,结婚,但并不长久地生活在一起,给予对方足够的自由。

江海和田夏天保持着友好的关系,大约一个月会一起吃一次饭。她谈了恋爱,又分手,又恋爱,又分手,在她二十九岁的时候,她一度非常渴望婚姻,但是在三十岁以后,又突然决定不再寻求这样的关系。

她曾经询问江海对婚姻的看法,他说,他认为婚姻对现代人来说,只是一种人生的关系,可以选择拥有,也可以选择不拥有。

"那你呢?"田夏天问,"你不打算和任何人恋爱、结婚,是吗?"

江海摇头。

婚姻和爱情对他来说都是更加古典的东西,那是一生一世,白头偕老的承诺。

他是那捞月亮的人。

有一年冬天,江海看到姜河更新ins(Instagram,照片墙),去了印度尼西亚爬火山。第二天，他看到新闻里传来火山爆发的消息，那一瞬间，熟悉的恐慌袭来。很多年前，他也是这样，突然从网页看到波士顿地震的消息，他给她打了无数通电话，都没有人接，他猜想到应该是基站受到了地震影响，定了最近的一班飞机去波士顿。

坐在飞机上的时候，他才发现自己的手在微微颤抖。

江海很少害怕。当年车祸，他看到对面的车加速冲来，大脑已经知道要发生什么，无法避免，只能选择，几秒的时间像是被无限拉长，他十分冷静地将方向盘向右打死。他记得他甚至有片刻的时间，认真地看向她。她离开旧金山以后的这几年里，他从未像此刻一样清晰地凝视过她。

从旧金山到波士顿的飞行时间是五个小时，他在波士顿见到她，他站在马路对面，看到她从车里出来，习惯性地跳了两步。那一瞬间，他心中巨石落地，才后知后觉地想，原来牵挂一个人是这样的感受。

而这次火山爆发，姜河的电话倒是很快接通，他再也不需要飞十几个小时去见她，电话那头她语气轻快，"江海，我没事。"

"好，"江海点了点头，语气平静而礼貌，"那我挂了。"

"等等。"她在电话那头叫住他，说起同一件事，"当年地震，我在停车场看到一个人，我觉得很像你。"

"是我。"江海承认。

"既然来了波士顿，为什么不见我呢？"她问他。

他站在一棵树下，看着它已经落光了树叶的枝干，试图回忆起自己当时的想法："我只是想知道你平安无事。"

姜河在电话那头，听出他的真心，她由衷地感激，郑重其事地说："谢谢你。"

江海顿了顿，也说："谢谢你。"

挂掉电话，他们已经许久未见。

谢谢他爱过她，也谢谢她爱过他。

在他三十六岁的时候，脑机接口技术日臻成熟，已通过临床试验，开始在医院大规模推广。它改变了许多人的人生，但是作为研发人员的江海，却没有进行植入手术。

他已经习惯了那场车祸的后遗症，一如他早已习惯他的生活里再没有她。

那偶尔发作的疼痛，就像是他在这个世界上活着的痕迹。

而人生活在这个世界上，就会产生痕迹。

时间的痕迹，让我们的身体留下旧疾，爱过的痕迹，让我们的心变得柔软。

旧人旧事，一直住在他的生命里。

人活在世界上总难免孤独，每个人都在寻找对抗孤独的办法，有人相爱，有人结婚，有人成为父母，有人寄情山水，有人囤积物品。

江海想，他或许就是靠着这些疼痛的痕迹，来消解他的孤独。

也是这一年，何惜惜去旧金山出差，在会议现场见到了江海，他所在的公司因为突破了BCI（脑机接口）的信号采集和解析问题而名声大振。

何惜惜先认出了他，在人群里叫他的名字，江海回过头看到她，然后下意识地，看向她的身边。

在他的学生时代，仅有的几次和何惜惜的见面，总是有姜河在现场。

那天天气不好，下了一整天的雨。江海和何惜惜在咖啡馆里聊天。何惜惜比学生时代健谈了不少，她回国以后成了一名大学教授，她所在的实验室和他的研究有交叉领域，算是半个同行。

何惜惜看到坐在自己对面的江海，微微蹙眉，似乎是在忍受着剧烈的疼痛。

她看向窗外的雨，想起姜河曾对自己提过，江海的后遗症。她有些难以置信，他没有接受BCI的康复治疗手术。

最后一次见到他是什么时候呢？

何惜惜想，至少有十年了。

很奇怪，她和江海，只能算是点头之交的校友，又因为姜河的关系，她心底多少会把他归为自己人。

朋友之间安慰对方，总喜欢说他不值得，别再为他流泪。知道何惜惜和陈烁的人也总这么说，他除了家境好，长得好看，根本配不上她。

但何惜惜没有这样对姜河说过。

一个人爱另一个人，常常是因为对方身上有自己所没有的。她知道姜河迷恋的是什么，姜河是那种三分钟热度的人，靠着一点小聪明，做什么都容易上手，但又无法持久，浮躁不定。茫然四顾时，不知道自己会飘向何方。

而江海恰恰是和她截然相反的那一个。他身上那种与生俱来的专注，沉着、平静深深吸引着她，只要在他身边，她那颗骄躁肤浅的心就能安定下来。

在姜河爱江海的这么多年里，他就像她人生的铆钉和灯塔，只要追随和仰望他，她就可以找到在这茫茫大海里前进的方向。

直到她成为第二个他。

她从他身上习得了某些能长驻于灵魂的事物，最后一课，就是学会与他分别。只有这样，她才能获得新生。

过了好一阵子，他的疼痛似乎有所缓解，他的眉头舒展开来，询问了她一些最新的生物学方面的研究。他和何惜惜记忆里一样，沉稳，聪明，温和。

突然之间，何惜惜停下来，看着他的眼睛，轻声说："江海，你别等了。"

话说出口，连何惜惜自己都愣了一下，她没有想到，有一天，自己也会对别人说出这句话。

她对面的江海沉默下来，过了一会儿，似乎终于明白她在说什么。他温和地笑了笑，靠在椅子上，等待那已经渐渐微弱的疼痛过去。

他轻轻摇头，说："我没有等她。"

他独自活在这个世界上，过着平静的生活。

人不是一定要找到另一个人，才能活下去，不是吗。

江海四十六岁的那年，他的母亲病逝了。

那时候他已经回到国内，公司发展顺利，他负责在中国的实验室。母亲患上的是阿尔茨海默病，那时的BCI已经可以治疗早期的阿尔茨海默病，但是江海母亲病情发展得太快，已经不记得亲生儿子的名字了。

江海的父亲一直陪伴在母亲身边,两人四十多年的婚姻生活一直很融洽,几乎没有争吵。母亲是音乐家,而父亲是物理学家,家庭生活并非他们人生的全部,父亲也从未以爱的名义捆绑母亲,在她五十岁时还鼓励她接受一个乐团的邀请,去创作新的音乐表现形式。

父亲在病床前照顾了母亲半年,每天清晨,他都会买一束新鲜的花插在花瓶里,拉开窗帘,让阳光落入房间。

他没有陪伴病人时会产生的焦虑不安和暴躁,他也很少和江海母亲提起过去的事,他只是很平静地接受了眼前这个病情日益严重的爱人。

田夏天问他,为什么会有姜河和顾辛烈那样罕见的婚姻,可是在江海看来,那才应该是爱情的模样。

爱情应该是神性的,托着对方,去看更广阔的世界。忠于爱情,就是忠于理想和自己。

母亲去世前的某一天,她忽然清醒了许多,让江海陪她去湖边散步。

两个人漫步在林荫道,路边有鸟儿展翅高飞,母亲停下来,细细凝视那鸟,忽然开口问他,"江海,你觉得孤独吗?"

他认真想了许久,他知道母亲放不下他,他却不知道如何找到可以安慰母亲的话,最后只好说:"我并不讨厌它。"

母亲点点头,笑了笑:"有你这样的儿子,我感到骄傲。"

他们在河边站了一会儿,风将周围的树叶吹得簌簌作响,江海看着母亲的背影,心头难过,他的人生只剩下别离,谁也无法停止时间。

母亲的葬礼上,江海又见到了一次姜河。

她穿着黑色的西服套装,长发盘成髻,脸颊两侧的肉已经消退,骨相越发明显,皮肤已有了细纹,可是那双眼睛,依然清澈分明。

她站在江海面前,伸出手,紧紧抱住他。她的一双手,那样小,却那样有力量。

江海在那一刻意识到,他和她之间,也迟早会有一个人先走向死亡。

十年又十年,人生还余下多少个十年呢。所有至亲至爱,都有说再见的那一日。

当年他对何惜惜没有说完的下半句话,他没有等她,他只是不想要重新开始。

他当然知道,姜河的一生,永不回头。

他从未拥有过她,他想,也不会有人真正拥有她。

她是自由的,灵动的,如嬉戏人间的精灵,她曾蹦蹦跳跳走在他的身边,突然停下脚步,欣喜地抬起头,拉着他的衣袖,说,你看,月亮。

他只是拥有过一段和她一起的岁月。然后它结束了。

他并不认为人在一段感情结束后,必须将它遗忘和抛弃,然后开始下一段。

Ture love is just like ghost,every body talks it ,few see it.(真爱就如鬼魂,谈论的人很多,见过的人很少。)如果人在年少时就极其幸运地遇见了这游荡于世间的幽灵,为什么要将它遗忘和抛弃,难道人不能带着对另一个人的深情和守护,继续往前走吗?

他已经拥有世间珍宝。他珍藏它,保护它,不会再寻求下一个。

再也没有下一个。

江海五十六岁的时候,人形机器人已经在日常生活里广泛使用,他也收到了一个,是田夏天送给他的礼物。她给它取名为Jiang,知道他不会把它退还。

江海花了一些时间,适应房子里多了另一个"生物"。他工作的时候,Jiang就会一动不动在他不远处坐着,Jiang负责监控他的健康情况,有一次江海生病发高烧,也是Jiang拨打了急救电话,他在医院里住了一段时间,医生建议他植入脑机芯片,他拒绝了。

与此同时,Jiang也是一个很好的工作帮手,能迅速做出各类庞大复杂的计算,检索最新的论文和研究突破。年轻人们非常喜欢和依赖这种机器人,报道里写,这个时代已经没有爱情。

这年六月的第一天,闷热的午后,下了一场雨。过了这么多年,江海的膝盖已经不再因为落雨而疼痛,而他还是习惯性地停下手中的工作,站在落地窗边,看落下的雨,是如何化为水,流向远方,汇集到海洋。

Jiang来到他身边,陪他站了很久,终于忍不住问他,江海,你在想什么?

没什么，他看着窗外的雨，抬了抬鼻梁上的眼镜，他只是突然想起，四十年前的一个下午，樱花盛开，阳光灿烂，他坐在教室里低头看书，身边的姜河突然抓住他的手臂，语无伦次地说，江海，我被录取了。

十六岁时，他和她一起去到美国，开始他们年轻而崭新的人生，那时候世界太大了，十二个小时的飞行时间，飞机飞过换日线，太平洋海水湛蓝，在他们面前的是一个辽阔、自由、未知的世界。

二十岁时，她与他分别，独自去往波士顿。他花费了许多时间才明白，爱情和友情的区别。他理所当然地以为，他们会一直探索这个世界。

二十六岁时，他再度和她一起回到美国，飞机落地时，眼前的世界明明和十年前一样，坐在他身边的依然是她，但是世事斗转星移，尘埃落定。

他们再不似以往每次抵达机场后一起打车回家。

过去他们住在同一栋公寓，楼上楼下，他先帮她把行李放好，她顾不上倒时差，先蒙头睡上一觉，然后在夜晚十二点醒来，发消息喊他一起吃饭。

他会为她煮一碗泡面，她总是把面汤喝得干干净净，竖着大拇指夸他煮的面好吃，他教过她很多次，她总是笑嘻嘻地说，下次煮泡面记得叫我。

最后一次，拿上行李，他们在机场分别，姜河站在他面前，冲他挥挥手说："江海，拜拜。"

旧金山阳光灿烂，她比过去消瘦不少，头发也留长，他站在原地，看着她的背影，既熟悉又陌生。

这一刻，他想要喊她的名字，可是那两个字卡在喉咙，无法跨越岁月的河流。

这一天，他终于想起了她的问题。

他第一次见到她，是在十岁那年，一次冬季训练营，他和一个女孩分到了同一个房间，她穿着绿色的面包服，头发很短，脸圆圆的，站在自己面前，似乎很生气的样子，问他："你叫什么名字？"

"我叫江海。"他回答她。

听到他的名字，她呆呆地站在原地，自言自语："不可能，绝对不可能。"

然后他的目光落在了她胸前的铭牌上，上面写着她的名字。

"姜河，你的名字很好听。"他认真地说。

然后眼前原本气鼓鼓的女孩，脸突然涨得通红，转身跑开了。

那些并肩同行的时光，已经逐渐褪色。就连他曾引以为傲的记忆力，也开始无法再记起那些画面。

他的身体开始疼痛，他靠着墙壁，闭上眼睛，等待那窒息的疼痛过去。

总会过去的，不是吗。

他已经习惯了。

每个人的一生，其实都只是一个，关于岁月的故事。

而与她分别以后的余生，都在下雨。

后记　思君令人老，岁月忽已暮。

二十岁的时候，我独自前往美国，那也是我第一次一个人出远门。

为了省机票钱，我买了分段航班，先由成都飞往广州，广州飞往香港，香港飞往洛杉矶，再在洛杉矶转机，抵达我最后的目的地，凤凰城。折腾得半死不活，只是为了省一千块钱。

我妈妈怕自己情绪失控，坚持不来送我。男朋友将我送到机场，我哭得像个泪人，他沉默着帮我托运好行李，我还想抱着他再哭一场，他忍无可忍，把我推到安检口，转身走了。

后来我在美国，最孤独的时候给他发短信吵架，问他你那时候为什么要推开我，他过了很久才回答，说因为我不想让你看到我哭。

我握着手机，在异国他乡大哭起来。

在一次又一次的别离中，我们终于渐渐学会了爱与被爱。

这或许就是我写下《岁月忽已暮》这个故事的初衷，显而易见，它并非是一个纯粹的爱情故事。如果真的要说有什么主题的话，我想应该是成长。

有一些人，会为了梦想放弃爱；有一些人，会为了爱放弃梦想；而还有一些人，他们的梦想，就是爱。

大四回国之后，我放弃国内保研，再一次面临出国的选择，我问男朋友，如果我还要去美国待几年，你愿意等我吗。他想了很久以后回答我，愿意。

从十六岁到二十二岁，依然只有这个人，能够很轻易地害我哭出来。

第二天，我告诉他，我不去美国了，但是我想要写一个故事，纪念我在美国的日子。

2011年8月13日，我第一次抵达美国。飞机晚点，我错过了由洛杉矶飞往凤凰城的航班，并且因为八月是学生报到的旺季，接下来的几天，我所购票的航空公司都没有空位。

和工作人员手脚并用地交谈许久后，我得知了我所面临的选择，一是用两百刀买一张别家航空公司的票；二是花五十刀，坐九个小时的灰狗大巴；三是在机场待一晚上，看看能不能遇到第二天的航班有人赶丢飞机。

为了省钱，我选择了最后一个办法。

我在候机厅坐下来，带着一个75L的登山包，一个30寸的行李箱，一个书包，一个挎包，手里还拎一个电脑包。我的人生中，很难再有比这更狼狈的时刻了。

我用机场的Wi-Fi上网，告诉爸妈，我已经平安抵达住处，让他们不要担心。因为插座口型号不符，我的电脑和手机很快都没电了，我至今都不敢相信，就在那样的情况下，我在洛杉矶机场坐了一整夜。

第二天我运气很好，正好有一位旅客没登机，我坐在最后一排靠窗的座位上，看着飞机起飞，一时间百感交集。

下了飞机后，联系不上房东，我硬着头皮找到同班飞机的中国人搭讪，问他们可否载我一程。

作为交换生，学校免去我的学费，但是住宿费却算在个人的生活费里。国外学校宿舍很贵，依然是为了省钱，我住在一个离学校很远的HOUSE（房屋）里。第一次自己在外面租房子，被房东和生活习惯合不来的室友欺负，这里要收钱，那里要收钱，也怪自己当初签合同不小心。

后来我搬了新家，那天正好是中秋夜，我的行李和家具被房东扔在她家门外的大路上。我坐在路边，因为手机没有开通流量，只能打电话给妈妈报平安，说没有关系，房东同意我明天再搬家，我很好，这边还有月饼卖。

挂了电话，我发现自己竟然一直忍着没有哭。

再然后去了新家，我的房间里闹bedbug，整夜整夜睡不着觉，全身肿得就像是严重过敏，我不敢告诉家里人，把带来的药全部擦了一遍，还是没用。因为找新家很匆忙,我是同三个男生一起合租,有一个男生睡客厅,这样的话,他一个月的房租只有我的一半,其实很多留学生,在国内都是家境不错的孩子,可是到了国外,在夸张的汇率之下,大多都选择能省就省。

我当时被逼无奈,用一个衣柜把客厅分成两半,晚上的时候,就拖着自己的垫子去客厅和厨房的交界处睡觉。在美国,我一直睡的都是一层薄薄的床垫,没有床架,同样是为了省钱。

冬天的时候,bedbug终于莫名其妙地消失了,我也得以搬回了自己的房间。

感恩节的时候,和朋友去加州玩,从洛杉矶开车去圣地亚哥,下高速的时候车轮爆胎,我们将车停在路边一筹莫展。当时晚上七点刚过,所有人都在商场门口等着黑色星期五的打折,街对面的美国人发现了我们的应急灯,过来问怎么回事。

然后两个女孩子试图帮我们卸下轮胎,未果后她们让我们等一等,她们去叫来她们的daddy(父亲)。过了一会儿,一位五六十岁的美国男子走过来,他问清楚了我们的情况,打电话叫来维修公司的人,说我们是他的侄儿,用掉了他一年三次保修的机会,并且替我们付了对方小费。

修好车后已经是晚上十一点多,得知我们还没有找到住处后,他开着车带我们去一家有些距离的快捷酒店,因为它性价比很高,并且叮嘱我们不要住在城里,城里治安不算好。看我们办完入住手续,他还不放心,又开车带我们去认路,找到一家换轮胎的公司,让我们明天早上来这里把备胎换掉。

他走的时候,我们十分过意不去,不知道该如何感谢,他拒绝了我们付给他的钱,留下他的地址,说有事找他就好。

从此以后,我们几个人每到一个地方,都会往这张地址上寄明信片,认认真真地写上Thanks(谢谢)。

在人生的旅途上,我们会遇到糟糕的事情,但是一定也会遇到幸福的事,值得感恩的事,并且它们的光芒会掩盖住那些痛苦的、悲伤的记忆。

圣诞节那天夜里,我们从旧金山开车回洛杉矶,在路上发生了车祸,我坐在副驾驶上,眼睁睁看着两车相撞,幸好伤势并不算太严重。到现在，回忆起那个圣诞夜，我能记起来的，只剩下加州连绵的雨。

所以这个故事里，很多情节都是我自己的亲身经历。

渐渐地，我开始适应了美国的生活。大家会聚在一起包饺子、吃火锅，也交到了朋友，两个人在夜晚穿着拖鞋去7-11买冰激凌吃。后来我回国之后，有一天他忽然给我发短信说，我冰箱里冻满了哈根达斯，但是这一次，没有你来和我抢着吃了。

我莫名觉得惆怅，有些遗憾，当初在美国的时候，没有再珍惜一点，再认真一点去过好每一天。

快乐与不快乐，我都这样过来了。也可以风轻云淡地向你们提起了，而这些事，我的父母至今不曾知道。我总是笑着将我路过的景色、吃过的美食，遇到的有趣的事情告诉他们，然后谢谢他们能支持我去美国。

后来有人问我，是否后悔交换去了美国，如果我留在国内，或许又是另一种人生，也会拥有另一种未来。

我笑着回答，我不后悔。因为无论我如何选择，我的二十岁总会过去，我总会学着长大。

人生就是一次又一次的选择，每选择一次，就放弃一次，遗憾一次。

回国那天晚上，我满身疲惫地拎着行李箱走出机场，看到男朋友像个笨蛋一样捧着一大束鲜艳的玫瑰花站在人群的最前方向我挥手。

我忍不住再一次哭了起来。

这一生，最幸福的一件事，就是有一个人，陪着我一起长大、一起变老。

许多年后，我还会记得他穿着白衬衫，坐在教室最后一排靠窗的座位，他还会记得我又黑又胖的样子，为了回头看他一眼，从楼梯顶上滚了下去。

时光悠悠，青春渐老。

再版后记　十年踪迹十年心

2014年夏天,我二十二岁,写完了人生第一本小说《岁月忽已暮》。

十年后,三十二岁的我写下再版的后记,像是某种隐喻,不知不觉,已经过去十年。

而我的许多读者,也陪我一同经历了这十年。

结束了第一次后记里写过的长达十年的感情,下决心再也不谈恋爱,又开始了新的恋情。

这些故事都已经在公众号每月的随笔里写过。

从最开始,靠着实现自己的理想获得自由,变成给自己设定种种"不行"来获得自由,到如今,允许一切在自己生命里发生。

不恐惧,不害怕,让我的生命像风一样流向未知之地,因为相信自己已经拥有应对困境和孤独的经验和勇气。

以前总听人说,二十几岁是人一生最好的时光,年轻,美丽,充满勇气,一颗心尚未被磨损,它晶莹剔透。

我在刚刚结束二十多岁的时候,也曾这样觉得。

我想,那是否就是我一生的黄金年代,我拥有无与伦比的专注度,我擅长记忆,每天都在写作,我拥有强烈的好奇心,渴望环游世界。

渐渐地,我发现自己的生活开始变化。

琐碎的事物越来越多,注意力下降,容易感到疲惫,我再也没有办法像二十二岁写《岁月忽已暮》时,废寝忘食,一气呵成,只花了不到一个月的时间完成了它。

世界对我来说,不再崭新,生活变得单调重复。

这当然让我沮丧,但与此同时,我又发现年岁增长会带来的别的好处。比如我的学习能力变强了,这听起来有点神奇,人怎么可能在专注力和记忆力下降的同时,学习能力变得更强呢。

如果把我们的大脑比作图书馆,所有的人生经历都成为知识碎片摆放其中,他们会自然地融会在一起,在我们的灵魂里潺潺流淌。

它们让我在学习新的事物时,清晰地感受到自己思维的方式,大脑的运转,万物的诞生都有迹可循,这或许就是所谓的触类旁通。

面对悲伤和痛苦,我也比过去更加平静。我感受它们在我身体里流淌,而不被它们所操控。我知道,这一切都会过去。

我开始跑步。

对我来说,跑步最重要的事,就是呼吸。只要调整好了呼吸,让自己处于一个舒服的状态里,我似乎就能用自己的双腿,去到任何地方。

我喜欢观察植物,植物活在世界上,需要的东西很简单——阳光、空气、水和土壤。

它们顺应时节,但各自又有不同的时钟,不是每一种植物都一定要在春天开花,夏天长叶,秋天结果,冬天休眠。

它们只需要顺着自己的呼吸去生长。

我想人类其实也是这样。

好的坏的,过去未来,都只是从出生到死亡之间的呼吸。找到属于自己的四季,即使受了伤,即使奄奄一息,即使疤痕累累,也还是会长出新的枝条。

我有时也悔恨,我的人生浪费了许多时间在与一些无意义的事物对抗,以及找寻自我上。它明明如此显而易见,而我竟然忽视了它,绕过了它。

时间对我来说变得更加具象化,余生还能写多少个故事,看多少本书,去多少地方,爱多少人似乎都可以用时间计算出来。

所以我又渐渐变回了小时候的自己，那个会在任何场合下看书，走在路上跟妈妈说等一下，我有一个灵感，然后在烈日的午后，趴在一个柱子上开始在本子上写字。

　　我当然已经忘记那时的自己写了什么，但是我记得那个炙热的夏日，她写了很久，流了很多汗，她成全了现在的我，我很感谢她。

　　但同时我也认识到一条真理，人应该劳作，去对抗生命的痛苦，空虚和漂泊。

　　我要比过去更加勤奋，才能找到我想要的真理。

　　人无论身处逆境还是顺境，都不要往回看，过去已成历史，活着是创造未来。

　　而实现这一切的，并非上天，并非他人，而是自己。

　　也只有那个不曾放弃的自己，才会是陪伴你终身的人。

　　我们的一生，其实都只是一个，关于岁月的故事。

　　不要难过，不要回头，愿你所愿，终能实现。

——2024.10.24 亚特兰大，美国

图书在版编目（CIP）数据

岁月忽已暮 / 绿亦歌著. -- 西安 : 三秦出版社, 2025. 1. -- ISBN 978-7-5518-3240-3

Ⅰ. Ⅰ247.5

中国国家版本馆 CIP 数据核字第 2024L8M684 号

岁月忽已暮

绿亦歌 著

出版发行	三秦出版社
社　　址	西安市雁塔区曲江新区登高路 1388 号
电　　话	（029）81205236
邮政编码	710061
责任编辑	孟临静
责任校对	雷梦雯　安甜
策划编辑	唐　婷
特约编辑	何苏然
封面设计	吴思龙
插图绘制	天光遥　肥猫天使
印　　刷	北京盛通印刷股份有限公司
开　　本	880mm×1230mm　1/32
印　　张	9.25
字　　数	266 千字
版　　次	2025 年 1 月第 1 版
印　　次	2025 年 1 月第 1 次印刷
标准书号	ISBN 978-7-5518-3240-3
定　　价	45.80 元

网　址 http://www.sqcbs.cn

绿亦歌 著　Love is a touch and yet not a touch

大洋彼岸

1 + 2

上一本书《岁月有神偷》出版以后,我生活发生了许多事。

举行了签售会。三十二岁的生日是在武汉和读者们一起度过的,几乎都是认识我近十年的读者,是这三十二年来最难忘的一个生日。

之后在重庆、长沙、杭州、苏州、成都的签售会上,收到了很多很多的爱。

谢谢你们。

烟台。

第一次完成半程马拉松，22.01km。

在这个夏天谈了恋爱。想明白了比起"给自己定下种种不可以"来获得自由,或许也可以试试**"允许一切发生"**。

所以此后的人生旅程忽然变成了——我从未想象过。

5

再次来到美国,要和恋人一起住上几个月,最初也会有些担忧。生活不习惯怎么办,两个人吵架怎么办,感到孤独怎么办。
好在暂时都没有发生。

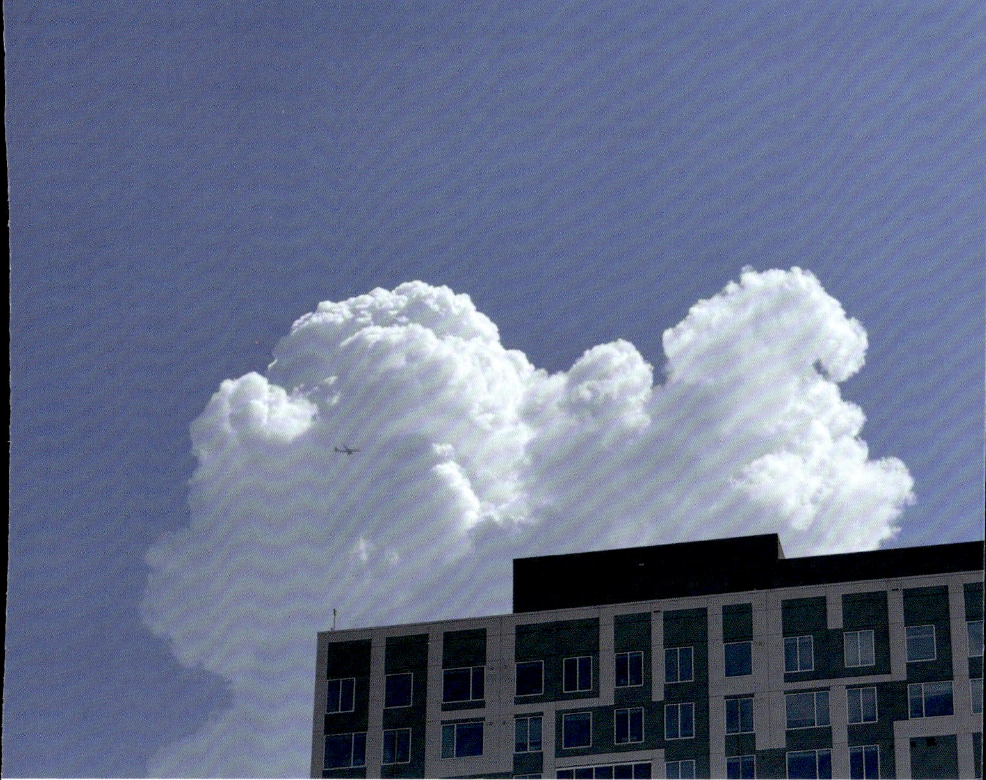

我在美国的生活和国内也没有什么区别，看书、写东西、运动、看电影，和朋友在网上聊天。

　　跑步的时间由夜晚变成了出太阳的午后，路边常见的动物由猫变成了松鼠，和朋友聊天有了时差，于是多了一些独自思考的时间。

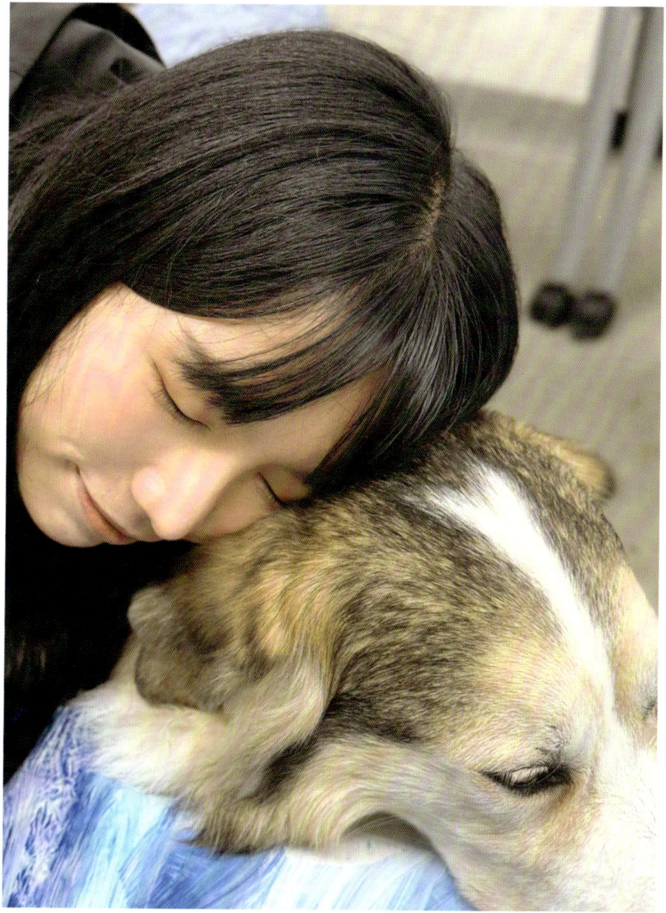

秋天的网球场

想要跑遍 100 座城市——**亚特兰大站**。

在树下

比我擅长做饭的 J。

两个人一起生活和一个人生活有什么不同,朋友曾回答我,就像游戏里单人模式和双人模式的区别。

不同的模式有不同的乐趣,在一起的时候开开心心游玩人间,分开的时候也不必追问和指责。

十年过去,我依然不太擅长**做饭**。

当然,做过的菜多了许多,按照菜谱也总能做出看起来尚可的饭菜,但是一个人的时候,总觉得做饭太浪费时间,更习惯应付了事。

当然也学到了许多。一边听书一边做饭,能让做饭的时间变得不那么无聊。

按照菜谱的步骤,等待水沸腾的时间里把厨房收拾归位,给做过的菜都拍照和写成菜单,就不用每天都在苦恼要吃什么。

唯一深感抱歉的是 猫咪 只能由妈妈照顾，朋友每周去看它们，听说它们已经习惯没有我的生活，我在心底长松一口气。

一直以来，我都喜欢且庆幸我的猫咪对我的"冷漠"，我收养它们，它们很快忘记了原来的主人，接纳了我，而在我离开的时候，又很快忘记我，接纳别人。

我不希望自己成为它们生命里的唯一和必须。

这是我爱它们的方式，希望无论有没有我在身边，它们都能开心、轻松，对生活满意。

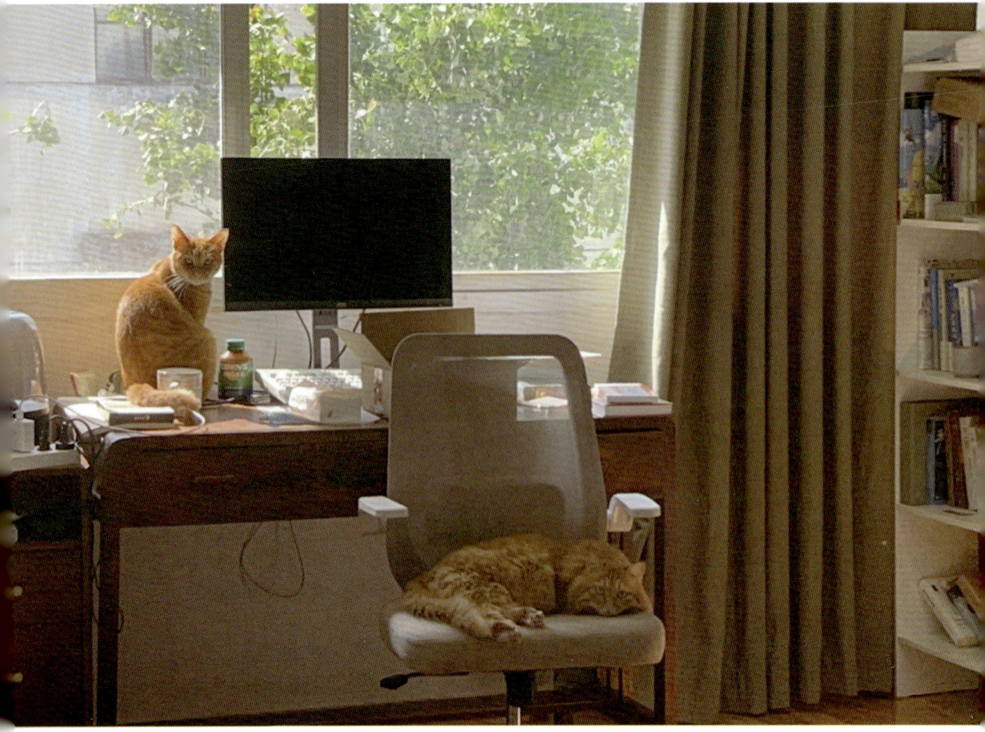

人们都喜欢感叹十年很长，它总是代表着物是人非、时过境迁。想起十年前的自己和生活，多少带着惆怅和对着时光流逝的无可奈何。

　　三十二岁的我，看着十年前写下的故事，看着跨过时间长河站在我身边的读者们，我总会忍不住地想，十年到底是长还是短呢？

　　有一天朋友跟我说，人生也好，情感也好，是不知不觉过了一辈子才值得高兴，而不是一味地追求稳定和长久，削足适履，让自己陷入困境。

　　年轻时的痛苦在于，一边追求稳定的工作和感情，一边又为重复不变的生活感到无聊。

　　如果过去的十年，发生了很多事，那么我们会觉得安心，才不辜负这漫长时光。如果它死水微澜，则会觉得沮丧，悔恨自己的人生一事无成。

　　可这和我们想要追求稳定不变是否相悖？

　　二十多岁的时候，我们真的足够**了解自己**吗？信誓旦旦说着不变和永远的时候，真的能够承担一生一世的代价吗？

人生无常，聚散都有时，我们所有的人，活在这个世界上，都是在和自己不断相遇、别离，又重逢。

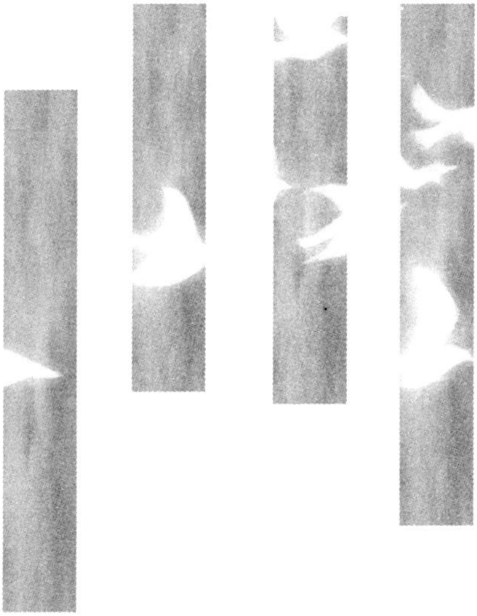